有度文化

燕子，燕子飞

吴克敬 著

图书在版编目（CIP）数据

燕子，燕子飞 / 吴克敬著 . —太原：北岳文艺出版社，2021.5

ISBN 978-7-5378-6387-2

Ⅰ.①燕… Ⅱ.①吴… Ⅲ.①中篇小说—小说集—中国—当代②短篇小说—小说集—中国—当代 Ⅳ.① I247.7

中国版本图书馆 CIP 数据核字（2021）第 059592 号

燕子，燕子飞

吴克敬 / 著

出品人
郭文礼

选题策划
刘文飞

责任编辑
范戈

书籍设计
张永文

印装监制
郭勇

出版发行：山西出版传媒集团·北岳文艺出版社
地址：山西省太原市并州南路 57 号　邮编：030012
电话：0351-5628696（发行部）　0351-5628688（总编室）
传真：0351-5628680
经销商：新华书店
印刷装订：山西人民印刷有限责任公司
开本：787mm×1092mm　1/32
字数：208 千字
印张：8.375
版次：2021 年 5 月第 1 版
印次：2021 年 5 月山西第 1 次印刷
书号：ISBN 978-7-5378-6387-2
定价：59.80 元

本书版权为本社独家所有，未经本社同意不得转载、摘编或复制

目 录

燕子，燕子飞　/ 001
拾脸　/ 061
状元羊　/ 113
手铐上的蓝花花　/ 181

灵性的燕子（跋）　/ 255

燕子,燕子飞

1

远亲不如近邻。鲜本求在村里给人这么说来时,没人不赞成他说得好,说得对,说到了大家的心坎上。

安小旺的媳妇甄燕燕夜里在家生产,按照"落草"而生的习俗,男人安小旺背回家来一大背篓的散麦草,铺在他家土炕跟脚,让甄燕燕移身在散麦草上生产了。横生的胎儿,让要做母亲的甄燕燕,把她的头发撕扯得比麦草还散。她撕心裂肺地喊叫着,满头满脸都是汗,挣扎得要死没活!逼得村里的接生婆,看着她既忍无可忍,又无计可施,这就隔着一层薄薄的门帘,绝望地给安小旺说上了。

接生婆说:要大人?

接生婆说:要娃娃?

守在门帘外边的安小旺,听得懂接生婆的这两声问询。她说"要大人",就是放弃娃娃。她说"要娃娃",就是放弃大人。这太可怕了,安小旺的耳朵眼里,像被接生婆猛地射进去了两发带火的枪弹,让他的脑袋突然有种炸裂的痛!安小旺没有配合接生婆的问询,他只按照他的心愿,扯破了嗓子,站在门帘外歇斯底里地吼喊了起来。

安小旺吼了：大人我要！

安小旺喊了：娃娃我也要！

安小旺吼喊：大人娃娃我都要！

与安小旺近邻的鲜本求，白天忙了一天，到晚上睡得正香，牙不咬，屁不放，只是在做他的梦……梦里几只小燕子，绕着鲜本求，翻来覆去，给他想是唱着歌儿一般，清脆明亮地啼叫着，叽叽叽……喳喳喳……村里承包了陈仓城里的那家大机关茅厕。鲜本求一天时间里，上午一趟，下午一趟，拉着粪车，从大机关的茅厕里，能拉回来两车粪尿。他把粪尿拉回村上来，是要泼进村里的蔬菜地里的，让那些绿旺旺的菜苗儿，吃喝个够，是西红柿，是茄子，就一个生得红，一个生得紫。是黄瓜，是豇豆，就一个生得脆，一个生得鲜。还有芹菜、韭菜、菠菜等等，无不生得嫩鲜馋人！这是为什么呢？说白了，大机关的伙食好，鸡鸭鱼肉的，在那里上灶的人食用了，拉下来的粪尿，积攒在他们大机关的茅厕里，是比一般地方的粪尿肥……可爱的小燕子，也不嫌弃粪尿的气味冲，只要鲜本求从大机关拉回村上来，往蔬菜地里泼洒的时候，小东西们总会旋旋绕绕地飞了来，旋在鲜本求头顶的蓝天上，绕在鲜本求头顶的白云间。

鲜本求往来在陈仓城里大机关的厕所，和村里的蔬菜地之间，经常拉运粪尿浇泼村里的菜苗，不知小燕子可知道，总之他是太知道了。

鲜本求因此要不无骄傲地在村子里买派的。

鲜本求说：人家大机关的粪尿，是不愧大机关的名声呢！

鲜本求说：粪尿上漂着油花花哩！

鲜本求说：肥香肥香的油花花呀！

做着小燕子翩翩旋绕，纷纷翔飞，还有油花花飘香的粪尿梦，鲜本求被安小旺吼喊醒来了。他没有怎么想，就翻身起炕，穿裤子穿袄，也不管裤子穿得可正，袄儿穿得可对，就匆忙跳下炕，跟斗爬步地往隔壁邻家的安小旺屋里跑了。

鲜本求从他家往出跑的时候，居然没忘回头去看他家屋檐下的那窝小燕子。他看见了，梦里的小燕子，正在小燕子衔泥垒筑的燕子窝里，静悄悄地一声不鸣，酣酣地眠着夜晚哩。

鲜本求那么匆匆忙忙地瞥了一眼燕子窝，就一路狂跑，跑进了近邻安小旺的家，听到了接生婆与安小旺的吼喊声。

接生婆重复着她的话，几乎是哀求了：要大人？

接生婆说：要娃娃？

安小旺坚持不改他回答接生婆的话。他吼着回答说：大人我要。

安小旺喊着回答：娃娃我也要。

人生人，吓死人！在乡村社会流传了千百年的这句民谚，赶在这个时候，尖锐地刺激着鲜本求的耳鼓，他不用再问与他近邻的安小旺什么了，知道她媳妇甄燕燕给他们家生产哩。添丁进口，一件喜庆的事情，遭遇到了横生难产，结局就不那么喜庆了，甚至可能酿成一场妻死子亡的大悲剧！情急之中，鲜本求既是对他看见的安小旺吼了，也是对他看不见的接生婆，还有安小旺的媳妇甄燕燕吼喊了。

鲜本求吼：你们都撑着，好好地撑着。

鲜本求喊：我这就去找人来。

鲜本求能找谁呢？他想到了陈仓城里的那家大机关，在这个人命关天的紧要时候，要想获得安小旺"大人我要，娃娃我也要"的理想结果，也许只有那家大机关出手帮忙，才可能完美实现。鲜本求不敢怠慢，想到了就毫不犹豫地去做，因为他敏感地觉到，能抢回一秒钟的时间，对安小旺和他媳妇甄燕燕来说，就多一秒钟的希望……鲜本求往村委会亡命地跑了去。村委会有一部电话机，是他们渭河岸边的滩地村，唯一向外联系的一部电话机哩！鲜本求疯了似的跑，边跑边喊叫，到了村委会门口，也不等住在村委会值班的人开门，便飞起一脚，踹开了关着的门扇，扑进村委会里，抓起电话机，就往陈仓城里的大机关拨打起来了……人家大机关，确实有大机关的风度，深更半夜的电话，鲜本求一拨就通。鲜本求没有客气，直截了当地告诉他们大机关，安小旺的媳妇甄燕燕横生难产，娃娃、大人都危险！说到最后，他加重了语气，给大机关那头接电话的人说了。

鲜本求说：我是天天来你们大机关拉粪尿的鲜本求。

鲜本求说：我和你们任管事最熟了。

那边接话的人，听出了问题的严重，也听出来鲜本求的底细。他不敢怠慢，当即给他回话了。

接电话的人说：我立即通知市妇产医院。

接电话的人说：我立即告诉任管事。

2

任管事是谁呢？

鲜本求说不清他是大机关里的秘书长，还是大机关的事务长，或者是大机关的什么长。不过他去大机关拉运粪尿，他在与不在，因为有他的吩咐，大机关是都给他留着门的。有时候留的是前门，有时候留的是后门，那是因为大机关的厕所，后边的院子里有，前边的院子里也有。任管事给鲜本求留门，没有别的理由，就是为了鲜本求拉运粪尿便利。

任管事对鲜本求的好，鲜本求一样一样地记着，哪怕他文化程度不高，还又瘸了一条腿，走路像划着旱船似的，一条腿摆着，一只胳膊就摇，但那一点都不影响任管事在鲜本求心里的形象！任管事是高大的，是英俊的，是关切人的，是爱着人的。因此，鲜本求却毫没来由地有点怕他，到了大机关拉运粪尿，就还尽可能地躲着他。

可是任管事不让鲜本求躲他。

任管事像是与鲜本求早就约好似的，总能在鲜本求到大机关院子的厕所里淘粪尿时，把他一艘旱船似的身体，划拉着划到鲜本求身边来，没话找话地要和鲜本求说几句。鲜本求因此常觉奇怪，奇怪他一个大机关里人称管家的人，是多么贵气呀！他难道不知道厕所里的粪尿臭？不知道他和他鲜本求不一样，他鲜本求就是个拉运臭粪脏尿的人！

来大机关拉运粪尿的鲜本求，对任管事一点办法都没有。

任管事每一次寻着了他，向他问东，向他问西，锅碗瓢盆，家长里短，都是平常事儿，什么地里的麦子过冬没冻着吧？春天来了，麦子起身了吧？什么村里人的日子怎么样？有啥困难吗？鲜本求爱听他问这些话，他有问，他必答……其间任管事把他的纸烟要掏出来，自己衔在嘴上吃，也递给他，让他吃。鲜本求咋能吃他的纸烟呢？烟盒子花花绿绿好看，烟卷儿白白净净好吃。鲜本求在任管事拿着纸烟给他时，还没衔在嘴上吃，就会有一股子奇异的香味，往他的鼻孔里钻，让他是要香得打喷嚏哩！

鲜本求是有自知之明的，哪能随便接人家的纸烟吃呢？他尽力地来躲任管事了，可他是躲不过的，就只有客随主便，接到手上吃了。

吃了任管事的纸烟，任管事问他话，他就觉得更体己。

在这样的一种氛围里，鲜本求便毫无拘束，心里有什么话，就都铁桶倒豆子，丁零当啷地给任管事说了。

鲜本求记得最有趣的一次，是他到大机关拉粪尿，在村里的蔬菜地头，顺手摘了一撮豆角，还有一撮蒜薹，以及一把葱苗和一把小青菜，用菜地边的马兰草，扎绑好了，挂在他拉运粪尿的架子车辕梢上，一路鲜鲜嫩嫩地走进了大机关,见着了在大机关院子里的任管事。他从架子车上的辕梢上,解下他带来的新鲜蔬菜,递到任管事的手上,要他拿着回家去,给他家的锅灶上添点新鲜。

任管事没有拒绝鲜本求的好意,他把鲜本求递给他的新鲜蔬菜,接到了手里,翻着看了看,又凑到他的鼻子下,凑近了嗅。他那么看着嗅着,不能自禁地把鲜本求递给他的菜蔬夸赞上了。

任管事夸着说:真格新鲜呢!

鲜本求说:刚从地里摘来的。

任管事赞着说:真格香哩!

鲜本求说:都是你们大机关粪尿好,拉运回菜地边,泼浇在菜地里长出来的。

实话实说,鲜本求回答任管事的话,没有一点点的虚,可他说出来后,却意识到了问题。鲜本求就脸烧烧地红,把他的手抬起来,捂在了他的嘴上,低下了头,想要观察任管事听了他话的感觉,却又不敢看,把他难为情得恨不得找个地缝钻进去。

鲜本求怕任管事把他说的话理解错了,会要想到别的方向去。

偏偏是,鲜本求怕什么,任管事就也想到了那个方面。

任管事开口了。他说:你带给我的是一大把粪尿了。

任管事还说:一大把新鲜的,保留着原始菜香的粪尿啊!

任管事再说:我们机关灶上,今后就只吃粪尿的蔬菜。

窘迫不堪的鲜本求,被任管事的几句话,救活了过来。他红得流血的脸也顿然地退着潮,并大着胆子抬起头来,眼望着善解人意的任管事,开心地答应着他,说他们一定听任管事的话,保证大机关的灶头上,吃得到他们村的新鲜蔬菜。

鲜本求尽可能地规避着粪尿俩字眼,但任管事却没有,他坚持着他们开头说的话。

任管事说：粪尿蔬菜。

任管事说：道地的粪尿蔬菜。

把"粪尿"俩字强调到这个份儿上，也许只有任管事一个人了呢！不过鲜本求承认任管事强调得有道理，社会的发展，科技的进步，使得化学肥料种植的蔬菜，以其不可抵制的势头，迅猛地侵蚀着粪尿种植的蔬菜。鲜本求说不明白化学肥料种植的蔬菜，比起粪尿种植的蔬菜，有什么不同。但是被任管事这么一说，他突然地有所觉悟，发现化学肥料种植的蔬菜，在产量上，有时还要高过粪尿种植的蔬菜，而且还可能比粪尿种植的蔬菜生长得快一些。但是问题来了，因为产量的增加，成熟期的加快，导致化学肥料的蔬菜，在口感上，变得没有粪尿种植的蔬菜醇厚地道。

瘸着一条腿的任管事，他的嘴巴是够刁了呢。

任管事向鲜本求明确指出，要由他们村给大机关灶上供应粪尿蔬菜，鲜本求没有不答应的道理。他拉运着大机关院子里厕所的人粪尿，浇灌着村上的蔬菜地，他就必须信守诺言，老老实实地给大机关灶上供应粪尿蔬菜了。

因为粪尿蔬菜的关系，使鲜本求与任管事的友谊，一天一天地深化着，到了他的近邻安小旺媳妇甄燕燕横生难产，鲜本求本能地就想起了大机关，和在大机关里的任管事。

3

任管事最先来到鲜本求求救的渭河岸边的滩地村。

任管事是坐着一辆帆布敞篷的吉普车来的。鲜本求在滩地村的村口接着了任管事,他想与任管事乘坐着吉普车再往村里的安小旺家去的。任管事却弃车下来,问了鲜本求一个问题,他问妇产医院的医生来了没有。鲜本求回答,还没有。任管事便嘱咐吉普车司机,转过车头,打开车灯,让他往来路上照,努力地照,能照多远照多远……任管事所以有此作为,用他的话说,他走在前头是没有用的。村里的媳妇横生难产,等的是市妇产医院的医生,她们来了,横生难产的甄燕燕和她生产的娃娃才有救。妇产医院的医生们,是追在他的后面了,他要先到的吉普车给他们照亮,引导他们向正确的路上来,来得快一点,越快越好。

看着吉普车司机把车头回转了过去,向着来路,射出两道灿灿的白光,照得远了便聚结在一起,汇成一道灿灿壮阔的通道,继续地向前照着……远远地照见了一救护车,"呜啊呜啊"地嘶叫着飞驰来了。

救护车快到村口时,任管事又指挥吉普车给救护车让出道来,推着鲜本求上到救护车的驾驶座一边,让他给救护车带路,去了安小旺的家。

谢天谢地,妇产医院医生的职业技术是精湛的,加之救护车上设备和药品的完善,横生难产的安小旺媳妇甄燕燕和他们的娃娃,就都有惊无险地渡过了鬼门关,新生儿从娘胎里滑落下来,发出的那一声啼哭,是太嘹亮了!

在婴儿嘹亮的啼哭声里,守在安小旺家院门外的鲜本求,看见任管事哭了。

在任管事没哭的时候,因为焦急,他把他变得像头磨道里的驴子一样,皱着眉头,一直在安小旺家门口兜圈子,那条瘸腿摆着,还有胳膊跟着瘸腿的节奏摇着,摇得激烈,摆得激烈……吉普车的司机下车来,想要撒尿,被兜圈子的任管事吼上了他的驾驶座,要他不要离开他的岗位,小心妇产医院的医生有什么急需,吉普车就要立即出动,争分夺秒地完成急需完成的任务。

婴儿的啼哭,惹得任管事哭了。

哭了的任管事,在陪着他身边的鲜本求身上,拍了一巴掌,什么话都没说,自顾自爬上严阵以待的吉普车。没等司机按喇叭,他自己伸手在方向盘装置着喇叭按钮的地方,长长地按响了一阵,这便回他的大机关去了。

安小旺的新生儿子要过满月了,他托付鲜本求请任管事,他要他的小儿子,他的媳妇甄燕燕,还有他,他们一家人感谢任管事哩。

在大机关拉粪尿的鲜本求,带着安小旺一家的嘱咐,把任管事诚心诚意请了,却没有请得来。当时的情景,让鲜本求纳闷,受托邀请的任管事像是忘了还有那一场事似的,反问鲜本求了。

任管事说:安小旺是谁?他请我?

任管事说:他请我做什么?

鲜本求睁大了眼睛,他是不解的,想着要给任管事仔细解释时,却被任管事嘴里说出来的话,把他要解释的话,完全堵回进了他的喉咙眼里。

任管事说:人都有自己的难处哩。

任管事说:而且还是人命关天的难处哩!

任管事说:大机关的职责,可不就是为人排忧解难吗?

听着任管事的话,鲜本求就只有感动了。他在给安小旺转达任管事的态度时,多加了两句话。

鲜本求说:好人啊!

鲜本求说:他不愧大机关的人。

不愧是大机关人的任管事,鲜本求和安小旺盛情请他没有来,却在多年后的一个日子里,悄没声地到他们以种植蔬菜为主业的滩地村来了。

与任管事一起来的,还有一位容貌端庄,举止稳健的人。

他俩一到滩地村来,就被村里人认出来了。这是因为那位容貌端庄,举止稳健的人,隔三岔五地要上报纸,要上电台电视,大家知道他是大机关的首长哩!所以他俩刚一进滩地村,就被村里认出了他们的村民围了个水泄不通。他们问候着村民,村民也问候着他们,相互的气氛是热烈融洽的,是和谐美好的。

在这样的氛围里,瘸着一条腿的任管事问到了一个问题。

任管事说:首长关心咱们村上的粪尿蔬菜。他下到村上考察来了。

任管事的话,把围在他们身边的滩地村人,一下子问懵懂了。

乐着的村里人七嘴八舌,围绕着粪尿蔬菜的话题,你一言他一语地说了起来。

有人说:粪尿好不好,地里的蔬菜知道。

有人说:人的舌头尖子也知道。

4

任管事陪同大机关首长来渭河滩地村的消息,没上报纸,没上广播电视,但却像生了翅膀一样传遍了滩地村。

在菜地里侍弄菜苗的鲜本求自然听到了。他听到后,心里想着要从菜地里出来,回村里去见任管事和大机关首长的,但他的两条腿,却如灌了铅一般,硬硬地杵在菜地里没有动。这是因为他的自信,他自信任管事和大机关首长过不了多会儿自会寻到他的菜地来的呢。

鲜本求所以有此自信,是他知道,对粪尿种植的蔬菜颇感兴趣的任管事有些年头吃不到嘴边了。

现在的市场上,充斥着的都是化学肥料种植的蔬菜。当然,这还怪不得化学肥料。乡村实行土地承包责任制,原来大片相连的土地,一户一户地分到了个人家里,政策规定,还要坚持长期不变。鲜本求像滩地村的人家一样,也分到了一片自己家的责任田。与农村土地承包责任制几乎同时,繁华城市里的厕所改造行动,也如火如荼地开展着。原来的水厕,呼啦啦砸了去,换装上了抽水马桶……鲜本求耳不聋,眼不花,他听得懂,也看得见厕改行动的宣传,把原来的水厕,贬损得多么落后,多么不卫生,严重影响着城市的容颜,还有城市的环境。而抽水马桶就不一样了,是进步的,先进的,既是科学技术的一大成长,更是社会生活的一大享受。有的宣传东拉西扯,甚至拉扯出一位英国的教士,那位名叫约翰·哈林顿的人,说他天才地发明抽水马桶,发明成功后,镀金镀银地做出一个,先敬献给了他的教母——伊丽莎白一世女王。听听看,那是多么高贵的事情啊!人家女王的屁股最先享受了呢!大趋势使然,鲜本求常去大机关可以拉运的粪尿,因为大机关带头实行了厕改,就再没有了他拉运的粪尿了。

没有了粪尿可以拉运,鲜本求差不多就断了大机关的路。

路虽断了,心却没断。鲜本求经常会要想起任管事的,想他一个大机关的管事,一点没有大机关的架子,为人是那么随和,心肠是那么善良……鲜本求想他忘不了任管事,而且他还相信,任管事也不会忘了他。难道不是吗?就在今天,就在当下,任管事陪着他们大机关的首长到他们渭河边的滩地村调研来了,就是一个证明。

应该说,鲜本求的这点自信,确有他自信的基础,一天见不着来大机关送蔬菜、拉粪尿的鲜本求,任管事在大机关里,就觉得欠缺了什么。任管事像鲜本求一样,确实是想着他的呢。一天不见想一天,三天不见想三天,一月不见想一月,一年不见想一年……长此以往地想着,任管事把鲜本求刻画在了他的心里,惦念着他鲜本求哩。

任管事是既惦念鲜本求一个大活人,还惦念他的粪尿蔬菜。

恬念的不断积累，促成了任管事陪同大机关的首长，前来滩地村调研的行动……在滩地村里，任管事和大机关的首长，与热情的村民，扯了些他们想要调研到的话题后，这便问起了鲜本求。安小旺当时就在围在任管事和大机关首长的村民中，他踊跃地向任管事和大机关首长，毫不保留地反映了他的心声。安小旺说他感激党的政策，感激党的干部，关心群众生活，是人民群众的贴心人。

安小旺在向任管事和大机关首长表达心声的时候，他当年横生难产的儿子安恩给，就虎头虎脑地依偎在他的身边，听他爸说着话，小家伙的脸上乐得开了花一样。他听他爸说完话，把他爸的手拉着摇了摇，见他爸没啥感觉，就自己转身走了。

安恩给是去上学读书了。要参加中考了，哪怕是星期天，安恩给也有老师给他们安排的功课，复习数学复习语文……都是复习。

安小旺还沉浸在他说的心里话中，因为是发自肺腑说来的，就把他还说得眼泪巴巴……安小旺的肺腑之言，当下引起了围在任管事和大机关首长身边的滩地村人的共鸣。嘴快的那一个，还要伸手去拽过安小旺的儿子，他没有拽得到，就指说着安小旺上学去的儿子，给任管事和大机关首长介绍了。

嘴快的那个人说：安小旺的儿子，就是党的领导干部热心关怀的产物哩。

嘴快人的话，把在场的人，包括任管事和大机关首长，都说得大笑起来。任管事这个时候，真就也关心起了安小旺的儿子。他的眼睛追着走远了的小家伙，简单地给首长说了当时的情况，这便使首长若有所思地抬起眼睛，亦然向小家伙看了去。

首长看着安小旺活蹦乱跳的儿子，深有感触地说了这样两句话。

首长说：我们党员干部，每时每刻都要心怀群众。

首长说：我们心怀群众，群众也才会心怀我们。

首长说的两句话，说得滩地村的街头上爆发出了一片雷鸣般的掌声。

在村民们的掌声里，任管事问起了鲜本求。

任管事说：你们滩地村的鲜本求呢？

安小旺抢着给任管事说了。

安小旺说：鲜本求在他的责任田里哩。

安小旺说：他的责任田里种植的都是蔬菜，他把蔬菜地当成他的家了。

5

四周的木栅栏矮墙，挂满了刺玫花，应季而发，姹紫嫣红，霎时闹热……任管事熟悉当地常见的刺玫花，不像市面上流行的玫瑰花，枝股粗壮，花朵硕大，土生土长的刺玫花做不到，枝股是纤柔的，花朵是细碎的，倒成了刺玫花的一种优势，不仅枝股生得紧密韧长，花朵也生得繁密鲜活，任管事远远看见了，竟然满怀诗意，在他心里学着大首长时常说话的风格，赞叹了一句。

任管事赞叹的话是：芳香乡野，田园人家。

任管事所以有此赞叹，是他相信了安小旺说的话，鲜本求把他的蔬菜园子真的侍弄成他的家了。

在刺玫花包围的蔬菜园里，任管事看见鲜本求青砖红瓦地给他自己还立起了一座小小的却也堪称典雅的菜园房。待任管事陪着大机关首长走近鲜本求的蔬菜园子时，他还看见三两只的小燕子，舒缓地飞着，飞到了鲜本求的菜园房下，叽叽喳喳叫个不停……小燕子那活泼伶俐的样子,为鲜本求的蔬菜地平添了无限的活力,仿佛满园嫩绿的菜苗在绽放着的刺玫花映衬下,显得更加青翠葱茏,更加鲜艳欲滴!任管事的眼睛追逐着翩然飞翔的小燕子,发现那轻盈灵动的小家伙,左盘旋,右转弯,最后落在菜园房的屋檐下那处泥巴垒筑的窝巢边,唤醒窝巢里的几只雏燕,张大了黄色的嘴巴,放任着雏燕在它们的嘴巴里一啄一啄,掏着小虫子吃。

可爱的小燕子啊!不仅吸引了任管事,还吸引了与任管事一起来的大首长。

大机关的首长,所以被燕子吸引,是他触景生性,想起了唐人刘禹锡所写《乌衣巷》的诗。他想着,竟然不能自禁地念出了声:

朱雀桥边野草花,乌衣巷口夕阳斜。
旧时王谢堂前燕,飞入寻常百姓家。

任管事最敬佩大机关首长的地方,就在于他知识的渊博,让他时常于惊叹之余,获得一次绝妙的学习机会。

在首长念出《乌衣巷》的诗句后,任管事就开口向首长请教了。而首长也是诲人不倦的,他简明扼要地给任管事说了。首长说诗人刘禹锡当年在今天的南京城,走在秦淮河边,眼见恋着旧巢的小燕子,不论世事如何沧桑,荣辱如何变化,富贵,还是贫贱,它都不改自己的天性,年年岁岁,南来北往,最好的栖居地,还是它气味相投的旧巢。

首长的解释,任管事是服气的,但他却又提出了这样一个问题。

任管事说:咱们大机关呢?怎么就不见小燕子呀?

任管事说:倒是鲜本求的菜园房,既是他的安身处,又是小燕子的落脚地。

任管事的问题似乎不是很难，但却让知识渊博的首长，顿然愣怔起来，答不出来了。

不过，任管事与大机关的首长，没有在这个议题上太纠缠。他们议论着鲜本求蔬菜园子里的小燕子，议论着已经跨进了蔬菜园子，让听到了他俩议论的鲜本求扔下抓在手里给蔬菜苗施撒着的化学肥料，向他们走近了，给了他俩一个答案。

鲜本求说：小燕子就这脾气。

鲜本求说：它太任性了，喜欢的是烟火气，秉持的是寻常心。

鲜本求的回答，有没有道理呢？任管事不好说，首长是能说的。他把走近他俩来的鲜本求认真地看了一眼，大以为然地夸奖起了鲜本求。

首长说：智慧在民间。

首长说：礼失而求诸野！我们的老祖宗说得好啊。

任管事头一回听首长说了这么一句文绉绉的话，他似乎听懂了，又似乎懵懂着。就插话进来，向首长讨问了。

任管事说：谁说的话呢？

任管事说：是不耻下问，向基层的老百姓讨教了。

任管事说：我赞成这样的话。

首长承认任管事领会得对，他笑着说他了。

首长说：就是这个意思。

首长说：我们永远要听老百姓的话。

首长和任管事的对话，一字不落地灌输进了鲜本求的耳朵里，他脸红了。虽然红着脸，却还不改他说话的风格，大胆地看向大机关首长和任管事，就又照着他心里想的，给任管事和大首长说了。

鲜本求说：就来了你们俩？

任管事抢在大机关首长的前头回答鲜本求的问题了。

任管事说：你喜欢来的人多吗？

鲜本求说：那倒不是。

任管事说：我听人说，人多了不治水。

任管事说：今日礼拜天，首长有点空闲，我提议他下来看看，没想到首长真还来了。

鲜本求说：来看我给蔬菜施用化学肥料吗？

这是一个问题呢。任管事不无遗憾地皱了皱眉头，把他心里的困惑，当着首长与鲜本求的面，既像给首长，又像给鲜本求说了。

任管事说：你不再来咱大机关拉粪尿，我是见不上你人了，也见不上你的粪尿蔬菜了。

任管事说：这让我难受。

任管事说：我是馋你的粪尿蔬菜了。

鲜本求为他不能给任管事他们供应粪尿蔬菜而抱愧，苦着脸给任管事和大机关首长说了。他说大势如此，他们找不到足够多的人粪尿，就只有使用化学肥料了。他抱愧地说着，抬手指向他刺玫花灿亮的栅栏墙，让任管事和首长看他围在木栅栏边，靠着大路的一个小小的公厕。任管事和大机关首长看见鲜本求围起的小公厕，像他蔬菜地周边的木栅栏一样，也爬满了红红黄黄盛开着的刺玫花……鲜本求说他只有用这个办法，收纳过路人的粪尿。

鲜本求不无遗憾地说：种植蔬菜，人的粪尿到了现在，是太稀缺，是太珍贵了。

任管事夸赞了鲜本求了。他说：还是你聪慧，有办法。

鲜本求不要任管事夸赞他，他说：如今在他的蔬菜地里，还有粪尿蔬菜。

鲜本求说：我今天就让大家在我的蔬菜地里，饱食一顿粪尿蔬菜宴。

鲜本求话音才落，安小旺和他媳妇甄燕燕，像是与鲜本求早有约定似的一样，接着鲜本求对任管事和大机关首长的承诺，一头钻进鲜本求花团锦簇的蔬菜园里来了。

安小旺乐呵呵地说：我和我媳妇，今日可以大显身手了。

6

黄瓜拍碎了凉调，胡萝卜细切了凉调，茄子蒸熟了加蒜一起捣烂了凉调，再是西红柿去皮，盖顶十字刀切开，复又盖头撒上白砂糖，蒸在锅里熟着，还有鲜韭切段与草鸡蛋拌好炒了……说来这都不是什么大菜，因为是安小旺和他媳妇"大显身手"的烹调，端在菜园子露天来吃，倒也别有一番风味，不输馆子里大油大火烧出来的菜肴哩。

刺玫花环绕的一方蔬菜地里，茄子一片，豇豆一片，西红柿一片，还有蒜苗韭菜，小葱菠菜，西葫芦芹菜，各是一片，全都生机盎然，恍如世外桃源似的……作为主人的鲜本求，在他菜园房里出出进进地跑着，把安小旺夫妇从菜园子现摘现做的菜，一件一件，全都摆上了燕子啼鸣的那座小小的屋檐下，让深入到田间地头来的任管事和大机关的首长品尝了。

任管事和大机关首长当然不能自己独享，他俩反客为主，邀请着鲜本求，安小旺夫妇，围坐在屋檐下的一方水泥浇铸的小桌子边，箸来箸去地吃喝了。任管事和大机关的首长，吃一样菜，夸一样味，他俩说安小旺和他的媳妇甄燕燕的手艺，看似朴素简单，少油少盐，却特别新鲜，沁人心脾，透人肌骨，他们可是享到口福了。

居然还有酒，是鲜本求利用菜园地的菜根酿的酒哩。

鲜本求拿出来，还怕任管事和大机关首长饮用起来不习惯。结果是，粪尿的蔬菜,加上菜根的酒,相得益彰,吃喝起来,倒是特别对胃口。

任管事是要发表感想的,他发表感想前,先是情不自禁地"哎呦"了几声,这才说了起来。

任管事说的时候,给自己嘴里嚼了一口酒。因为酒的作用,他说:粪尿蔬菜……菜根酒……

鲜本求的菜根酒是不用杯子来喝的,而是碗,一个一个粗不拉拉的土碗哩。任管事喝得来劲,他喝着还说了呢。

任管事说:粪尿蔬菜,滋味地道哩。

任管事说:菜根酒,想不到菜根竟然也能酿成酒!

大机关首长受到了任管事感想的影响,他续了上来,说了这样一段话。

首长说:大聪明的人,小事必懵懂;大懵懂的人,小事必伺察。

首长说:盖伺察乃懵懂之根,而懵懂正聪明之窟也。

任管事知晓首长又在念诵古人的话了。虽然他听不明白,但他高兴首长嘴里流淌出来的古人的话。他是想要更清楚地知道,在鲜本求的蔬菜园子,首长何以要说这样一段古人的话?他给自己倒满一碗菜根酒,也给鲜本求和安小旺添满了酒碗,吆喝着他们,一起端着敬起了大机关首长。首长没有推辞,也端起菜根酒,与他们伫轻轻触碰了一下碗边,便都仰了脖子,灌进了嘴里。

人咬菜根,则百事百成。大机关首长是这么来说的。

首长不是卖弄,他是真心有话要说,所以就先依着他念诵出来的《菜根谭》里的那段话,给任管事、鲜本求、安小旺和他媳妇甄燕燕说了。不过他没照搬《菜根谭》里的原话来说,而是说了那位著述了《菜根谭》的明朝人洪应明,说他老人家呀,从来就不说什么大话、空话、鬼话。阅读他的《菜根谭》,知道他说的话,都是从朴素的生活中感悟来的,是人的生活，有烟火气，就如废弃在地的菜根一般，是很耐咀嚼的，而且越嚼越有嚼头。

首长说着还夸了鲜本求一句。他说：鲜本求了不得呢！

首长还夸：竟然可以用菜根酿酒来喝。

首长既感慨菜根的奇妙，还感慨鲜本求的用心，他说得一时兴起，就加重语气，把他的感慨都说出来了。

首长说：民心犹如菜根，扎在厚土里，是要我们认真理会的呢。

首长说：不到人民中间来，不食菜根的味道，怎么知道老百姓的生活呀！

首长这么来说，不仅任管事听懂了，鲜本求也听懂了。听懂了大机关首长的话，鲜本求便离开了一会儿，把他刚才在菜畦子里挖菜时扔在菜畦边的小葱根须，韭菜根须，菠菜根须捡了回来，交到安小旺和他媳妇甄燕燕的手里，要他俩把那一堆菜根洗净了，投一撮细盐，斟一勺醋水，点些许油泼辣子，纯纯粹粹地凉拌了，端来让大家吃。

安小旺和他媳妇的手快，在菜园地的屋子里，一会儿的工夫，就把菜根凉调好了端出来，加在大家正吃喝着的凉菜和热菜中间，由鲜本求招呼着大家，你一箸头，他一箸头地吃着、嚼着。

他们吃着、嚼着，回想着大机关首长说的话，似乎真都吃嚼出了别样的滋味来。

安小旺的媳妇甄燕燕，是从古周原上的凤栖镇嫁来滩地村的。平常日子，她寡言少语，总是躲在安小旺的身后，听他怎么说了。但在今天，她似乎不能忍了，也要站出来说话了呢。

甄燕燕把她男人安小旺瞥了一眼，就自顾端起她面前的菜根酒，敬奉任管事了。

甄燕燕对着任管事，只说我把这碗菜根酒喝了，就是敬奉您老人家咧。

甄燕燕说着，就把满满一碗菜根酒倾进了自己的嘴巴里。喝罢了头一碗酒，甄燕燕给自己满满地又斟了一碗，向着大机关的首长说了句敬奉的话，也倾进了自己的嘴巴里。

甄燕燕大方地喝着菜根酒说：听大首长今天一说，我是明白过来了。

甄燕燕说：老百姓只有活在当官人的心里，才会有好日子过。

到了这个时候，鲜本求才像突然想起什么似的，从水泥浇筑的小桌子边站起来，说他还有一道菜要做哩。安小旺和他媳妇甄燕燕听鲜本求这么来说，就先自觉站起来，想要动手，可是鲜本求把他俩按在了桌子边，说他做就好了。

看来这该是道压轴菜了。是个怎样的压轴菜哩？鲜本求往他小燕子喧叫的屋子里走着时，回头给任管事、大机关首长，还有安小旺和他媳妇甄燕燕说了。

鲜本求说：百姓菜。

任管事和大机关首长不知道百姓菜是啥菜，安小旺和他媳妇是知道的，就是他们渭河边上的人家，当然包括他们滩地村，平常日子吃用的土豆熬豆角了。这道菜是非常普通的呢，无非几个新刨出土的土豆，新摘到手的绿豆角，在干锅里熬就好了。熬的时候，一滴油都不放，单靠新鲜土豆和新鲜豆角本身就有的那份新鲜劲，熬就好了。

安小旺和他媳妇也会熬。鲜本求不让他俩上手，他自己亲自熬，应该有他亲自熬的道理哩。

好像小燕子对鲜本求熬着的百姓菜，也有特别的兴趣，扑棱着它们的小翅膀，在蔬菜园房的屋檐下，扇乎了个欢欢喜喜……从古周原上的凤栖镇嫁来渭河边上滩地村，甄燕燕没有过今天这样的兴致，她与任管事、大机关首长，又畅畅快快地灌了几杯菜根酒，便不能把持自己地把她熟悉的一首《诗经》里的诗歌，朗诵了出来。

甄燕燕的朗诵带着非常明显的周原方言味道：

> 燕燕于飞，差池其羽。
> 之子于归，远送于野。
> 瞻望弗及，泣涕如雨。
> ……

甄燕燕朗诵的是《诗经》里起名《燕燕》的诗篇。她朗诵着时，蔬菜地房檐下的小燕子像能听懂甄燕燕的朗诵似的，都从窝巢里飞出来，配合着甄燕燕朗诵的节奏，在他们大家的头顶上，一会儿翩然直飞云端，一会儿又从云端直飞下来，再一会儿还旋绕着他们，飞来飞去，如舞似蹈，十分活泼……任管事可以听不懂甄燕燕的朗诵，鲜本求可以听不懂甄燕燕的朗诵，便是甄燕燕的男人安小旺似乎也不大听得懂，但大机关的首长是听懂了的，他注目着朗诵《燕燕》一诗的甄燕燕，等她抑扬顿挫地朗诵罢了，便带头给她鼓了掌。

鼓着掌的大机关首长说：燕燕。

首长说：你就是一只燕燕哩。

首长感叹了这么两句，就还解释甄燕燕朗诵的《燕燕》一诗，如是画工绘画一般，直是写得燕燕神情必显，是时阳春三月，群燕飞翔，蹁跹舞蹈，呢喃鸣唱……你们知道吗，家里的女儿可是要远嫁了，同胞手足，今日分离，此情此景，依依难别啊！

插话进来，与大首长说起她在凤栖镇上做女子时的事情。甄燕燕说镇子上的人，识字不识字的，是都记忆着些《诗经》里的句子哩。她不知天高地厚，给首长朗诵出来，就是想要活跃一下气氛的。甄燕燕说着，还向大家的酒碗斟上菜根酒,要喝了呢。

但是大首长这次没有端酒碗,他接着甄燕燕的话又说上了。

首长是大机关的首长哩,他对甄燕燕说的凤栖镇似乎也很熟悉,就简单地论说了两句凤栖镇,说是《诗经》一书,就还赖古周原上老辈子人的采诗之举哩。首长说着重点谈了《燕燕》一诗,他说这首诗刻画的是一位嫁作人妇的女子,性情温和恭顺,为人谨慎善良,她愿意做夫君的好帮手,使她的夫君成为百姓的好公仆。

首长说的话,让任管事、安小旺、鲜本求他们听着,就都频频点着头。

而就在这个时候,鲜本求把他熬制的百姓菜完美地熬出来了。

鲜本求没有让大家失望,他把土豆熬豆角的百姓菜,做出来盛在一个大盆子里端来了。新鲜土豆的糯,新鲜豆角的脆,没有下箸,只是搭眼看来,就一清二白,很是吸引人了。

任管事和大机关首长没有等鲜本求让,他们自己就捉箸来吃了。一口土豆,一口豆角,入口来,没有怎么咀嚼,就顺顺滑滑地钻入喉咙,滑进胃里了。

任管事是迫不及待地,他说:原汁原味,香!

大机关首长跟着说:百姓菜,百姓菜,没油少盐真味道!

就在大家品味百姓菜的时候,安小旺的小儿子赶在这个时候,从学校里的复习班跑回家,没有找着他的爸妈,就一路小跑地也赶到鲜本求的蔬菜园里来了。

还在滩地村的大街上,任管事就知道了小家伙的名字,他叫恩给。对于他的这个名字,父亲安小旺,母亲甄燕燕起给了他,也明确地告诉了他,让他知道,他的生命,不仅是父母亲给予的,还有他的恩人,鼎力相助给予的呢!

所以,安恩给早就知道陈仓城里有个大机关,大机关里有个任管事。

任管事到滩地村来了,安恩给认识了他,他在村子里的大街上是要给任管事行礼的。当时没有机会,现在有了,他因此一来,就站直在任管事的面前,以少先队员之礼,向任管事敬重地举起了手。

安恩给脖子上的红领巾可真红呀。

随风飘扬着的红领巾,吸引着任管事,他从蔬菜宴的餐桌前站了起来,走到安恩给的身边,捉住了他举起的手,让他放下来,然后又捉住他脖子上系着的红领巾,帮他小心地捋了捋,捋平整了顺在他的胸前。

安小旺的媳妇甄燕燕把一碗土豆熬豆角端出来,爱怜地递给了她儿子安恩给。不过她没有让儿子安恩给吃,而是向她的儿子提了一个要求。

甄燕燕说:儿子,娘刚才朗诵了《诗经》里的《燕燕》。

甄燕燕说:你也朗诵一段吧。

听话的安恩给,就那么端直地站着,朗诵起了《燕燕》:

燕燕于飞,颉之颃之。

之子于归,远于将之。

瞻望弗及,伫立以泣。

……

在安恩给朗诵了一段《燕燕》一诗的句子后,做娘的甄燕燕让儿子吃他端在手里的饭了。要他赶快吃,吃了上学复习去。可是安恩给没有动筷吃,而是贪婪地凑到鼻下嗅了嗅,问了他妈一个问题。

安恩给是跑着来的,他呼哧带喘满脑袋的汗水,急切地问:还有土豆熬豆角吗?

安恩给他妈不知儿子为什么问出这样一个问题,寻找着话题正要回答儿子时,安恩给焦急地说了一个任谁都没法再坐下来吃喝的事儿。

安恩给说：我们学校的教室塌了一个角。

安恩给说：有几个同学受伤了。

安恩给说：我送受伤的同学吃去。

7

来滩地村时，任管事和大机关首长是带了一辆小车的，首长二话没说，当即打发司机拉上安恩给，带着锅灶上所有吃的，先往塌了一角的学校赶了去。

追在小汽车扬起的黄土灰尘后，任管事和大机关首长，还有鲜本求、安小旺和他媳妇甄燕燕，也都一路跑着去了。受伤的学生在他们赶来时，已被小汽车送走了，他们看到的，只是一个落满了尘灰的塌教室，他们从塌了一角的教室检查起，把滩地村的学校用房，一座一座地都看了，他们看出了那些用房的问题，差不多都已成了危房。大机关的首长与任管事交换了一下眼色，当机立断，在现场做出了一个决定，抽出专人，成立专组，对区域内所有的学校，特别如滩地村这样的乡村学校，开展一场大检查，发现一处危房，解决一处危房，不留死角。绝不能让孩子们，坐在危房里读书学习。

时间就是生命，安小旺这些日子，每天到鲜本求的蔬菜园子要跑一趟。

安小旺跑了来，先来给鲜本求说，工程队进学校了，再来就说，所有的危房都扒掉了。后来还来，来了给鲜本求说，新的教学用房不是原来的砖呀，土呀，木头呀的结构，是混凝土加钢筋的楼房了，一层一层地起，像陈仓城里的学校一样，也是楼房了。

听着安小旺欣喜到心坎上的话，鲜本求自然也是高兴的，虽然他的孩子都长成了，不在村里的学校读书了，他还是高兴着，因此就还做出了一个决定，去他已经生疏的大机关一趟，拜见一下他感动着的任管事，以及那位大机关的首长。

身背着西葫芦黄瓜，西红柿洋葱，茄子豇豆菠菜等粪尿蔬菜，还有小葱菠菜韭菜等几样蔬菜的菜根，鲜本求站在了大机关的大门口，向门卫打听着任管事和大机关首长……断了在大机关拉运粪尿的机会，鲜本求多年后再来大机关的大门口，远远地看着，发现了大门口的陌生和大门口的新鲜。原来他拉着粪尿车自由出进的大门拆除后做了新的设计，新的建设。鲜本求承认，新的大机关大门，的确比原来的大门气派，比原来的壮观。也许因为这一变化吧，原来的大门是没有岗哨的，现在有了岗哨。站岗的哨兵，在他们站着的哨亭里，站得笔直，两只眼睛眨也不眨，让鲜本求看见了，直觉他们是威武的、专业的。鲜本求有过去出入大机关的经验，没有畏畏缩缩，而是大大方方地先向威武的岗哨走去，给岗哨一个点头礼，就要迈着阔步往进走了。可岗哨一言不发，只是一个标准的抬手动作，就把鲜本求指向了大门一边，让他去门卫室登记了。

鲜本求到了门卫坐着的窗口面前，接受着门卫的审查，却突然听到有人叫他。

鲜本求听出叫他的声音很熟，他立即想到了任管事，还有大机关里的首长。在他努力地分辨着是谁在叫他时，就把眼睛转向了大机关的大门口，这就看见了大机关的首长，从一辆小车的后门走下来，正热情地招呼着他。

负责登记来人的门卫，看见这样一个情景，便不再审查鲜本求了，并把他原来冷冰冰的脸面收起来，换了一副暖洋洋的样貌，从他坐着的靠背椅子上站起来，迅速地转出门卫室，帮助鲜本求，扶着他扛在肩上的一大袋蔬菜和蔬菜根，向大门口走下小汽车的大首长走了去。

大机关首长让门卫帮助鲜本求，把装着蔬菜和菜根的大袋子，装卸在了他刚才乘坐着的小车上，不无欢喜地说了两句话。

首长说：是你的粪尿蔬菜了。

首长说：我了解过了，你的粪尿蔬菜，现在都不是给人食用的，而是用来留种的呢。

首长说：那次到你的蔬菜园里，吃了你不少粪尿蔬菜，忘了给你交钱。你这次来得好，我就按照蔬菜种子的价码，给你补交上。

鲜本求跟在大机关首长的身边，他走一步，他跟一步，他觉得活了一生，这时候是最体面的呢！他听首长还说，在他蔬菜园吃的那一顿菜，要给他钱，他慌忙摇起了手，说他哪能要首长的钱呢。

鲜本求说：我不要钱，只要首长有时间，还去我的蔬菜园。

鲜本求说：我再给首长下厨熬制粪尿百姓菜。

在大机关绿树夹道的路上走着，不断有人侧目来看鲜本求，这使鲜本求更加脸上有光。他是兴奋起来了，兴奋着回了大机关首长几句话，就乖乖地来听首长怎么说了。首长的记性真是好，他记着他蔬菜园木栅栏攀爬着的刺玫花，还有蔬菜园屋檐下筑巢育幼的小燕子。

首长说：你那围栏上的刺玫花可真繁盛哩。

首长说：还有你屋檐下的小燕子，可是又育出一窝小小燕子了？

鲜本求太受感动了，他忙不迭地回答着大机关首长。

鲜本求说：刺玫花是越来越繁茂了。

鲜本求说：小燕子是又育出了一窝小小燕子哩。

首长看来是很欣赏鲜本求的蔬菜园子。

首长接着鲜本求的话，回应着他说：世外桃源。

首长说：陶渊明采菊东篱下，悠然见南山。

首长说：你是侍弄在粪尿蔬菜刺玫花下，而悠然见南山了呢。

鲜本求读书不多，但对陶渊明这位古人，还是知道点的，他因此回了一下头，从大机关的大门里向南望了去，还真望见了巍峨耸立的终南山。

终南山在陈仓城这一带，是被人称为南山的呢。

8

任管事离休了。

在大机关首长的办公室里，鲜本求知道了任管事的身份，可是不一般哩。他是中华人民共和国建国前的老革命，打过日本鬼子，打过国民党，而且还雄赳赳，气昂昂地跨过了鸭绿江，打过美国鬼子。任管事的身上至今残留着三块没能取出来的弹片，好像是，他身上的弹片，就是为他的军功章而存在着的。

鲜本求在大机关首长的关心下，坐上首长的小车，把他与他带来的粪尿蔬菜和菜根，一块儿送到陈仓城里的荣军敬老院来了。在这里，鲜本求亲眼看见，离休在这里的任管事，在他挂在一面墙上的旧军装上，就庄严地佩戴着三枚闪闪发光的军功章。

那三枚军功章，鲜本求分不清什么名堂，心想应该有他英勇抗日的一枚！有他奋战国民党军队的一枚！有他冒死抗美援朝的一枚！看着那一枚一枚的军功章，鲜本求很有些心潮澎湃了呢。

鲜本求因此看着陪在他身边的任管事，就不只是肃然敬佩那么轻描淡写，而是要五体投地了呢！他不由自己地给任管事说了这样几句话。

鲜本求说：你把我吓着了！

鲜本求说：你是大英雄哩！

鲜本求说：你让我心服口服地服上了！

任管事不要鲜本求这么说他，他端起一个搪瓷缸子，给鲜本求冲泡了一杯茶，双手端着，送到了他的手边给他说，你背那么一大袋子的蔬菜和菜须根，走了那么远的路，把你可是累着了，你就先喝茶吧，一会儿咱们吃饭。

鲜本求的确是口渴了呢，他是需要喝茶的，但任管事的茶，封不住鲜本求的嘴，他小小地啜了一口，就还把他今天想要说的话，毫不掩饰地要说出来呢。

鲜本求说：大机关的首长，你是也有资格做的呢。

鲜本求说：老百姓就需要你们这样的官。

鲜本求说：你把你委屈了。

听着鲜本求的话，任管事感受得到他说话的真诚，不过他一点都不觉得自己委屈，所以他呵呵地乐了乐，就给鲜本求这么说了。

任管事说：官大官小，只是个分工不同。

任管事说：能管事的就分工他们管事，能干事的就分工他们干事。

任管事说：像我自己，自觉是个干事的人，所以就不觉得有什么委屈，反而觉得干事真好。

鲜本求想起了任管事的名字，就觉得他有必要与任管事抬抬杠，因此他说了。

鲜本求说：任……管事，这是你的名字吧？

鲜本求说：名字对一个人的影响是很大的呢。你的名字都启发着你，是要管事的哩。

鲜本求说：你却身背那么大的功劳，心存真情地干事，少见，太少见了。

任管事依然呵呵乐着说：管事，管事，同事就那么随口一叫，你倒还当真了。

任管事说：你可不要当真。

荣军敬老院的后勤人员，在这个时候，来请任管事和鲜本求了。他说荣军敬老院的灶上，特意开了一桌菜，就等任管事和鲜本求去品尝了。

任管事因此手牵着鲜本求，两个人像多年重逢的老战友一样，亲亲热热地去了荣军敬老院的灶上，发现大机关的首长，先他俩已经坐在了那桌特意开出来的菜桌前。任管事和鲜本求来了，大机关的首长迎上来，热情招呼着他俩，一左一右地，在大首长的两侧坐了下来。

荣军敬老院灶上的服务人员，给菜桌上上菜的时候，大机关首长先向任管事表达了他的问候，说是任管事离休在这里，他老说来看一看，和任管事一起吃顿饭，可总是心里想着，却动不了身。这下好了，鲜本求来了，他来时身背那么大一袋子粪尿蔬菜和菜须根，来看你任管事，这给了我一个理由，我不能再往后拖了，赶过来，咱们一起吃顿饭。

首长说的是真心话。他说着菜上齐了，却依然不忘在鲜本求蔬菜园子，吃的那餐粪尿蔬菜宴，他没付钱的事，因此又说了起来。

首长说：在我办公室给你吃饭的菜钱，你怎么都不接，我来这里回请你一次好了。

首长说：只怕没你粪尿蔬菜的风味纯粹。

与任管事吃顿饭，鲜本求心里已经很有压力了，突然地又加上个大机关的首长，鲜本求心里的压力别提有多大了。但他听首长这么一说，就把他心里的压力，轻轻地搁了下来，并因此还理直气壮了起来。理直气壮了的鲜本求，举起他眼前的一双竹箸，对着眼前的一道道菜肴，欢心愉快地大快朵颐了起来……既然坐在了一起，吃喝着哪能不说话呢？鲜本求努力地措辞着，想他应该说些感激的话哩，却又觉得任管事和首长都是真人，他一味地感激，会不会败了人家的兴致，让人家感觉见外？大机关的首长或许是看出了鲜本求的心理活动，他要解救鲜本求，便赶在鲜本求的前头说话了。

首长说：你不知道，我们坐在大机关的办公室里，最想知道基层的事情哩。

首长是挑了一箸头的凉调菜根，吃到嘴里后说的话。他前面说的话刚一落音，紧跟着就又说上了。

首长说：吃了菜根，是为知道基层百姓的滋味。

首长这么说着停顿了一下，是想看鲜本求的反应吧？鲜本求没反应，他就又说了。

首长说：我把你们滩地村是要当成一个点了。以点带面，点上的事情常常可就是面上的事情呢。

首长说：你给我说说看。

鲜本求听出了大机关首长鼓励他说他们滩地村的事，他因此想起了一件有趣的事，这便知无不言地说了。他说的是安小旺，还说任管事和大机关首长都知道安小旺，在家里做饭炒菜，惹得他们的老父亲生了气，在滩地村见人就说，说他老伴活着时，一锅饭只在锅眼里的炒勺里，拿筷子点一滴油，炒一根蒜苗，会把一个村子都香了呢！现在好了，老伴去世了，就由小辈当家，他们也做饭，也炒菜，一小锅饭，一把蒜苗，一大勺油，在锅里炒，却炒不出半点菜香味。别说村里的人闻不见，就是我在自己家里端起碗，把饭菜吃在嘴里，都吃不出香来呀。

鲜本求把他说得乐不可支。说到后来，说他找到安小旺的老父亲，把他蔬菜园里的粪尿蒜苗送了一根给他，让他拿回去炒。你道怎么样？他吃惊了，一根蒜苗又炒出了全村香。

首长听得兴趣盎然。他听了鲜本求说的这段话，似觉不能满足，就还启发鲜本求，要他有话就说，不要拘谨，说什么他都爱听。

鲜本求就把他们滩地村现任村长的一件事说了出来。

鲜本求在给首长说的时候，再三声明他不是要告村长的状，而是说土地承包责任制后，各村的村长，都像他们村的村长一样，能够分点好的责任田就尽量给他拣好点的分，这没什么，只要不多吃多占，大家都能理解。但他们村的村长偏偏多吃多占了，他借口孩子多，就给他的两个孩子，各在村里划下了一套庄基地。他孩子多是事实，那是他落实计划生育政策不到位，自己多生了一个，而且又还都小，一个在初中读书，一个在小学读书。村里人对他的这一做法，意见大了去了，但都是背后的意见，没人在村长面前提。安小旺倒是有胆量，他站出来与村长理论了。

鲜本求说到这里停顿了一下，他观察着大机关首长的脸色，发现他是鼓励他的，因此就又补充了两句。

鲜本求说：对于歪风邪气，就应该敢于斗争。

鲜本求说：我就支持安小旺。

9

没担任村长时的安小旺，是一个样子，当了村长的安小旺，就成了另一个样子。

鲜本求把他们滩地村的实际情况，说给了大机关的首长，他从任管事和大首长设给他的一桌盛宴上离开，回到滩地村的家里来，过了没几天时间，村里就来了一队工作人员，把村长多占的庄基地清退给了村上，让村长在村民大会上，做了深刻的检讨，叫他自己辞职，重新选举村级领导干部。大家投票了，众望所归，几乎全都投给了安小旺，使敢于与村长的错误斗争的他脱颖而出，做了村里的新村长。

安小旺的新村长，开始的时候做得真是不赖，大家也都拥护，突然地听闻城里的大机关要迁出来，选址在了滩地村，安小旺便突然变得像被什么利益的火烧着了，上蹿下跳，聚集了一些村里的青皮二流子来和前期征地的人员激烈地矛盾起来，而且硬着头皮相抗拒。他指出的条件，是唯一的条件，答应了则罢，不答应就硬顶着，决不妥协。

对于安小旺的这一变化，鲜本求是无可奈何的。

但鲜本求没有放弃他对安小旺的影响，在大机关迁来他们滩地村的事情上，与安小旺和他纠结的那些青皮二流子不同，他是乐观其成的。用鲜本求自己的话说，远亲不如近邻，大机关看得上滩地村，是滩地村的风水，更是滩地村的福气。咱们一个陈仓城的郊外村庄，能结缘大机关这样的邻居，不知祖宗积攒下了何等样的德行，到他们这一辈遇上了。遇上了，还不诚心诚意地欢迎人家来，却还要生出这样那样的恶心肠，这可是太不应该了。

睦邻……友好……

负责征用土地的人员，寻到鲜本求跟前来了。他们准备了一肚子的话，有生硬的官话与政策话，有温情的说教及暖心的话。但他们遇到了鲜本求，他是欢迎大机关来的，来做他们的近邻，所以他们给鲜本求做工作，说的话就都成了多余。他们的话都还没说出口来，鲜本求就痛痛快快地说了。他表达他的内心诉求，说他没有特殊的要求，更没有个人的什么利益，他只想能与即将迁来的大机关，睦邻相处，友好相待。

负责征用土地的人员，与鲜本求谈的是他的蔬菜园子。

鲜本求表达了他的诉求后，就利利索索地交出了他的蔬菜园子，哪怕他多么留恋，多么不舍，也毫不拖泥带水地按照土地征用的基本条件，先从蔬菜园子搬出来，搬回到了村子。在村子里没住几日，土地征用人员又跟进了他的家里，他依然怀着睦邻友好的态度，把他们祖辈世代居住的祖屋，腾出来，住到参加了工作身在陈仓城里的女儿家里去了。

鲜本求搬离滩地村时，安小旺来送行了。

在滩地村与谁都和睦相处的鲜本求，安小旺打心里敬佩着他，他尤其敬佩几次关键的时候，都是鲜本求无私地帮助了他，像他儿子安恩给横生难产的时候，还像他获选滩地村村长的时候……然而敬佩归敬佩，但在滩地村的土地被征用，滩地村的村庄被征迁，在村长位子上干了些年头的安小旺，却有了与鲜本求不一样的认识。他俩是有矛盾了，安小旺怪罪鲜本求不支持村上工作，没有大局意识，而鲜本求反感安小旺自私自利，不顾国家的需要，也不给近邻面子，将来居住在一起，抬头不见低头见，还怎么好见面！总之是，安小旺学会了许多东西，他喜欢鲜本求的单纯质朴，自己却不愿意再质朴单纯了，他喜欢鲜本求诚实守信，自己却做不到守信诚实了，他为此也难受，自责过自己，但自责过了，他还是逐渐地改变着他。

安小旺不能随便把村里的土地被征用走。

安小旺不能轻易把村庄的祖居地被征迁去。

哪怕搬迁来的是什么大机关！你机关越大，越有办法，越是一块大肥肉。他们自己撵着来了，把大肥肉送到了咱的嘴边上，咱能不下力气咬他一口吗？这是必须的，必须毫不留情地，张大了嘴巴，连肉带血，狠狠地咬上一口了！

过了这个村，没有这个店。

安小旺吃了秤砣铁了心，不达目的绝不罢休。

乐观高兴着大机关搬来滩地村，做滩地村邻居的鲜本求，率先垂范，响应号召，就要从滩地村搬离开了。如果别人这么干，安小旺不仅不会来送他，还可能纠集他的一班铁兄弟，给鲜本求出难题呢！是他鲜本求了，安小旺没有别的办法，他不能给他上硬茬，就只能心不甘、情不愿地来送他了。在滩地村的街道上，一辆由征地工作组人员提供给鲜本求的搬家车辆，装载上了鲜本求的家当，发动了车辆的发动机，轰轰隆隆地就要开走了,安小旺站在车辆的前头,与鲜本求还没完没了地拉着话。

安小旺的话说得是很无奈了:就这么搬啦。

鲜本求说:不搬还等啥哩?

安小旺说:你还搬回来吗?

鲜本求说:和大机关做邻居,你说我还搬回来吗?

安小旺说:那就等着你再搬回来。

话说到这个份儿上,是再没有什么话好说了。安小旺从搬家车辆的前头挪开了身子,他扶着鲜本求,扶着他上到搬家车辆的驾驶座一边,坐下来,互相挥着手,任由搬家车辆一鼓作气地轰鸣着,开出了滩地村,走进了陈仓城里女儿给鲜本求腾出来的楼房里。

住在远离了滩地村的鲜本求,是会常要想起他专心侍弄了许多年的蔬菜园子,还有他祖祖辈辈居住了许多代人的祖屋。他不知道他离开后,原来的祖屋会被拆成什么样子,还有他的菜园子。

蔬菜园子的木栅栏,爬在木栅栏上的刺玫花啊!

蔬菜园房檐下的燕子窝巢,出出进进在窝巢里的小燕子啊!

日有所思,夜有所梦。鲜本求晚上睡觉,梦里的刺玫花,梦里的小燕子,还是那么花团锦簇,还是那么生动活泼。

鲜本求对他的菜园子,对他的小燕子,可不只是在梦里梦一梦,在心里想一想,他是要有所行动了呢!鲜本求的行动,就是把他的眼光,投放在了女儿给他居住的楼房阳台上。阳台朝向南面的一边,光照充沛,鲜本求把女儿原来养花的盆子,收拾出来,枝插了刺玫花;并还把楼下别人丢弃的一些花盆,或是什么可以装土的盒子,培上土端到阳台上,来种植蔬菜了,辣椒、黄瓜、茄子、豇豆、蒜苗、小葱……鲜本求把一个有限的阳台,侍弄得花团锦簇,满眼葱绿!鲜本求的女儿来看他,发现了阳台上的变化,倒也理解种了一辈子蔬菜的老父亲,忘不了他的老手艺,把楼房阳台当作蔬菜园来侍弄,就还把老父亲夸上了。

女儿说:城市楼房的阳台,开辟成蔬菜园,倒也不失一种城市经济的新形态。

女儿把鲜本求夸说着,就还说了阳台蔬菜园的问题。她说:就是味道不太好。

鲜本求没敢说他把自己的粪尿积攒下来,给蔬菜苗泼,而是说,把窗子开一会儿就好了。

女儿要走了,阳台上蔬菜地有什么成熟的菜,鲜本求就采摘下来,让女儿带着走。

城里女儿给他安排住在楼房上,鲜本求有阳台上种植的刺玫花和蔬菜陪伴着,倒也觉得日子不算难熬。不过他很想有一窝小燕子,筑巢在他种植着刺玫花和蔬菜的阳台上,情况应该会更好一些。然而,他的这个小小愿望,还正热切地愿望着,突然地看到了一则电视新闻。那个新闻报道是在陈仓城地方电视台上播放出来的。播放得极其沉痛,背景音乐是压抑的,播音员的声音也是压抑的。

播音员在新闻里说,离休干部任管事去世了!

任管事算不算鲜本求的朋友呢?

回想着他与任管事过去的点滴交往,鲜本求落泪了。他跟着讣告上公布的时间,通知他的女儿把他送到了市殡仪馆,他要去送送任管事……鲜本求想他来得不迟,可是在他到达殡仪馆时,却已挤不到入殓在水晶棺里的任管事身前了。这使鲜本求痛悔莫及,却也为任管事高兴,竟然有那么多人,赶来为他送行!

在殡仪馆为任管事设立的灵堂外,鲜本求为任管事黯然地流着泪,突然听到有人招呼他,他循声看去,看见了头发斑白的大机关首长。他像鲜本求一样,也满眼泪水!

看来他应该是也退休了，而且生了病呢，坐在一把轮椅上，流着泪向鲜本求艰难地挥着手。鲜本求向他走了去，他给鲜本求说了。

退休了的大机关首长说：老了，都老了。

可不是吗，走到退休了的大机关首长的跟前，鲜本求拉住他的手，应和他的话说：是啊，是都老了。

鲜本求还要再说些话的时候，退休了的大机关首长说起来了。

他俩异口同声地说：到时候来陪……

他俩的话都没说完整，就被送别任管事的哭声突然打断了。但他俩的心声是一样的，到时候来陪比他们早走了的任管事。

10

离开了滩地村，鲜本求只是身子离开了，而他的心还留在村子里。

不是鲜本求要打听村子里的事，而是村子里的人，要寻到鲜本求住着的地方来，给鲜本求说村里的事。他们说的事情，可都不是鲜本求最想知道的。鲜本求想知道他的蔬菜园子，被扒了没有。还有那窝小燕子，它们在他搬走后，可是也飞走了。让他欢喜的是，来找他传话的人说了，说他的蔬菜地还没扒，因为工地上的人还都馋他的菜，小燕子也没有飞走，但在窝巢里待的时间，没有站在蔬菜园子路边的电线上多。听人这么说，鲜本求的眼前，浮现出了一幅图画，那图画里有他还没搬离蔬菜园子前常能看到的刺玫花，以及他可爱的小燕子。刺玫花灿烂繁盛，小燕子活泼可爱，吵吵闹闹在窝巢里，把它们自己吵闹烦了，就要飞出去，飞到高高的电线上去，站在电线上继续着它们的吵闹。

鲜本求曾经想过，吵闹的小燕子啊！可是比翼双飞的夫妻？它们夫妻那么吵，那么闹，却怎么就始终不离不弃，坚守在一起？

鲜本求因此是很敬佩小燕子了呢！以为人，应该向小燕子学习，不要因为个什么小矛盾，小问题，就吵闹得化不开解不了。

生产队长安小旺，把他变成滩地村拆迁项目钉子户的讯息，就这么传进了鲜本求的耳朵。不是一个人传，而是你来传说，他来传说，传说到后来，拆迁项目办的负责人，不知从哪儿获得的消息，来请鲜本求了。他们来请鲜本求，希望他回滩地村来，帮助他们做安小旺的工作，不要站在工程的对立面，做项目进展的障碍。

鲜本求原来不想插手这件事，但项目上来的负责人说了这样一句话，他就坐不住了，起身跟着项目上的负责人，回到滩地村来了。

那位项目负责人胖乎乎的，脸上的眼睛和嘴巴，都像是用小刀子划拉出来的，只是细细的一条缝。

他把一条缝的眼睛努力地睁开来，用他一条缝的嘴巴说：远亲不如近邻，你是这样说了的吧？

一条缝的眼睛，透出来的眼光有点诡异，他还用他一条缝的嘴巴说：近邻好啊。

一条缝眼睛一条缝的嘴巴真能说：是大机关这样的近邻呢！

在回滩地村的路上，一条缝眼睛的项目负责人用他一条缝的嘴巴，把鲜本求曾经说过的话，重复地又说了几遍。在一条缝眼睛项目负责人动着他一条缝嘴巴，唠唠叨叨着，就与鲜本求乘坐着小汽车，呜哇呜哇地回到了滩地村……小汽车快要钻进村子时，鲜本求给陪着他的项目负责人提了个要求，说他想去他的蔬菜地看看。

鲜本求所以提出这个要求，是他看见高高的电线上站着的小燕子了。

从滩地村头顶横穿而过的电线，是架在两座铁塔上的。鲜本求知道，那是一条交流电压非常高的高压线，通过村庄时，为了村庄的安全，必须架设在等级相对也高的铁塔上。鲜本求太熟悉这条直通陈仓市区的高压线路了,因为他原来的蔬菜地,就也在高压线的下边,随他筑巢在蔬菜地里的小燕子,从菜园子常会箭一般嗖地射出去,飞向高压线,歇脚在高压线上。鲜本求没有乐谱知识,不知道站在高压线上的小燕子,可像优美的五线谱一样美妙。他只是对于小燕子的这一举动,特别地操心,担心高压线会电了小燕子,那可就要了小燕子的小命了。后来经人介绍,鲜本求知晓了小燕子,还有别的什么鸟儿,它们两条腿站在电线上,会产生电压差,并顺利地导致电流通过,所以不会造成小燕子电死的危险。

鲜本求因此为他的小燕子而庆幸,要不然那蛛网一般发达的电线,横在天空中,还能有小燕子生存的余地吗?

项目负责人把他一条缝的嘴巴动了动,他同意了鲜本求的要求,让小车司机掉转车头,往鲜本求原来的蔬菜地那儿去了。

因为有项目负责人陪同,鲜本求很容易地到了他的蔬菜地边。

鲜本求看得出来,他原来的蔬菜地确如来看他的村里人说的那样,还比较完整地保留着,包括他蔬菜地周边的木栅栏,和攀爬在木栅栏上的刺玫花,都比较好地保留着,并在太阳下姹紫嫣红地开放着,给已经变成一片大工地的地方,添加了许多生动……小葱、蒜苗、菠菜、茄子、西红柿、豌豆,一畦一畦地也还在木栅栏和刺玫花的围绕中,茁壮地生长着,绿得如同泼了油一般。

鲜本求看见有位与他年龄相仿的汉子,侍弄着他原有的蔬菜地。鲜本求来了,他想他该给那个汉子打声招呼的,而那汉子却先热情地向他招呼了。

那汉子认识鲜本求吗?

鲜本求恍惚想得起来,又不能明白,也就糊里糊涂地热情着,给他回着招呼。

鲜本求的招呼是内行的。他说:蔬菜地泼浇的是人粪尿了。

给他招呼着的人,自然也不外行。他说:不是人粪尿,长不出这样的蔬菜。

其实那位像鲜本求一样侍弄蔬菜地的汉子,并不认识他。他所以向鲜本求他们打招呼,并不是单给鲜本求的。陪着鲜本求的项目负责人,应该是那人打招呼的目标,鲜本求看着侍弄蔬菜的人亲切,就自己冲在前面,和那汉子说上了话。他们两句关于人粪尿与蔬菜的对话,让素不相识的他俩,一下子真的亲热了起来。他们走近了,鲜本求从他的口袋里掏着纸烟,那个人也在口袋摸着纸烟,不过两人都白掏白摸了,因为他俩条件反射地互相在自己的口袋里掏摸着纸烟时,却都没有掏摸出什么来。

他俩因此不尴不尬地乐了起来。

鲜本求说:我原来是有这毛病的呢。

鲜本求说:戒咧。

那汉子也说:我是也有这毛病的呢。

那汉子说:也戒咧。

他俩的共同话题真是不少,先是人粪尿的蔬菜说了几句,又是说了吃烟戒烟的话,说着就又回到这片蔬菜地上来了。

鲜本求说:其实我要感谢你呢。

那汉子猜出些眉目来了。说:这片蔬菜地原是你的吧?

鲜本求点着头说:你猜对了。

那汉子说:我原来是也有一片蔬菜地的,我就爱给我的蔬菜地泼浇人粪尿。

在他俩这么体己地说着他们的话时,刚才还站在高压线上的小燕子,也许是受到了鲜本求的吸引,便都箭一般嗖地射飞来了,来在鲜本求的头顶上,绕着他就是一场叽叽喳喳地吵,叽叽喳喳地闹……鲜本求的眼睛追着旋飞的小燕子,他问候它们了。

鲜本求说:算你们识人。

鲜本求说:算你们有良心。

要从鲜本求原来的蔬菜地离开了,那个暂时继承了他蔬菜地的汉子,小葱一撮,蒜苗一撮,还有菠菜、芹菜等粪尿泼浇出来的蔬菜,都给鲜本求采挖了一些,用菜地边的马兰草打成捆子,送到了鲜本求和项目负责人坐着的小车上。

那汉子说:想你的蔬菜地了,你就回来。

鲜本求嘴上答应着那个热情的汉子,心里想着他是还要回来的,可是他实在不知,今后回来,还能不能看到他的蔬菜地。

11

到处都是耸入云霄的塔吊,到处都是吭哧吭哧砸向地面的打桩机,到处都是尘土飞扬的隆隆吼叫的渣土车……鲜本求在一条缝眼睛一条缝嘴巴的项目负责人引领下,在这样一种热火朝天,又杂乱无章的环境下,走到了成为项目钉子户的安小旺家的宅院边。

原来的滩地村,都拆掉了,拆成了一大片平地。现在就只剩下安小旺家的那处宅院,和宅院里原有的一栋三层小楼,以及小楼前的那棵石榴树。

鲜本求看着那座红砖漫顶的三层小楼,和那棵花红叶绿的石榴树,不禁有些鼻塞,他无法忍受地擤了擤发塞的鼻子,就还连锁反应地嗓子发痒,让他有点无法忍受地咳了起来。

鲜本求擤鼻子、咳嗓子的声音,引起了陪着他的项目负责人的注意,一条缝眼睛、一条缝嘴巴的项目负责人,立即凑到他跟前,十分关心地询问他了。

项目负责人说：您不舒服？

鲜本求不是圣人，他原来的家园，被拆得狼藉一片，他能舒服吗？

鲜本求把多嘴多舌的一条缝眼睛、一条缝嘴巴的项目负责人，狠狠地瞪了一眼。鲜本求的这一眼，把项目负责人吓着了，他因此就又补充了一句话。

项目负责人说：这个时候，您老可不能不舒服。

前面是一句彻彻底底的废话，现在又完完全全的是一句烂话。鲜本求想了，他这个时候不能不舒服，什么时候可以呢？他把废话连连的一条缝眼睛、一条缝嘴巴的项目负责人，再次狠狠地瞪了一眼。

鲜本求想他该给项目负责人怼上两句的，比如"我不舒服咋了？告诉你娃娃哩，我就不舒服了"。还比如"你给我个舒服的理由，让我舒服起来呀"。那两句话在鲜本求的心口上打着滚儿，都已从他的喉咙眼里爬出来，带着火的气质，要喷到他的嘴边时，他看见了已成孤岛的安小旺，还有他的媳妇儿甄燕燕，从他们家的三层小楼里出来，站在了石榴树下，很是消闲，也很有情致地，观赏起了石榴树上开得火焰般的石榴花……夫妻俩观赏着石榴花时，似还说着什么话。好像是安小旺先说了呢，他说着话，伸手到石榴树上，折下一枝石榴花来，簪在她一边耳朵旁的黑发间。

看着安小旺夫妇的那个举动，一条缝眼睛、一条缝嘴巴的项目负责人，是个什么感受呢？鲜本求没去注意，他只觉自己笑了，笑着向成为钉子户的安小旺和他媳妇儿甄燕燕，高声大嗓子地打起了招呼。

鲜本求的声量真是高啊。他说：呀哈哟哎，心情不错嘛。

安小旺和他媳妇儿甄燕燕听到了鲜本求的招呼声，他俩循声看来，看见了对他们有恩有情的老邻居鲜本求了，于是就也热情地向鲜本求招呼了。

安小旺抢先开了口,他开口招呼的话才吐出半个字,他媳妇甄燕燕摸着耳际黑发间簪着的石榴花,跟上来也招呼了。

安小旺夫妇俩的招呼声,仿佛排练过的二重唱一般,飘进了鲜本求的耳朵里。

夫妇俩说:本求叔回村来咧。

夫妇俩说:叔你看见咱滩地村了吗?

夫妇俩说:就剩下我一户了。

夫妇俩说:我这一户也被挖得像是一片水泽里的小岛了!

鲜本求承认安小旺夫妇说得对,滩地村他夫妇俩守成钉子户的状态,真的如一片水泽里的小岛,他们做得也是太绝情了!他们围绕钉子户的安小旺家,用他们大型挖掘机,一铲一铲地挖着,就都挖空了,挖成了一圈不宽,却非常深的壕沟。如果只是干的壕沟,倒还罢了,他们还往壕沟里灌进了水,深深地发着蓝光的水面上,污渍不堪,漂浮着村子拆迁时毁弃了的破门烂窗,还有废弃下来的方便面餐盒,以及叫不出名称的塑料袋等,在春尽夏来的天气下,散发出阵阵恶心人的气味来。

鲜本求的眉毛拧起来了,他的面部表情和内心的变化,都被一条缝眼睛、一条缝嘴巴的项目负责人看见了。他紧张地指教起了鲜本求。

项目负责人说:我们是没办法了。

项目负责人说:但凡有丝毫的办法,也不会这么来的。

项目负责人说:请您老回来,就仗您老的脸面了。

项目负责人说给鲜本求的那一堆解释的话,很有些煽情的味道。正是他颇具煽情意味的话,起了些作用,但还不足以消除鲜本求的气恼。项目负责人因此就又说到了安小旺,他说安小旺两口子呀,也太不珍惜他们自己了,你做钉子户就钉子户吧,还在他钉子户的楼房里,准备了一大桶汽油，我们不敢动他，就怕像他说的，一把火点着了那桶汽油，问题可就大了，要出人命了呢！

项目负责人这么一说，倒是把鲜本求内心生着的闷气压了下来。

鲜本求的脑子，跟着项目负责人说的话，在剧烈地转着圈子。他承认，如果真像一条缝眼睛、一条缝嘴巴的项目负责人说的那样，就真的麻烦大了，的确是要认真对待呢。

安小旺乡里乡党的，他人不坏，他媳妇儿甄燕燕也不坏，他和他媳妇成为钉子户，做得虽然过分，但也不能说他们就都是错……自己的家园啊，说拆就拆了，鲜本求没好意思做钉子户，并不是说他不爱他的家园，人老几辈住惯了的地方哩，刻在鲜本求的心上似的，他也难受呢！远亲不如近邻，老辈人是这么说了的，鲜本求不能批驳老辈人的话，他喜欢自己的近邻，原来的安小旺和他媳妇甄燕燕，就是他的近邻，他们相处得多么好啊！如果没有这次拆迁，他们还是近邻……哎哎哎，不说了，不说了，大机关要迁来了，来了就也是近邻了呢！鲜本求以大机关为大近邻的理由，带头帮助拆迁，但他的心里一样难受，一样不畅快！

一大桶汽油！鲜本求听项目负责人说到这里，他的心里就更难受了。

鲜本求难受着，神情当即又还紧张了起来，他说：他要点了那桶汽油吗？

鲜本求说：点着了汽油可不得了，真是要出人命哩！

项目负责人看着神情变化着的鲜本求，他压不住心里的小得意，依然顺着鲜本求的担心，添油加醋地说了。他说他们承担大机关搬迁的前期拆迁任务，可是不想出什么大错，特别是要人命的大错……项目负责人把话说到这里的时候，鲜本求张起他的双臂，做着他蔬菜地里燕子飞翔的样子，给一条缝眼睛、一条缝嘴巴的项目负责人说了。

鲜本求说：我要是我蔬菜地里的小燕子一样就好了。

鲜本求说：我飞着去见安小旺。

12

充足了气的一艘橡皮小船，在一条缝眼睛、一条缝嘴巴的项目负责人的指挥下，放入了脏臭不堪的水面上，他没有问鲜本求还有什么要求，就觍着脸，请鲜本求登船去见安小旺了。

鲜本求没有动，他看着空空荡荡的橡皮小船，给项目负责人说了。

鲜本求说：你平时见朋友，不带点什么吗？

鲜本求说：我可不能空着手见我的乡党。

鲜本求没让一条缝眼睛、一条缝嘴巴的项目负责人掏钱，他从自己的衣袋里摸出几张百元大钞，交给身旁围来的滩地村人手里，嘱咐他们给他买水，干干净净的瓶装水，嘱咐他们给他买面买酒，新鲜的方便面、老旧的酒，说他去见安小旺，就陪安小旺在他钉子户三层红砖楼里住上几天。

一条缝眼睛、一条缝嘴巴的项目负责人，显然没听懂鲜本求的话，便着急慌忙地插话进来说了。

项目负责人说：你去住在钉子户里？

项目负责人说：我们请您回来……

鲜本求举手阻止着项目负责人说话。他阻止着他，自己却接着他的话，一字不落地代他说了出来。

鲜本求说：请我回来也做钉子户？

鲜本求说：你放心好了，我不会做钉子户。

说话时，接了鲜本求钱的滩地村人，嚷嚷吵吵地跑了去，又跑了回，买来了好瓶装水，方便面和酒，一个接一个地装上了橡皮小船，然后又还扶着鲜本求,把他也扶上了橡皮小船,看着他划动着搁在橡皮小船上的桨,破开脏污的水面,向孤岛似的安小旺和他媳妇甄燕燕坚守的三层红砖小楼驶了去……鲜本求划着橡皮船,都快划到安小旺钉子户孤岛的边上了,却不知何故,又掉转了橡皮船头,往回划了过来。

着急上火的一条缝眼睛、一条缝嘴巴的项目负责人,看着把橡皮船倒划回来的鲜本求,他十分少见地睁大了眼睛,张大了嘴巴,给鲜本求喊话了。

项目负责人的喊声不敢放得大了,所以小心地压着。他喊:您老人家咋折回来了?

项目负责人低声地喊:您是要我往水坑里跳吗?

鲜本求很痛快地把项目负责人的话接上了。他说:你跳呀。我看着你跳。

鲜本求说:我倒真想看看你跳进污水坑里,是个什么样子?

一条缝眼睛、一条缝嘴巴的项目负责人,哑巴了。他茫然无知地看着鲜本求,把橡皮船划回了他站着的地方,不知道他能说什么,能做什么。不过,鲜本求没有让项目负责人太作难,他给他说了。

鲜本求说:我给安小旺带礼物了,你就不能带点啥吗?

鲜本求说:像你喝的茶叶,还有粪尿泼浇的蔬菜。

有求于鲜本求的是一条缝眼睛、一条缝嘴巴的项目负责人。工期就像悬在他头顶上的一把刀子,大机关在报纸、电台、电视台已报道了搬迁新址的日期,还有滩地村的村民,也要按期回迁,一桩一件,他不敢有丝毫的耽搁,要拔掉安小旺这个钉子户,他把能用的手段都用了,法院、公安,还有街道办事处。他没有别的办法,鲜本求是他唯一可以借用的办法了,听知情人说,鲜本求与安小旺不错,把他搬来,让他去做说客,可能是个事半功倍的事情哩。一切的一切,这时都像摁在了影碟机的快进键上,在项目负责人的大脑里一闪而过,他对向他提出要求的鲜本求,只有笑着说了。

项目负责人说:茶叶马上取来。

项目负责人说:粪尿蔬菜,对,粪尿蔬菜,还有粪尿蔬菜和菜须根,就马上给他挖来。

小小的橡皮船上,便又添加上了茶叶和蔬菜,然而鲜本求依然没有动手划桨,驾驶橡皮船往孤岛上去。

鲜本求又提出了一个请求,说他把安小旺和甄燕燕的儿子带上,效果会更好一些。其实这个办法,一条缝眼睛、一条缝嘴巴的项目负责人,是早就想到了的。他想到了没有用,他们叫不动安小旺和甄燕燕的儿子安恩给,他不给他们面子。鲜本求提出来了,项目负责人对他摊了摊手,说他请不来小东西。鲜本求笑了,告诉他,让他去找安恩给,就说是他鲜本求请他哩,看他来不来。安恩给当然来了,守在村子上许多天,安恩给有学也不上了,他像个流浪儿一样,蓬头垢面,来了一见鲜本求,就先流了一脸的泪。鲜本求招呼他,让他上船来,他带他去见他爸他妈。安恩给听话地下到了橡皮船上。现在的鲜本求,再没有什么要求的了,他划着橡皮小船,劈开水面上漂浮着的废弃物,径直划到钉子户的孤岛上,在安小旺和他媳妇甄燕燕的协助下,卸下了橡皮船上的东西。

上到钉子户的安小旺家三层红砖楼房,鲜本求表现得太有耐心了。

与鲜本求的耐心比起来,一条缝眼睛、一条缝嘴巴的项目负责人,就特别焦躁,整天像热锅上的蚂蚁,眯细着他的眼睛,一言不发地注视着钉子户里的变化。

然而,没有变化。

带着安小旺和甄燕燕的儿子安恩给,还带着吃的、喝的,鲜本求上到钉子户的孤岛上,没事人儿一样,每天都与安小旺和他媳妇甄燕燕,以及他们的儿子安恩给,悠闲地坐在那棵石榴树下,煮着方便面吃面,煮着茶喝茶,期间还拿出带到孤岛上的老旧酒,一块儿喝酒了。他们这么吃了三天,喝了三天,到三日后的那天傍晚,鲜本求与安小旺,还有安小旺的媳妇甄燕燕,儿子安恩给,站在石榴树下,朗诵起了《诗经》里的那首《燕燕》。

好像是安恩给先朗诵起来的,他的朗诵刚起了个头,母亲甄燕燕跟上就也朗诵起来了。母子俩朗诵着,安小旺和鲜本求掺和进他们的朗诵中来,一哇声地都在朗诵了:

燕燕于飞,下上其音。
之子于归,远送于南。
瞻望弗及,实劳我心。
……

等在大水坑一边的项目负责人,他是听见了孤岛上朗诵《燕燕》诗的声音了。只是他非常糊涂,他们怎么还有心情,朗诵那样一首远古的诗?不过这不重要了。重要的是,项目负责人看见他们朗诵罢了那首《燕燕》的诗,就都相互帮助,上到那艘橡皮船上来了。他们上到橡皮船上,没有犹豫,端直地从他们钉子户的孤岛边撤离开来,回到了大水坑的这一边。

安小旺和他的媳妇甄燕燕没给项目负责人说啥,都是鲜本求说来的。

鲜本求说:拆去吧。

得到鲜本求的这句话,一条缝眼睛、一条缝嘴巴的项目负责人,再次地睁大了眼睛,再次地张大了嘴巴,他向伴在他身边的项目上的人,大声豪气地发号施令了。

项目负责人说：听到了吗？

项目负责人是用他手里提着的通话机来说的。他说：谢谢鲜老人家，谢谢小旺你们，我们这就拆了。

手提的通话机，从一条缝眼睛、一条缝嘴巴的项目负责人这里，传出去后，整个拆迁工地，从一种此前死一般寂静的状态下，蓦然活跃起来了。数台隐蔽不见的大型挖掘机，轰鸣着从它们躲的地方窜出来，窜到挖空成臭水沟的边上来，转动着巨大的挖斗，把堆在一边混合着碎砖烂瓦的渣土抓起来，倾倒进臭水沟里，一边填埋一边轰轰隆隆地向前挺进着，相信不要多会儿时间，那些挖掘机，就会把安小旺的三层红砖小楼，拆得不见一点痕迹。

安小旺没有回头，安小旺媳妇甄燕燕也没有回头，他们夫妇俩的眼里全都满含着热泪。

鲜本求安慰着他们夫妇，说：咱们很快就搬回来了。

鲜本求说：回来做大机关的近邻。

安小旺和他媳妇受到了鲜本求的启发，流着泪也都说话了。

安小旺说：我们做近邻。

甄燕燕说：近邻把我装汽油的桶子，必须还给我。

正是甄燕燕的一句话，把鲜本求说得大笑了起来。他笑着，带动了安小旺，也大笑起来了。

一条缝眼睛、一条缝嘴巴的项目负责人，是陪着鲜本求、安心旺和他媳妇甄燕燕的。他听出了他们笑中的内容，是带着嘲讽的味道呢。他把眉头拧了起来，狐疑地看向笑着的鲜本求，还有安小旺，想要知道他们何以要笑。

没有笑的甄燕燕，这个从古周原上的凤栖镇下嫁到滩地村来的女子，在今天让鲜本求真是要刮目相看了。她一脸的一本正经,一字一句地给一条缝眼睛、一条缝嘴巴的项目负责人说了。

甄燕燕说:那个汽油桶子呀!

甄燕燕说:是鲜本求老人家原来拉运粪尿的铁桶子哩!

13

如愿以偿……鲜本求和滩地村搬迁出去的乡党们,在大机关还没搬来前,就都抢先按期回迁回来了。

回迁回来的滩地村乡党,把原来的农民身份,一夜之间变成了与大城市人一样的居民了。这是大家所开心的,而且居住的环境,也从原来杂乱的小平房、小楼房,转换成了大楼房。有那么一段时间,作为回迁户的滩地村人,你家爆竹声声,他家炮仗声声,无一家不欢欢乐乐,无一人不开开心心,回迁回来,住进了成栋连排的楼房里。你家住进来了,要设宴请客,他家住进来了,要设宴请客,鲜本求都记不清他进了多少家的新楼门,吃了多少家的回迁宴。

总而言之,滩地村是彻底地变了样。

大家失去了土地,换来了一个城市居民的身份。

原来的时候,都是农业人口,大家自会安排自己的生产和生活。突然地有了城市居民的身份,又该怎么安排自己的生产和生活呢?这个问题,如此陡然地横在了大家的面前,而且非常紧迫,又十分棘手。

失去村长职责的安小旺,因为这个问题,来找鲜本求了。

因为鲜本求有了在楼房栽种刺玫花和种植蔬菜的经验,所以他回迁回滩地村后,把他楼房向阳的那一面阳台,做了充分的防水处理,然后搬来黄土,在阳台上铺了厚厚的一层,靠墙先栽种上一排刺玫花,再分行成畦，种植上了小葱、蒜苗、茄子、豇豆、黄瓜、西红柿……安小旺忧愁着自己，还忧愁着滩地村回迁回来的邻居们的生产、生活问题，他找到鲜本求的家里来，一眼就看见鲜本求阳台上的刺玫花，探头探脑地都已生出许多花蕾，再是小葱、蒜苗、茄子、豇豆、黄瓜、西红柿……也都奋勇地生长着。

看到鲜本求把他的回迁楼房，侍弄得又像他原来的蔬菜地似的，安小旺是要说了呢。

安小旺说：我太佩服你咧。

鲜本求不让安小旺佩服他，就把吊在嘴边，觉得可恼，又觉得可笑的话，数落给了安小旺。

鲜本求说：我那个拉运粪尿的铁桶子呢？

安小旺被鲜本求"铁桶子"的话呛得愣了一下，但很快就释然了。他坚持在自己家的红砖小楼里，做着钉子户的时候，把鲜本求原来在大机关拉运人粪尿的桶子，装了一桶子的水，搁在他家的红砖小楼里，放出话来，说他在油桶子里灌满了汽油，谁要敢强行拆除他的红砖小楼，他就点着汽油，誓与红砖小楼共存亡！安小旺玩的这个把戏，真把拆迁办的那些人唬住了。鲜本求去他钉子户的红砖小楼里找他，他和安小旺说了油桶子里的汽油。安小旺没有骗他，让他自己揭开桶盖去闻，鲜本求闻了闻，当时就把安小旺夸上了。

鲜本求夸赞安小旺的办法大，如三国的诸葛亮一样，人家会唱空城计，会草船借箭，你会用一大桶清水冒充汽油，阻止拆迁人强拆你的家，算你有能耐。

安小旺在鲜本求的新楼房里，与他翻着那件有趣的旧事，鲜本求即敏锐地感受到，安小旺有他内心的焦躁和不安，他找他来，是要给他说的呢。

安小旺没说，鲜本求就只能是糊涂的。

糊涂着的鲜本求照着他前面夸赞安小旺的话，继续夸着他。

鲜本求说：你别佩服我。我那算个啥吗。

鲜本求说：咱滩地村，真要值得佩服的人，还要算你。

鲜本求说：你把我拉运人粪尿的铁皮桶，讨回来了吗？现在我是又有用了呢。

安小旺笑了笑，把与他纠缠铁皮桶子的话，从他和鲜本求的对话里，剔除了出去。现在的安小旺，不是村长了，却还不忘操心村里人。所以他不接鲜本求的话，只把他心里想的，言简意赅地给他说了。

安小旺说：咱们失去了土地，咱们干啥呀？

安小旺说：咱们没啥干，咱们活啥呀？

安小旺的两句话沉甸甸地，鲜本求回答不了他，就手拿铁铲，在他阳台上种植着的蔬菜畦子里松着土，全无底气地嘟囔了一句。

鲜本求说：做大机关的近邻，还怕没咱们的生活吗？

谁能说鲜本求的话说得没道理呢？可以眼见的是，围绕着还未搬来的大机关周边，一栋一栋的商业用房，都如竹笋拔节一般，一天一个样地拔地而起，已经形成了几条宽阔的商业大道。那一个一个的牌子，都是那么大，那么醒目，有霓虹灯的，有LED的，白天是白天的样子，晚上是晚上的样子，极尽的繁华，极尽的奢华。有超市，有医院，有学校，而最多的是吃吃喝喝，闹闹玩玩的去处，他们旗帜鲜明，粤菜是粤菜的装饰，川菜是川菜的装饰，湘菜是湘菜的装饰，仅仅看着便已使人垂涎长流了。

这样的一种氛围，不断地扩张着，很快就把触角伸进了回迁来的滩地村，家里分配到的安置楼底层，一到二层，都有人寻上门来，作为商户租了去，开办这样那样的门市，以及小饭店、小超市、小菜市、小诊所、小五金店、理发点、洗衣店、按摩店……五花八门，应有尽有。最是让人不能安生的，还有什么小酒馆、小茶馆、小咖啡馆、练歌房等等新兴的店铺，白天关门打烊，晚上鬼哭狼嚎……安小旺寻找鲜本求，操心的就是滩地村人的生产、生活，会要这么被动地遭受改造，那个样子能好吗？

鲜本求听明白了安小旺的担心。他这一听，觉得真是个问题呢。但他又还不能说这个样子好，或者不好。

鲜本求没法回答安小旺的问题。不过在他的意识里，一直想的是，做了大机关的近邻，应该是一个……一个什么样的样子呢？具体的样子，鲜本求想象不出来，总之应该是个做得起大机关近邻的样子啊！

积极向上！

有所作为！

满怀着这样一种情愫，鲜本求如安小旺一样，忧心忡忡，因为他看得见，听得见的，似乎不怎么理想，更别说积极向上，有所作为了。

突出的几件事情，强烈地冲击着鲜本求的精神心理。公安机关在一天夜里，突击检查他们滩地村，既捕获了一家卖淫团伙，还抓捕了吸毒的、赌博的团伙……被抓捕的那些人，女孩子们清清亮亮的，就是衣服穿得太少，男孩子们标标致致的，就是精神灰暗邋遢。

鲜本求还看见，回迁回滩地村的一些青年小伙，和姑娘女子，也都在被抓的人群里。

14

期待中的大机关终于搬来了。

在大机关搬来前心急着的鲜本求，见天都要往业已落成的大机关门前走一回。他到那里去，一来想要知道大机关什么时候搬来，二来他有许多话想要给大机关里的人说。可他每次走到近邻的大机关门前,向那里守卫的人问,总是问不出大机关搬来的确切日子,所以他想要说的话,也没法说进去。

现在好了,鲜本求期待的近邻大机关搬来了。

大机关搬来十分低调,这与鲜本求的想象太不一样了。滩地村回迁来的人家,谁家回迁的日子,不大燃大放一通炮仗,不大操大办一场宴席?个别特殊的人家,还请了电影、请了戏班子,在他们回迁来的楼门口,搭银幕、搭台子地来演出……大机关没有,就那么不动声色地搬来了。

对此,鲜本求心里替大机关遗憾着,却也为大机关高兴着,高兴他们节俭务实,低调有度,是值得赞美的近邻哩。

在大机关搬来的日子里,鲜本求到大机关门口去,看着人家来来往往,抬家具的抬家具,搬物件的搬物件,他自觉上了手,想要帮他们一把……滩地村回迁回来,搬家的时候,就都是村里人伸手相帮的。有人帮忙,是他们家的荣耀;没人帮忙,是他们家的耻辱。滩地村的人家,是很看重这一点的。可是大机关的人,拒绝了鲜本求伸来的手,不要他帮忙。鲜本求看得出来,人家虽为近邻,却不能认同他这个近邻,他们不论是谁,在推开他伸来帮助的手时,都还流露出一种他们的警惕心来,怕他伸手帮忙,会帮出什么事情似的。

鲜本求给他们解释说:我是滩地村的鲜本求。

鲜本求说:咱们要做邻居了,近近的近邻呢。

然而,任凭鲜本求怎么给人家要做近邻的人解释,都还没人要他伸手帮忙,这让热心肠的鲜本求,就只有尴尬了。

尴尬着的鲜本求,就那么一直尴尬地看着大机关,三两天的工夫,把他们搬进了大机关的院子里。这时候的鲜本求,把他窝在心里想要说的话,是要找着机会给大机关里的人说了呢。为了说得明白,说得人家听得懂，鲜本求把他想说的话，仔细地捋了捋，就要进到大机关的院子里去，说给他们听了。

可是，鲜本求进不了大机关的门。

必须承认，大机关的大门是真的大，纵横三四十步，鲜本求从门的这一边开步走，往门的那一边走。他走不进门去，就数着他的脚步，过来过去地走，就走出了一个让他惊讶的数字，四十八步……出来进去的小汽车，并排儿八辆十辆开着走，都没有问题。然而这么宽的大门，就是没有鲜本求一条进去的路！

鲜本求走不进去，是因为持枪轮岗的人，会横在他的面前，面无表情的拦住他，他们也不言语，只是做着手势，一副不可侵犯的模样。指示他离远点，再远点。

鲜本求没有放弃，他有要说的话，给大机关里的人说，他进不去大机关，可咋说呀？鲜本求无可奈何时，他想到了任管事，还有那位与任管事同时期的大首长。想到了他们，他就给拦着他的人说了。他既说任管事，又说大首长。鲜本求说得口沫飞溅，把他说得感激落泪，也没有说动拦着他的岗哨。

大机关的大门口，还有一些便衣人员，在鲜本求起先要进大机关的时候，他们穿着随便地在大机关门前地小广场上转悠，并没把鲜本求当回事。但鲜本求要进大机关门的情绪激烈了起来，絮絮叨叨地说这说那，严重影响了大机关门口的秩序，他们便就不能袖手旁观了，就互相交换着眼色，一左一右两个人，走到鲜本求的身边，把他左右提起来，不由分说地挟持着他，挟持到了大机关门外一侧开着个小门的小房间里去了。在小房间里，他们把鲜本求扔在墙角落里，让他面墙蹲着，既不问他话，也不听他说，就只让他面墙十分枯燥地干蹲着。

面墙蹲着的鲜本求，还会想起任管事，还会想起那个时候大机关里的大首长。鲜本求想着他们，觉得他有必要给把他看守在这里的便衣，说说任管事，说说大首长。

鲜本求说他在原来的大机关，拉着粪尿车，都能自由进出，这个时候怎么就不能让他进去了呢？他这么给便衣说着话，就更是困惑不解。但他要给他们说，不管他们的态度好不好，他把他认识的任管事和大首长，以及他们的故事，唠唠叨叨地说，说得口干舌燥，但终究没能说动挟持他来小房间的便衣。

在大机关的大门前，鲜本求天天来，他来了就要进大机关。他要进大机关，那些注意上了他的便衣，就会把他挟持到大机关大门一侧的小房间里。

鲜本求和那些便衣人员，在小房间里，不屈不挠地说了好些天，鲜本求奈何不了那些便衣人员，那些便衣人员也奈何不了他。僵持了些日子，鲜本求感觉到了自己的无趣。最后他向便衣人员保证，说他可以不进大机关的门，但他有一个问题要问他们。

便衣们也是被鲜本求缠怕了。他说不再进大机关的大门，他们释然了。因此对鲜本求说了，你问吧。

鲜本求就问了。他问：我的木栅栏还都立着吗？

鲜本求说：木栅栏上攀爬着的刺玫花可好？

鲜本求问：还有我的小燕子，都还在蔬菜地的屋檐下筑巢吗？

鲜本求的这些问题，把挟持着他的便衣人员惹笑了。他们老实地回答了鲜本求。

其中一个说：木栅栏……呵呵，木栅栏……

其中一个说：刺玫花……呵呵，刺玫花……

其中一个说：小燕子……呵呵，小燕子……

呵呵着刺玫花的那位接着还说：大机关的院子里，刺玫花大朵大朵的，开得可是好哩。

呵呵着小燕子的那位说：大机关是什么地方嘛，大机关不养小燕子。

15

鲜本求相信了便衣们说的话，大机关里是生着大朵大朵的刺玫花哩。

但那不是他原来蔬菜地边的刺玫花了，他更相信大机关里不养小燕子的话。热切在鲜本求意识里的大机关啊！成了近邻的大机关啊！就这么在鲜本求的心里陌生着。他便是心里有话，有太多太多想进大机关门里去，给大机关里人说的话，都咬在牙齿上，不想说了。

一天过去了，十天过去了，一月过去了，一年过去了……鲜本求再也不去大机关的大门前了。

不过，鲜本求虽然不想再给近邻的大机关里说啥话了，但他想看一眼大机关门里模样的心思，却一直没有死。鲜本求在等待一个恰当的时机，一个恰当的方式，一窥成为近邻的大机关的内情内貌。

鲜本求把目光注视在了那座铁塔上了。

那座铁塔原来是架着高压电线的，不知是为了大机关的安全，还是为了大机关周边环境的观瞻，铁塔上的高压线已被拆除了，剩下一座孤零零的铁塔，听说也要被拆除。鲜本求不敢怠慢，他必须赶在铁塔拆除前，爬到铁塔顶上去，站在铁塔顶上，窥视大机关的内情内貌了。

天不负人，时不我待，鲜本求去爬铁塔了。

但是拆除铁塔的工人，还有大机关门口巡逻的便衣，却不允许他爬。鲜本求每次去爬，都会被拆除铁塔的工人，或是大机关门口巡逻的便衣，把他毫不留情地从他爬着的铁塔上，拽腿的拽腿，扯胳膊的扯胳膊，把他拽扯到铁塔下面……那个大雾漫天的早晨，拆除铁塔的工人还没有上工,这给了鲜本求一次绝佳的机会,他借助大雾的掩护,终于攀爬上了已经拆除得矮了些的铁塔,他向大机关的方向看,可他看见的只是一团浓稠的气雾,像是一团黏黏的胶,遮蔽着他的眼睛,他什么都看不见。鲜本求没有着急,他爬到铁塔顶上来了,就等大雾消散,而大雾像是知道他的心思,也在一点点地散着……雾气的消散,一般都是从上向下散的,所以最先暴露出来的,不是鲜本求想要看到的大机关的内情内貌,而是他自己。

鲜本求被拆除铁塔的工人发现了。

拆除铁塔的工人上工后,就先发现了铁塔顶上的鲜本求,他们把这个突如其来的情况报告给了便衣们。便衣们不敢怠慢,他们紧张地行动起来,要求工人们向铁塔上攀爬,去逮鲜本求。

拆除铁塔的工人向铁塔顶上爬去的时候,便衣们也不闲着,跑去他们的那处小房间,抱来了床垫被单,铺在铁塔下,想要给可能发生的事故,有个保护。

拆除铁塔的工人们,攀爬到鲜本求身边了,他们想要逮住鲜本求,而鲜本求却向他们说起了他的小燕子。

鲜本求的眼睛花了吗?如不然,他不可能爬在铁塔顶上,还能看见他的小燕子,朝他翩翩然然地飞来,伴着他旋绕在铁塔的顶上……哦!多有灵性的小燕子啊!

鲜本求与他可爱的小燕子聊起天来了。

鲜本求说:好些天了,都看不见你面,你们飞回来了。

鲜本求说:我想你们哩,小燕子!

鲜本求与小燕子掏心掏肺聊着天时,他还伸出手来,想要逮住小燕子的,但他怎么都逮不住,伸手一逮一个空。鲜本求逮不住小燕子,却有人要来逮他了。那些拆除铁塔的工人,靠近了他,向他喊话了,鲜本求没有回应他们,他怕他们把他从铁塔上逮住,落到铁塔底下来。

没向铁塔上攀爬的便衣,认出了鲜本求。

他们认出了鲜本求,却并不知道鲜本求爬上铁塔要干什么。便衣们不能知道,拆除铁塔的工人们就更不知道了。不知鲜本求攀爬铁塔干什么的他们,都单纯地想象着鲜本求,是要爬上铁塔寻短见的。他们担心着鲜本求的安全,不能对他采取强硬措施,就叫来了滩地村的人,想让乡里乡亲的他们,劝说鲜本求。

滩地村的来人里有安小旺,有安小旺的媳妇甄燕燕,还有他俩的儿子安恩给。他们来了就都站在铁塔下面,向铁塔上的鲜本求看着,他们没人相信,鲜本求爬上铁塔要寻短见。

安小旺首先吆喝着拆除铁塔的工人,让他们不要拽扯鲜本求,说他有话给鲜本求说。

安小旺说鲜本求了:那么高的铁塔,你爬它干啥哩?

鲜本求低头神秘地告诉安小旺:我看见我的小燕子了。

鲜本求说得认真极了。他说:你不知道,有些日子了,我就是见不着我的小燕子。

鲜本求说:我的小燕子就在铁塔上住着哩!

安小旺是想看见鲜本求的小燕子哩!还有他媳妇甄燕燕,他儿子安恩给,以及滩地村来了的人,都抬头朝着铁塔上看,但谁都没有看见鲜本求说的小燕子。拆除铁塔的工人和那些个便衣,像安小旺一样,也都认真地看着铁塔顶上,他们也没有看见什么小燕子。但鲜本求坚持说,他的小燕子在铁塔上住着哩。他坚持说着时,手和眼睛紧密地配合着,指划着铁塔高处,给他们一再地强调。

鲜本求说:那不是吗?我可爱的小燕子啊!

鲜本求说:看呀,小燕子在铁塔上飞哩,飞呀,飞呀……

安小旺这个时候有点明白鲜本求的意思了,他伤心地流下一捧泪水来。但是安小旺绝对没有想到,说着小燕子的鲜本求,这个时候会松开他抓着铁塔的手,让他像只小燕子一样,从铁塔上飞扑了起来!

安小旺惊呼起来了!拆除铁塔的工人和那些便衣,以及陆续到来的滩地村人,都惊呼起来了。可鲜本求听不见他们的惊呼,他只是朝着他的小燕子飞扑而去。

飞扑着的鲜本求,只是不知他飞扑的姿态,可有小燕子那么好?

安小旺的媳妇甄燕燕和他们的儿子安恩给,没有惊呼,没有呐喊,他们母子俩在这个时候,很是哀伤地朗诵起了《诗经》里《燕燕》一诗的最后一段:

仲氏任只,其心塞渊。
终温且惠,淑慎其身。
先君之思,以勖寡人。

拾脸

1

丢脸容易,拾脸难呀!

古周原的语言体系,是要称作雅言的。春秋时期,孔子讲学,他的三千弟子来自四面八方,鲁国的孔子为了他的弟子听得懂,用的就是古周原的雅言。《论语·述而第七》即有记载,"子所雅言,《诗》《书》、执礼,皆雅言也。"拾脸该就是个雅言哩。类同于现在的人说的争脸,还有长脸。当然说此话的语气不同,氛围不同,效果就也不同。凤栖镇在古周原上,一段时间,镇子上北街村的高文艳,把她光光彩彩地嫁给了东街村的郝大器,就感觉特别拾脸。然而谁能保证自己就不丢脸呢?丢脸不像丢钱、丢物,丢在地上了,弯腰拾起来就好。脸丢了,掉在了地上,就不好拾了,只能任人脚来脚去地踩了。

高文艳把她嫁给郝大器,做了他媳妇儿,自觉他有一手木作手艺,而且又还出类拔萃,她便感觉郝大器给她就很拾脸了。

方艾艾寻到高文艳家里来了。

知道高文艳自小生在凤栖镇的北街村,处心积虑地把她嫁给了东街村上的郝大器。方艾艾与高文艳青梅竹马,小的时候常在一起玩,找她直去北街村找。这成了她的一个习惯,所以再找高文艳,就还先去北街村,在她娘家看了一眼,没有见着高文艳,就拐着弯儿到东街村来了。

正像方艾艾感觉的那样,她俩青梅竹马,可人家高文艳出嫁了,嫁了个给她拾脸的郝大器。但她把她依然没有嫁出去,不过这不影响她俩的友谊。过去的日子,她俩在凤栖镇上,谁有一件拾脸的新鲜衣裳,今日你穿,明日就是她穿了。读小学时,高文艳值班打扫卫生,方艾艾自觉陪着她,帮她洒水扫地。后来上到中学了,还是这样,方艾艾值班打扫卫生,高文艳就自愿陪着她,帮她洒水扫地。

一对凤栖镇上的好闺蜜,遗憾的是,在进一步的深造考试上,屡试不中,名落孙山,所以就只好还在凤栖镇里闺蜜着。

好闺蜜的高文艳,把她成功嫁给了木匠郝大器,让她把脸拾了起来。而方艾艾却还没有,这不仅使方艾艾自己着急,高文艳也为她着急上了。

为好闺蜜着急的高文艳,清早起来,把院内院外打扫干净,翻出一堆要洗的衣物,端在一面硕大的铝盆里,端到她家井台边,从井里绞上水来,把衣物泡进水里,正要挽袖子来洗的时候,方艾艾撵到她家来了。

好闺蜜见面,没有开口说话,而是先伸了手,高文艳打方艾艾一拳,方艾艾回高文艳一拳。

方艾艾回给高文艳的一拳,把她的话匣子也打破了。

方艾艾说:你有个给你拾脸的郝大器,我要给你说哩,我也有了。

方艾艾说:我今日来,是请郝大器给我与我拾脸的人,打制结婚用的箱箱柜柜,梳妆匣子,脸盆架子哩!

古周原人评论木匠的一句话是,"糟糟木头,手艺匠人。"

这是句啥话呢?别人可以不懂,郝大器是一定要懂得的,而且就还沿着这个众人希望的标准,无论面对咋样的木料,都要给人做出漂亮的活儿。做活儿是这样了,做人亦然。郝大器自觉他做得不错,是很受人们器重哩！别说他身在的凤栖镇东、西、南、北四条街，出了镇子，四村八乡的人家，有要做木器活儿的，首先想到的就是郝大器。认识他的人，就直接到他家门上请了，不认识他的，托了郝大器的亲戚朋友，捎话过来，也要约请他……木匠这个行当，在古周原人眼里，那是门里匠人哩。

所谓门里匠人，相对应的自然是门外匠人了。譬如补席的，箍瓮的，接铧的，收拾蒸笼、笸箩、簸箕的，等等不一而足，他们身为匠人，转村走乡上镇子，是没人请他们进门的，就在村道镇街上，摆开摊子给人干活儿。他们干到了吃饭的时候，人家给他们端一碗饭出来，就是给他们的体面了。他们千恩万谢地接到手里，恭恭敬敬地吃了，到要结账时，还要把那碗饭钱，从他的工钱里扣出来。

门里匠人就不同了，像郝大器这样的木匠，既要高接，更要远送。

高接是要一直接到木匠的家里去，挑起人家的木匠挑子，引领着往他的家里去。木匠给事主家把活儿做罢了，他们是要远送了，就还挑着木匠挑子，挑着送回木匠的家里来。

把木匠接进门里来，在他家做活儿的时候，割一刀子肉，打一壶酒，那是必须的，原来的三顿饭，自己家里的人就还是三顿。但对请进门里来的木匠，就要毫无商量余地地早上加一餐，下午加一餐，一天要吃五顿饭。不说应该有的正餐，就是加进来的两餐，也十分讲究，早上时要荷包两个鸡蛋给木匠吃，下午呢，就是肉臊子和油炸馍片了。

所以说，做个门里的匠人，是特别受事主敬奉的呢！

何况郝大器，他的手艺好，因此就更受人尊重了。

方艾艾来请郝大器，仗的是她与高文艳的友谊。她到高文艳的家里来，要请郝大器，高文艳能不答应，敢不答应吗？她一嘴就给方艾艾应承下来了。

2

郝大器可不是老木匠。但人的手艺好不好，似乎并不限于年龄。

郝大器的年龄就不大，三十不到的样子，能够浪出这样的名望，真是不容易哩。这主要是他做活儿不保守，敢于创新，老木匠做不了的新式家具，他就敢做。现在的人，偏偏是喜新厌旧，老木匠的旧作，看不上眼了，所以就红了一个郝大器。当然，似乎与他生得俊朗帅气，也不无关系。有了这许多优势，瞄上郝大器，想嫁给他的姑娘多了。不仅是姑娘家自己，许多家里的老人，也都瞅着郝大器的好，寻着他，或托付媒人，给他捎话带信，想要与他结亲。然而高文艳捷足先登，就那么自自然然地把郝大器拿在她的手里了。

高文艳像她的名字一样，高高挑挑的身材，文文静静的样子，却又不失她鲜鲜艳艳的本质，谁见了，都说高文艳是古周原上少见的一位俏女子哩。

当然了，在凤栖镇上，高文艳的俏，配在郝大器身边，倒是十分相合。那句"郎才女貌"的话，仿佛就是为他们夫妻说出来的。

是个月圆星灿的夜晚哩，高文艳并未提前谋划，她只是连续几年的高考，把她考累了，考烦了。她心灰意冷，待在凤栖镇的家里，要好些天连门都不出，再那么恶心地待下去，非把她待出病来不可。她是有了感觉呢，觉得她不出门走走，她就要疯魔掉了！为了安慰自己，散散心消解自己的烦乱，她摸黑走出镇子，走到了镇子西的凤栖河边，下到河沟里去，独自一人，坐在河一侧的荷花塘边，顺手抓折了一枝荷花，很粗心地揉搓着，把荷花上的花瓣揉搓得纷纷跌落在她的脚面上，被她还抬脚踹进河水里。

过去的日子，高文艳也会到凤栖河边来，来看荷花。她那时候看荷花，把荷花看得是很珍惜的呢！绝对不会折下来揉搓的，她只是痴痴地看，看得她会心喜如花哩。是这样了，她会要伸手过去，很怜惜地用她纤纤素手，把荷花抚摸那么几下。

高文艳过去的举动，郝大器是看见过的。

今天晚上的举动，被郝大器又看见了。

郝大器那天给临近村庄的一户人家打家具，他本来是要歇在人家屋里的。门内匠人哩，有这个优势，在谁家里做活，就在谁的家里睡觉歇息了。而且是，给他们准备的睡觉歇息处，还必须好。但不知为什么，郝大器那天都脱了鞋，上了人家的炕，就差脱了衣裳往被窝里钻了。但却没有，自己个儿复又下炕来，往凤栖镇自己的家里回了。

郝大器回凤栖镇的家里，是要翻凤栖河的河谷哩。

郝大器翻过凤栖河谷，再走一段路程，就能走进凤栖镇里了。可他在翻凤栖河谷时，在河边看见了高文艳，就没有立即回去，而是看着高文艳，也在凤栖河边坐了下来。他俩坐着，是隔着一大段距离的，相互既不交流，也不干涉……高文艳像她初始时一样，依然故我地糟践着她伸手够得着的荷花；郝大器没有什么可那么做，就抬起头来，仰望着天空中圆圆的月亮，和灿灿的星星……郝大器把清朗朗的夜空，看了好一会儿，他像数星星似的，数得清北斗七星，数得清南斗六星。他把夜空中的星星数得可耐心了，他没有注意，高文艳什么时候，不再糟践荷花了，她站起身，向郝大器磨磨蹭蹭地磨过来，磨到郝大器身边了，也不给郝大器言语，就把她的热烫烫的身子，偎进了郝大器的怀里。

洞房花烛夜，郝大器问了高文艳一句话。

郝大器问：你把你偎进我怀里，你看上我啥咧？

高文艳也没掩饰，掰过郝大器的手说：就是你的手呀！

郝大器一时没听明白,就还问高文艳。说:我的手有啥特殊的吗?

高文艳说:把疙里疙瘩、粗不拉拉的木头,做得出一件一件的木作活儿来,你说特殊不特殊?

高文艳说出了问题答案,是不要郝大器回应她的。她说了,我就看上你的手咧。

高文艳说:就要靠你的手,吃比别人吃得好,穿比别人穿得好。

高文艳说:你的手,就是你的脸哩!

高文艳夸着郝大器的手,就还把他的手握在她的手里,说一句话,把她的嘴凑到郝大器的手上亲一口。郝大器的耳朵,享受着高文艳温温热热夸赞他的话,手上呢,又还享受着高文艳温温热热的嘴唇。郝大器因此不能自禁地抱住了高文艳,滚进他们洞房花烛夜里的被窝里……此后的日子,郝大器把他的手,真的像他的脸一样看了呢。

郝大器不能随时随地看见他的脸,但能随时随地看见他的手。

郝大器的这一个习惯,被他媳妇儿高文艳发现了,发现他是那么痴迷他的手,有事没事地都要举起手,凑去他的眼皮下看看。为此,高文艳就又要问他了。

高文艳问他的时候,是在他们家里,郝大器出门做活儿,被事主家送回家来,她接过叮当乱响的木匠挑子,看着告别他的事主走了后,他来收拾他的木匠挑子,他看一眼他的手,收拾一把斧子,他再看一眼他的手,收拾一把锛子……高文艳看见了,就也问他了。

高文艳问:老看你的手?

媳妇儿高文艳问郝大器话的时候,还抬起她的手,用她敏感的手指头,轻轻地触摸着他的额头。

高文艳触摸了他的额头说:你不发烧呀!

郝大器疑惑媳妇儿把她说过的话忘了,就还提醒她说:你不是说我的手好吗!

高文艳被他的话逗乐了。说：我是说过，可你也不用时时刻刻都看呀!

媳妇儿高文艳的话，没能纠正了郝大器爱看他手的习惯，他依然十分痴迷地逮住个机会，要把他的手，举到他的眼前来看，即便他使着锯子，去锯一块木板，即便他使着刨子，去刨一块木板，甚至是他使着锛子、使着斧子、使着凿子……聚精会神地在干他正干的活儿，都不忘歇上一歇，腾出他的手来，凑到他的眼前，让他的眼睛看上一看……凤栖镇上的人，好奇他原来没有，后来有了的这一习惯，就像他媳妇儿高文艳一样，也是问他了。

镇上的人问得不如他媳妇儿高文艳体贴。

有人问：你把手伤了吗?

有人问：手上生花了吗?

有人问：是不是手痒了?

郝大器听得出来，镇上的人问他有那么点儿不怀好意，甚或眼红嫉妒。对此，郝大器一点都不生气，不仅不会生气，而且还会油然生出一股子的自豪感，自豪他的手，得到媳妇儿高文艳和镇子上那么多人的关心与关注，偌大的一个凤栖镇，除了他，谁还能有他这样的享受呢?

没有了吧。唯有他郝大器一个人了。

郝大器因此想起流行在古周原的一个词，"手脸"。这个词儿，他起初听人说的时候，听了也就听了，没有怎么走心地想。现在想来，才突然醒悟，人的脸，原来就长在人的手上，谁有手艺，而且手艺又超群拔萃，谁的脸面就有光彩。

因为此，郝大器被人请进门来，给事主家做活儿，他做得就更为精心，更为精细，更为人喜欢。

3

媳妇儿高文艳的闺蜜方艾艾要出嫁了。

方艾艾的老父亲,要给方艾艾打制一对描金箱子,还有梳妆匣子,脸盆架子以及一把小圆凳子。古周原上的习俗呢,娘家人给待嫁的闺女,拿不出这几样撩人的陪嫁,就把女儿嫁不体面。高文艳把她鲜鲜艳艳地嫁给了郝大器,她是嫁体面了,给她拾了脸。方艾艾怎么办呢?她能把自己嫁亏吗?当然不能了,凤栖镇上的人物,方艾艾挨个儿往过数,给她选着要嫁的人。

"一工二干三教员,死活不嫁庄稼汉。"

那时候的姑娘们,心里想的,嘴上说的,就是这个标准,就是这个样子。

所以说,是为闺蜜的高文艳,把自己嫁得早,嫁给了木匠郝大器,方艾艾以闺蜜的方式,是祝贺了高文艳的,但她内心却不以为然。因为郝大器的手,再怎么巧,巧得在他制作的箱箱柜柜梳妆匣子上,刻磨得出花儿来,描画得出草儿来,是个受人敬重的门里匠人,可他终究脱不了庄稼汉的皮,他还是个要种地的泥腿子……方艾艾在她心里,暗暗地下着决心,她哪怕把自己嫁迟了,再迟都要嫁个不是庄稼汉的男人。

说媒的人,来得倒是不少,但今日来今日走,明日来明儿走,方艾艾才不给媒人松口呢!

方艾艾一直地拖着,拖得高文艳把她嫁了两年,她还在拖……不过,方艾艾把她的婚姻大事拖着,拖不出个名堂来,高文艳像是要等着她似的,嫁了给她拾脸的郝大器,却也没有开怀。

高文艳是要等方艾艾把她嫁出去,与她一块儿开怀生娃娃吗?

方艾艾找到高文艳东街村的家里来，与高文艳一人一拳头，相互算是打了招呼后，高文艳倒没往别个方面想，方艾艾却那么想了，还那么说了出来。

高文艳是不能洗衣服了，她拉着方艾艾去了她的房子里。

在她的房子里，方艾艾把她变得像只狗儿一样，在高文艳的房子里，转着圈子这里闻闻，那里嗅嗅，总说高文艳的房子里有什么味儿。怪怪的，她像从来没有闻见过，又好像闻到过似的那种味儿。

是个啥味儿呢？方艾艾要高文艳交代了，老老实实交代，不交代就不饶过她。

高文艳糊涂着，不知道是个啥味儿。

也许是高文艳常在她的房子里，她习惯了，就闻不出别样的味儿来，便给方艾艾交代不出来。而方艾艾似也没想深究，仿佛过来人似的，搬过高文艳的脑袋，把她热烘烘的嘴巴，叼在高文艳的耳朵上，给她神秘兮兮地说了。

方艾艾说：是你和给你拾脸的那个人的味儿哩！

高文艳听明白了，觉得还没有结婚的方艾艾咋那么敢说？她一下子愣了起来。不过也就愣了一会会儿，就蓦然醒悟过来，怀疑方艾艾人没结婚，不一定没干那个事儿。风言风语的，高文艳已经耳闻到一些信息，说是方艾艾死皮赖脸地撵她们原来的一个老师哩！

高文艳听到了，没敢相信。自己的老师呀，咋好意思撵？

方艾艾刚才的一句话，让高文艳相信了关于她的传言。高文艳不仅相信了，还相信她是和她们的那个老师，都上了炕咧！如不然，她咋能进了她的房子，闻得见她和拾脸的郝大器做那事儿的味儿。

啊呀呀！方艾艾可是太把她不当回事儿了。

高文艳这么想着，觉得她俩是闺蜜，她有责任提醒方艾艾的。因此高文艳说她了。

高文艳说：你呀！让我咋说你哩？

高文艳说：你可别把自己不当事儿，到时候，出了问题咋办呀？

方艾艾被高文艳这一关心，她收敛了许多。但却还是有那么点儿不管不顾，放低了声音，说了这样一句话。

方艾艾说：能咋呢？

方艾艾说：不就是怀娃娃吗。

方艾艾说：我还就想着怀上娃娃哩。

方艾艾说：怀上娃娃了，不是我怎么办，而是我要看他怎么办。

高文艳感觉他与方艾艾，彻底是没有话可说了。但是方艾艾却还有话给她说，而且说得更加露骨，更加没有遮拦。方艾艾是这么说来的，她先没说自己，而是说高文艳了。

方艾艾说：你怎么样？

方艾艾说：肚子咋还不见起来？

方艾艾说：别到时候，我比你还先有了娃娃哩。

方艾艾这么说来，她心里是有那么点儿自豪感的。闺蜜高文艳嫁得早，嫁了很给她拾脸的郝大器，他是木匠，他得天独厚，他俩有了自己的娃娃，到最后怎么样呢？不还是个有手艺的庄稼汉吗。

方艾艾不要嫁给庄稼汉，她也不怕人议论，她就是要把她嫁给她的老师哩。

她要嫁的老师姓邓，就在凤栖镇上的中学里任教，方艾艾和高文艳在中学读书的时候，邓老师给她俩带过课。邓老师的心，没在凤栖镇的中学里安，他得过且过地教着他的书，梦想有一天调离凤栖镇，调到县城里的中学去，在县城交一个像他一样吃商品粮的女朋友，然后结婚生子。可邓老师的如意算盘，打得虽然如意，却怎么都实现不了。邓老师把他自己耽搁着,自己急不急,方艾艾为他急上了!

为邓老师急上了的方艾艾,瞅着空儿,到她毕业了的凤栖中学里去,帮助她的邓老师拆洗被褥,缝补衣裳。这是个好办法哩,方艾艾给邓老师洗着衣裳,她洗着洗着,顺便把她自己也洗干净了,钻进了邓老师的被窝里。

方艾艾与高文艳说着话,还想着她与邓老师炕上的事儿,就不能自已地一脸喜气。过来人的高文艳心明眼亮,看得再清楚不过了。别的人有了那样的喜气,遮掩还来不及哩,方艾艾倒是大方,毫不掩饰地喜气着,直往高文艳的眼睛里撞,让高文艳都要躲她了呢。

高文艳想得到,方艾艾今天找她,绝不是为了向她暴露隐私的。她肯定还有要说的事儿哩。但她偏是这么一个人,有事儿从不往事儿上说,而要说些不着调的事,等着对方来猜来问了。

知道方艾艾的那一种品性,高文艳怕她继续胡说乱说,就顺着她的意,来问她的。

高文艳被逼无奈,她问方艾艾说:你不是给我来说瞎话的。

高文艳说:有啥开口的事儿,我俩不是外人,你给我说。

方艾艾开心高文艳这么问她话。她说:巧手木匠不在家吗?

高文艳说:被人请去咧。

方艾艾说:我也要请巧手木匠哩!

高文艳说:给你做嫁妆?

方艾艾说:做嫁妆。

高文艳说:好,就让大器回家来,挑上他的木匠挑子去你家。

方艾艾说:好闺蜜就该这样哩。

4

把打箱柜梳妆匣子的事说定下来，俩闺蜜就相互告辞了。

过了两天的时间，郝大器由他做活儿的事主家，挑着他的木匠挑子，把他送回家来了。那位挑着木匠挑子，把郝大器送回家的事主，五十来岁的样子，他一脸的细汗，在郝大器的家里放下担子，来不及擦汗，就先从他怀里摸出一个小布包，小心地解开来，亮出了包在里边的钱票，向迎着他们走来的高文艳送了上去。

事主说：掌柜的收好。

事主说：你家男人活儿做得好，我满意，给他工钱他不接，要我拿着到家里来，给你手上送。

事主说：你有这样的男人，你把人活成了！

男人是个耙耙，女人是个匣匣。郝大器忠实地执行着古周原人的这一家庭分工。他把高文艳娶回家，就这么给高文艳说了，说他今后，只负责给家里搂钱，管钱的事就交由高文艳了，受累把钱管起来，他好腾出手再挣钱。

对于郝大器的这一举措，高文艳自然是欢喜的。

高文艳非常享受每次送郝大器回家来的事主，把郝大器挣下的工钱，交到她手上的感觉，真是太美妙了。那些事主，包含今天来的这位，眉眼上，言语上，没有不羡慕夸赞高文艳的。

接过了事主送到手上的钱，高文艳要给事主捧一碗茶水的，这也是古周原上的规矩，"来而不往非礼也"。高文艳收了钱，给事主捧杯茶，是天经地义的。事主虽然要千恩万谢地说，但也不会太客气，要接过手，端起来喝了呢。

事主喝了高文艳捧给他的茶,高高兴兴地走了。

高文艳这时候也要给郝大器捧茶的,一小茶碗的陕青叶子,冲泡在茶碗里,随着水的作用,一点一点地在变,先都浮在水碗上边,一会儿时间,就吃水往碗底沉了。一根沉下去了。一根又沉下去了……就在郝大器看着茶碗里的陕青叶子往碗底沉着还未能喝上一口,高文艳就给他吩咐上了。

高文艳说:方艾艾要给她打制嫁妆哩。

高文艳说:咱不能要人家高接吧,你歇会儿自己过去。

郝大器可以不听别人的话,媳妇儿高文艳的话,他特别愿意听。他为了给自己爱听高文艳的话找借口,不仅给高文艳这么说,也给凤栖镇上他相熟的人这么说。他说一个男人,不听自己媳妇儿的话,还能听谁的呢?听媳妇儿的话,是一个男人的美德。

凤栖镇是古周原上的一个老镇子,古周原的传统遗风,在镇子上根深蒂固,没人敢说郝大器那样的话。

大家说起自己的媳妇儿,真实的情况究竟如何,那是人家夫妻间的事情,没人太在意,但开口要说,都只会说,"打到的媳妇儿揉到的面",好像他在自己家里,有多么霸道似的!

郝大器不喜欢听别人这么说,所以就逆着凤栖镇上的舆论,说他就听媳妇儿的话。他把他听媳妇话的道理说得振振有词,铿锵有力。他说,咱把人家一个黄花大闺女娶回家,变成咱的媳妇儿,就要听媳妇儿的话哩,因为没有哪个媳妇儿说话,不是要咱男人学好,别吃烟,少喝酒,没事就回家里来。这不好吗?咱为啥不听呢?我就听我媳妇儿的话,回到家里来,哪怕她唠叨,也是唠唠叨叨为了咱好啊!要咱脚勤手勤眼睛勤,要咱长心眼儿,可别一时糊涂,惹出是非来。

媳妇儿高文艳,特别受用郝大器的这番说教,她让他去闺蜜方艾艾家给她打制嫁妆,郝大器听了,把前头的事主家给他送回来的木匠挑子,顺手挑上肩,这就要出门去方艾艾家,媳妇儿高文艳却把他的木匠挑子按住了。

高文艳说：还不给我换身衣裳去。

高文艳说：你成心是吗？一身的臭汗脏衣裳,到方艾艾家里去,人家会怎么看我呢？

高文艳说：我可不能让你丢了我的脸。

郝大器喜欢媳妇儿高文艳这么数落他,因为她数落过了,会烧一锅热水,把他脱光了,给他洗身子,把他洗干净了,翻出压在箱柜里的干净衣裳,再给他穿的……这期间,如果他自己有需求,把媳妇抱上炕,潇潇洒洒地受活一场,媳妇儿高文艳绝对肯配合他,他想怎么来就怎么来,到他发泄出来,高文艳抱着他的腰身,是还要问他的呢。

媳妇儿高文艳会问：好了吗？

郝大器必须回她一声：好了的。他不回那一声,媳妇儿高文艳就不松抱着他腰身的手。

听媳妇儿高文艳的话,郝大器要去方艾艾的家里,给艾艾打制嫁妆了,但一套他们夫妻的把戏,是不能不玩的,哪怕郝大器那个时候没有需求,高文艳也不会放过他……高文艳给郝大器烧了热水,脱了郝大器的衣裳,把郝大器仔仔细细地清洗出来,没有给郝大器翻找换洗的干净衣裳,偎在郝大器精精赤赤的怀里,滚到了他们夫妻的土炕上,做了一场他们夫妻做得的事情后,这才翻找出一套郝大器的衣裳来,帮着郝大器穿上了。

媳妇儿高文艳给郝大器换穿的这一身衣裳,都是新里新面新做的。

郝大器穿上身来,还闻得见新里新面新做的那种特殊的气味,是清爽的,是醉人的。

郝大器就穿着这样一身全新的衣裳，自己挑着木匠挑子，从他东街的家里走出门，走在凤栖镇上的大街上，走过街上的那一个小场子，向前一直地走，迎面就碰上了镇派出所的老杨头……凤栖镇街道上人说，老杨头天上的事情知道一半，地上的事情他全知道。郝大器作为名声在外的一个木匠，什么时候出门接活儿，他的木匠挑子都有事主家的人接，做完活儿了，又有事主家的人往回送，这一次他自己挑着在凤栖镇的大街上走，老杨头就有些奇怪，他没有拦郝大器的头，知道人家一个负重的人，拦人家的头不好，就在他们擦肩而过的时候，老杨头抛给了郝大器几句话。

老杨头说：上谁家门上去呀？

老杨头说：没来人接，要你自己挑了担子去？

老杨头说：好大的面子呀！

郝大器没想隐瞒老杨头。但他还是说：你猜呢？

老杨头说：不好猜。

郝大器说：量你知道得再多也猜不出来。那就告诉你吧，是我媳妇儿的闺蜜方艾艾家。

郝大器说：方艾艾攀上他的老师了。

郝大器说：邓老师。

对此老杨头倒是知道的，不过他不太认同这样的恋爱关系，便叹了一口气，说：师生恋？

老杨头说：他们可真敢往一起恋呀！

郝大器是认同老杨头的话的，但他不想太纠缠，就走过了老杨头，直往西走，走在街面上，还有人稀奇他自个儿挑木匠挑子，就还像老杨头一样问他，可他不想再与他们解释什么，就闪闪悠悠地挑着他的木匠挑子，如风似柳，飘飘荡荡地走着，走到了方艾艾西街的家门口，咳嗽了两声,给方艾艾远门里递着声音,是想他们谁听见了,出门来接一下他。

可是郝大器把咳嗽送进方艾艾家门里了,却不见人出门,他就自己走进门里去了。

5

郝大器进得门来,没有见到方艾艾,他见到的是方艾艾的父亲方守贵。

方守贵看见从他家门口走来的郝大器,一只手端着他正吃着的旱烟锅,就迎着郝大器来了。方守贵知道,她女儿方艾艾是请了郝大器,但也知道郝大器不是那么好请,作为父亲,他应该去郝大器家门上,把郝大器高接来他家里的。他没能去高接郝大器,就是他的失礼,如果在自家大门口接上,也可算是弥补,结果也没接上。他耳朵有点背,刚才隐约听得有咳嗽声,但没想到是郝大器会自己个儿挑上木匠挑子来他家,所以就没往出迎。

心里满抱歉着的方守贵,向郝大器迎来时,脸上就都是一种巴结讨好的笑了。

方守贵巴结讨好地笑着迎上了郝大器,他本来要接郝大器肩上的木匠挑子的,却因为有烧着的旱烟锅占着手,又不方便接,就举着他的手,看着郝大器把肩上的木匠挑子卸下肩,这就赶紧把他端在手上的旱烟锅,往郝大器的手上递,都送到郝大器手边了,却知觉旱烟锅的嘴儿,刚才是叼在他嘴上的,烟嘴儿自然留有他的唾液,就又收回来,在他的衣襟上,把烟嘴儿蹭了蹭,才又往郝大器的手上送。

方守贵的老伴儿死得早,他就一个宝贝疙瘩的方艾艾,他没法给方艾艾找个老师那样的好主儿,方艾艾自己出马给自己找到了,为父亲的他,甭说有多高兴了。

方守贵必须把女儿方艾艾嫁得体面,打一套陪嫁的箱箱柜柜梳妆匣子,是再必要不过了。女儿方艾艾和郝大器的媳妇儿高文艳从小走得近,自告奋勇请了郝大器。郝大器的活儿路太忙了,女儿方艾艾请了他,他能来,就是他们家的体面,而且还即请即来,便更是他们家的体面了。

体面叠加着体面,方守贵一边给郝大器手里送着旱烟锅,一边嘴上说:我马上给你买香烟去,金丝猴香烟。

方守贵说:还有酒,西凤醉的瓶装酒。

方守贵说:当然还有肉,猪肉羊肉都给家里割一刀子。

方守贵说:只说你答应给我女儿方艾艾打制嫁妆哩,没想到你来得这么快,让我都没来得及准备。

方守贵说:失礼了。失礼了。

鉴于媳妇儿高文艳与方艾艾的亲密关系,听媳妇儿话的郝大器是不会评论方守贵所说的失礼的。他吃商品化的香烟倒还可以,劲儿高猛的旱烟锅,他还吃不动,所以没有接方守贵送到他手边的旱烟锅,而是接着方守贵的话,给方守贵说了。

郝大器说:板子呢?

郝大器说:你知道我的活儿路多,这次来你家,是抢了人家的先呢,就得抓紧时间,把方艾艾的嫁妆做出来,好给人家补活儿。

方守贵感激郝大器把给她女儿方艾艾打制嫁妆的活儿,安排在别人家的前头。还感激郝大器自己挑着木匠挑子,进了他家的门,烟没吃一根,茶没喝一口,就问他要板子,准备下手做活儿,他岂能怠慢,就把他备在屋子里的板子,一块一块地往院子里搬了。

凤栖镇上的人家,院子的格局基本一样,盖了上房盖门房,在上房和门房之间,再盖三两间的偏厦,作为厨房什么的来用,余下的就是一片空院了。

方艾艾的父亲方守贵,给女儿准备的板子,就放置在偏厦房的一间空房里,他往院子搬来一张,郝大器便顺手接来一块,识货的郝大器发现,那些板子可是不错哩,既有优质的核桃木打制箱箱柜柜的架子,更有优质的楸木打制箱箱柜柜的镶板……一个称职的木作匠人,深知好的木料,是打制好的箱箱柜柜的基础,余下的边角小料,就做梳妆匣子、脸盆架子。

郝大器满意方守贵搬到院子里来的那些板子,并在心里盘算着,一定要给他媳妇儿高文艳的好闺蜜方艾艾精心尽意地打制一套嫁妆来。

方守贵把板子全都搬到院子来后,即连声恩谢着郝大器,要他不要忙,他则抽身出来,到凤栖镇的街市上,灌烧酒、购烟、买茶、割肉了,他把招待郝大器要用的那些珍贵的食材,选着好的,挑着贵的,都买下来,肩背手拿胳膊弯里掖,张张扬扬地往回拿了。

就在方守贵上街购买这些食材的时候,得到讯息的方艾艾回家来了。

跟着方艾艾一起回来的,还有她要嫁的那位邓姓老师……拉开架势为方艾艾打制嫁妆的郝大器,当时扯着他的墨斗线,在一块核桃木的板子上,按照他预想的尺寸,敲着墨线,他一个人来敲,是有些不便的,他必须把墨线的一端,卡在核桃木板子的一端,卡死了,再扯着墨线,咯啦咯啦响着,长长地扯到核桃木板子的另一端,用左手拇指摁定在板头上,伸出右手,捏起墨线,闭上一只眼睛,睁上一只眼,拿睁着那只眼睛照着,不能偏了,不能斜了,"啦"的一声,敲在板子上,敲出一条黑乌乌的墨线来。

郝大器肯定没有方艾艾要嫁的邓老师识字多,有学问,但郝大器有实践,而且还善于在实践中总结提炼些东西出来,再运用到实践中去。

郝大器总结提炼的东西有很多条,但最为使他骄傲的,有这么两条。

两条重点的一条是:木匠行里,一根墨线是准绳。

两条重点的另一条是：弯木头，直匠人。

很会总结提炼的郝大器，以及他对自己木作经验的总结提炼，绝对不限于单纯的木作手艺，而且还蕴含着深奥的人生道理，也就是说，那根敲在木板上的墨线，既是木作手艺的准绳，亦是人而为人的准绳，不能斜想歪想，更不能斜做歪做，要正直不曲，要正派大方。

直心肠的郝大器，看见了走进门的方艾艾，和她要嫁的那位邓老师，他没有说话，方艾艾就以主人的口气喊着说上了。

方艾艾说：真听话。

郝大器听得懂方艾艾话里的意思，他回了她一句话：你是谁呀！我媳妇儿的闺蜜哩，能不听话吗。

方艾艾听得开心，就回了头去，问她要嫁的邓老师，说：听见了吗？

邓老师当然听见了，但他依然装得老师一般，面无表情。对此，方艾艾也许心里有她不能理解的地方，但面子上，对她面无表情的老师，仍然一副巴结逢迎的样子。

方艾艾所以是那么一副模样，都在于她想要邓老师屈尊下来，帮助郝大器来扯墨线，可人家邓老师依然面无表情，不知道来帮郝大器。

方艾艾就自己示范性地帮助郝大器扯墨线了。

6

郝大器把那位邓老师看在眼里，莫名地为方艾艾难过起来。

郝大器为方艾艾难过，是有邓老师不知礼数的原因。但这不是最关键的，关键的是邓老师生得干干瘦瘦，除了有个老师的身份外，实在没有什么吸引人的地方。

郝大器同情方艾艾，就不想让她为难，他就说她了。

郝大器说：你们忙你们的去，我这里没你们帮的忙。

郝大器话音刚落，上街采买食材的方守贵回来了。

方艾艾看见了肩背手拿胳膊弯挟的拿了那些食材的老父亲，这才得救似的，从郝大器身边跑出来，去接他老父亲了。可是她要嫁的那位邓老师，还像一根木桩一样，毫无表情地栽在原地，这叫郝大器不由自主地生出一股斜气来，把他拿在手上给木板放线的墨线，猛地拽扯到一边，照着邓老师弹了过去，溅出一片黑色的墨点子，纷纷向着枯站的邓老师，射了过来，把他面无表情的脸，当下染得麻麻花花，不成了样子。

内心得意的郝大器，嘴上给邓老师检讨了。他说：失手了！

郝大器说：我失手了！

郝大器虽然给邓老师道着歉，但邓老师似乎并不买账，他不擦脸上的黑墨点子，就那么冷硬地站着，双目死巴巴盯着郝大器看……方艾艾跑来收拾冷场了，她把邓老师的身子，搬着转了个向，背对了郝大器，面对了她，只把邓老师瞅了一眼，就掩饰不住地乐了起来。

凤栖镇上的习俗哩，谁家有了喜事，娶媳妇生儿子，热心的镇上人，是一定要扫些锅底灰，去涂染逢着喜事家人的脸面的。方艾艾所以乐了起来，她是想到了镇子上的这一习俗了。

方艾艾乐着给邓老师说：人家给你脸上敲墨，那是提前祝福咱俩哩。

方艾艾说：人家给我打嫁妆，先就给咱道喜了。

方艾艾这么说着邓老师，并拖着邓老师，去了她住着的上房里，端了水来，给邓老师洗脸了。就在方艾艾张罗着给邓老师洗脸的时候，郝大器的媳妇儿高文艳，也到方艾艾家里来了。

俗话说得好，跟上皇帝当娘子，跟上杀猪的翻肠子。

高文艳跟上了木匠郝大器，耳濡目染，自然地能帮郝大器的忙……郝大器在核桃木的板子上，依照他给方艾艾打嫁妆的需要，宽宽窄窄，粗粗细细，敲上了许多墨线，下来就是沿着墨线，用锯子一条一条地来锯分了。锯分木板是最伤力气的活儿呢！有个人搭手，自然要轻松一些，但搭手的人，要会使劲，劲使得顺，当然轻松，使得不顺，还可能更吃力。媳妇儿高文艳，在家里看他做活儿，经常给他帮手，帮习惯了，郝大器自觉特别顺手。媳妇儿高文艳来了，只与正锯板子的郝大器，相互一个媚眼，就走到他的身边，半蹲下身子，扯住锯子的下端，推上去，扯下来。上上下下地帮助郝大器锯起了板子。

夫唱妇随，说的虽然不是郝大器夫妻俩锯板子的事情，但用在这里，似乎也很恰切。

哧啦……哧啦……就在郝大器和媳妇儿高文艳在方艾艾家的院子里，配合密切地锯着板子，锯下了几根长料后，方艾艾才挑起她上房的门帘，端着脸盆里的黑水走出来。

高文艳撵到方艾艾的家里来，给郝大器当帮手，方艾艾是没有想到的。

手端一盆黑水的方艾艾，看见了高文艳，她自己先就脸上飞起红来。

方艾艾红着脸给高文艳说：你怎么也来了？

高文艳没有停下给郝大器帮忙的手，说：我来错了吗？

方艾艾知她的问话有问题，就忙又改口说：不是不是，我是说你是啥时候来的？

高文艳说：你拿眼睛数一下，看我帮我男人都锯了几根长料咧！

方艾艾红了的脸，被高文艳的话说得更红了。她把邓老师扯进她上房的住房里，给他洗脸，洗的时间是长了，太长了呢！他们去她的住房里，做了什么事，她心知肚明，所以她就不能不脸红。

红着脸的方艾艾，被来帮忙的高文艳戗得住了口，半天没话说。而高文艳虽不知道方艾艾在她上房屋里时，邓老师也在屋里，但却敏感到了她那已经不是秘密的秘密，这就不依不饶地说起方艾艾了。

高文艳说：我跟的是木匠，当然要会帮手扯锯。

高文艳说：不像你，跟的是老师，以后也要做先生的。

邓老师就在这个时候，挑起上房屋的门帘出来了。他听到了高文艳的话，哪怕高文艳也曾是她的学生，他也像没有看见似的，竟然还是那么面无表情，甩着手从干着活儿的郝大器和高文艳身边走了过去，走出了方艾艾家的大门。

方艾艾不能不送邓老师，她屁颠屁颠的样子，让高文艳不禁为她担起了心。

7

高文艳担着方艾艾的心，就还抬头看向她的男人郝大器，觉得与她一起扯着锯的他，胳膊上的肉块子，还有脸上的肉棱子，一动一动，都是那么瓷实。

自己的男人给自己的闺蜜打制嫁妆，高文艳过来帮帮手，是她的情分。

但高文艳不能一直待在方艾艾家里给她男人郝大器当帮手的。高文艳还有她要做的活儿路哩，家里的猪呀、鸡呀，她不能不喂养，责任田里的麦子、油菜，她不能不照看，高文艳两头跑着，跑了八九天，看着一堆杂杂乱乱的木板，在她男人郝大器的手里，一天一个变化，那变化是神奇的，一件三开门的大立柜，棱角分明地挺立起来了；再过一天，一件高低柜，也棱角分明地挺立起来了；再过一天，两件衣箱，亦然光光溜溜地摆开了，还有梳妆匣子，脸盆架子等小件儿陪嫁物品，也都有模有样地做了出来。

所有陪嫁品，高文艳看在她的眼睛里了，也知道鲜明在方艾艾的眼睛里呢！因为到了方艾艾嫁邓老师的日子，一件一件都要陪着她嫁过去哩。

那是要给她方艾艾拾脸的陪嫁呀！

方艾艾嫁的是邓老师，所以她要她的陪嫁比别人的更精美，更特别，更拾脸。所以在郝大器给方艾艾打制出那些个一整套的陪嫁后，她蓦然发现了一个问题，所有的嫁妆里，怎么就没有书柜呢！疏忽了……方艾艾知错就改地要求郝大器了，给她和她的邓老师，加打两面书柜。方艾艾说了，邓老师的书，摆放在书柜里，才是拾脸，才能显出不同于常人的书香气来。

方艾艾给郝大器提了出来，郝大器就也给她打出来了。

现如今，所有要陪嫁的嫁妆全都被郝大器打制好了，白朗朗排开在院子里，散发着的浓郁的一种木香味，让方艾艾别说有多着迷了。下来把院子里的木屑板头，扫除干净，就能开始下一套的工序了。

下一套的工序，就是给所有的陪嫁上漆。

郝大器在进行木作的过程中，方艾艾就十分操心了呢！按照门内匠人应该有的享受，每天五顿饭地供养着郝大器，要上漆了，她照样儿一天五顿饭地端给郝大器，让他享受。郝大器享受着时，方艾艾不放心，还要关切地来问郝大器。

方艾艾问：我的锅灶怎么样？

方艾艾问：比高文艳的呢？

方艾艾从郝大器嘴里问不出所以然来，就强调着说：好不好，你大木匠都要吃好了呢。

郝大器虽没正面回答方艾艾，但他用他吞咽食物的方式，明白无误地告诉方艾艾，他很享受她的锅灶，他吃得非常满意。

木匠怕漆匠,怕的是木匠打制的箱箱柜柜,表面粗糙不好上漆。

郝大器木作、漆工一身挑,就没有什么怕的了。他给方艾艾的陪嫁上漆,劈泥子着色,征求了方艾艾的意见。方艾艾不敢拿主意,她问了邓老师,如今邓老师喜欢橙红色,方艾艾就给郝大器嘱咐,让他给她调和橙红色的油漆。三开门的立柜,还有高低柜,橙红色油漆了,倒是十分亮堂。但是一对箱子呢?

要描金,要漆彩。郝大器虽然也询问了方艾艾的意见,他却没有听进去。

郝大器自作主张地给按传统的雕漆方法来给方艾艾既描金,又漆彩了……描金就是金粉画。郝大器把一对箱子的正面,依据黄金分割法的原则,分划成三个部分,中间部分横,两端部分竖,在竖的两端,一端描金上喜鹊登梅的画样,一端描金上富贵牡丹的画样,中间横的部分大,足有两端加起来的面积,郝大器思谋良久,就给描金上一幅古色古香的,"红袖添夜香"的读书画。

虽然这么来做,郝大器是自作主张,却也很得方艾艾的心。

在郝大器那么描画出来后,呈现在方艾艾的眼前,她是很开心的。方艾艾开心郝大器善解人意,她没有想到的意境,郝大器想到了,也给她尽心尽意地做到了。方艾艾因此把郝大器,是又高看了一眼。

郝大器就是这样一个人,你高看他也罢,不高看他也罢,他是都会考虑到事主的切实需要,为事主着想,满足事主的需要。而这大概就是郝大器为人称道的又一个原因吧。郝大器走村串乡,见识的事情多了去了。给方艾艾的一对箱子上描金漆彩那样一幅画儿,他意识中,是有那么一个模范的。不知是在哪儿见到的,成竹在胸,就给方艾艾用上了……方巾博带的一位旧时书生,与一位衣袂翩翩的旧时女子,双双依偎在一盏夜灯下的书案上,卿卿我我,好不欢畅!

方艾艾太爱郝大器描金在给她陪嫁的箱子上的这幅画了。

方艾艾日思夜想的生活,可不就是郝大器描金在箱子上的图画吗!

契合了方艾艾心愿的郝大器,使方艾艾在锅灶上忙得不亦乐乎。方艾艾一日三顿的正餐,她都有意多加了肉,多加了油,便是早上和下午的两顿加餐,她还要多加肉多加油,而问题,就这么突兀地出在了多加的肉和多加的油上了。

给方艾艾油漆着箱箱柜柜、梳妆匣子、脸盆架子的郝大器,到了那天下午,去给那些箱箱柜柜、梳妆匣子、脸盆架子上最后一遍漆时,直觉地被方艾艾的多肉多油,吃得滑肠了。

油漆活儿比不得木作,丢下手里的活儿,就能到大门外的公共茅厕里去。油漆活儿就不能了,解一回手,大手、小手都一样,他必须把粘在手上的漆渍洗净了才能去……三耽两不耽搁地郝大器把他自己耽搁得内急了,越来越急,十分地急了呢!

郝大器去洗手了,洗着手时,就有一种无法忍耐的下泄感,一波一波地冲击着他的后门,他连跑出方艾艾家的院门,去到大街上的公共厕所里去的耐力都没有了,这便向方艾艾家的后院里跑了去。

8

后院在古周原上,包括凤栖镇,就是家庭内眷如厕解手的地方。

郝大器在往后院跑的时候,并不知道方艾艾在他的前头,也刚入了后院,且已蹲在后院,亮出她圆圆白白的屁股,也在解手……郝大器因为不知,更因为特别内急,他在往后院跑着去的时候,就已经解开了他的裤腰带,所以他刚一入后院,就扯开裤子,蹲下来畅快淋漓地泄了起来!

方艾艾的一声惊叫，就在郝大器下泄的时候，仿佛天裂地震似的响了起来。

啊呀！你、你、你……

方艾艾的惊叫是短促的、是尖锐的。郝大器听着像是一簇一簇的利箭，直往他的耳朵眼里钻。他还没有在继续下泄着滑肠了的肚子，哗哗啦啦地，是顾不得再拉了，当然更没有时间来擦拭，就把裤子提起来，慌慌张张地从后院往外跑了……没泄干净的屎尿，沥沥啦啦地泄了他一裤裆。他这个样子，是不好再在方艾艾家里站着了，因此就还双手提着裤子，又从方艾艾家的前院往大门外跑了。谁知他刚跑到大门口上，迎面就撞着了转来的邓老师，把邓老师撞得一屁股坐在了地上。按理撞倒了邓老师，郝大器是要把人扶起来才对呢。可他慌慌失失，唯恐躲邓老师不急的样子，不仅没有搀扶他，还绕开蹲坐在地上的邓老师，继续失失慌慌地往前跑，他要跑回家去，把他弄脏的裤子换下来，好去方艾艾的家，把给方艾艾打制的嫁妆上好最后一遍漆。

然而郝大器跑回去容易，要再去方艾艾家给她的嫁妆上漆，就难了。

郝大器不仅给方艾艾的嫁妆上不了油漆，便是想再进方艾艾的家门，都不可能了。

提着裤子，失急慌慌张张跑离方艾艾家的郝大器让蹲坐在地上的邓老师满腹疑惑。他没等郝大器跑远，就敏感地一个蹦子跳起来，窜进方艾艾家的大门。邓老师看见方艾艾，他看见的方艾艾也像郝大器一样，双手提着裤子，慌慌张张地从后院跑出来，跑着要往她居住的房子里窜……方艾艾还没窜进她的房子，邓老师进到院子看见了她，他的眼睛瞪大了！有几个画面，非常不堪的画面呢！郝大器手提着裤子，方艾艾手提着裤子……啊！啊！啊……邓老师就那么看着方艾艾，而方艾艾也手足无措地看着邓老师，他俩在院子里，相互僵僵地对看了好一阵子，方艾艾的鼻子发酸，眼泪唰唰地流着，忽然地一扭头，冲进了她上房的屋子里，委屈地哭了起来……方艾艾的哭是压抑的，不甚嘹响，但传进邓老师的耳朵里却特别地刺耳，他慢慢地转过身，慢慢地向方艾艾家的院外走着。

邓老师走着，像郝大器向外跑着时一样，在大门口撞上了方艾艾的老父亲方守贵。不过，他们走得慢，虽然撞上了，却撞得并不重，只是把两人撞得各自转了个圈子，便站定了下来。

方守贵站定了，还想和他未来的乘龙快婿说句话的，但是邓老师没有给他这个机会，瞪着一双愤怒的眼睛，把方守贵恨恨地盯了一眼，便背对了方守贵，甩着手，扬长而去。

心里犯起疑惑的方守贵前脚跨进大门来，就又被女儿方艾艾的啼哭声，弄得他心里疑惑就更重了。

起小没娘的方艾艾，长在方守贵的身边，她是他的心肝，她是他的宝贝！

方守贵撵进方艾艾上房的屋子里，劝说起了方艾艾。他的劝说，就是想要知道她啼哭的原委，方艾艾啥都不说，而是在老父亲的劝慰声里，冲出了房门，冲到院子里的箱箱柜柜前，抬脚就往箱箱柜柜上踢，一踢一个大脚印，让跟来的老父亲，一眼便看清楚了问题的根源。

方守贵没阻拦方艾艾踢踹给她新打制的陪嫁箱柜，独自个儿走出院门，闷着个头，气汹汹往凤栖镇东街上的郝大器家走了去。

在家换好裤子的郝大器，端着一碗高文艳给他冲泡好的茶水，一口接一口地喝着，想着他接下来怎么到方艾艾的家里，给她把陪嫁的箱柜上好最后一遍漆。郝大器还没有想出办法来，方艾艾的老父亲方守贵便一脸怒气地上门来了。

方守贵走进郝大器门里的时候，高文艳还在心疼地数落她的男人郝大器。

高文艳说：给方艾艾打制陪嫁的箱柜，把你上心地都忘了拉屎咧！

高文艳说：你看你，泄的一裤裆的屎！

高文艳说：你给我说，你是怎么了？

闯进门来的方守贵，接着高文艳的话，恶狠狠地回了一句：他做的好事！

方守贵说：好汉做事好汉当，拉稀算什么？

高文艳听不懂方守贵恶狠狠的话，更看不懂方守贵凶巴巴的脸，便很是不解地问他了。

高文艳问得很直接。她说：我家男人去你家做什么你不知道？

高文艳说：辛辛苦苦十来天，给你家把活儿要做完了，你就这么上门谢承他吗？

方守贵被高文艳这一通数说，他是要再发作的，却突然地一阵心痛，像有一把刀子在搅，痛得他头上脸上，蓦地滚出一片汗豆子。

方守贵说不出话来了，他张开口，竟然是一嘴的血，直往下巴上流……高文艳慌了，郝大器也慌了，他们夫妻俩不敢怠慢，郝大器抢前一步，乘着方守贵将倒未倒时，弯腰背起他，从他家背着就往凤栖镇上的医院跑。郝大器因为急泄弄脏新换的一身衣裳，又被方守贵嘴里吐出的血糊得到处都是……郝大器跑得极快了，几乎可以用飞来形容，但还是没有赶得上，到了镇医院里，方守贵的脉跳已经永远地停止了。

这太不幸了，大不幸的呢！

9

不幸的是要了命的方守贵，当然还有活着的郝大器。

邓老师向镇子上的派出所把郝大器是告发了。他当时跑得气喘吁吁，跑到派出所，当着派出所干警的面，开口就这么说了。

邓老师说：一对狗男女！

接待邓老师的派出所干警恰巧就是老杨头，他老成持重，把邓老师说的那种话听得多了，他的反应自然没有邓老师说得么强烈。

他给邓老师说：具体点，是谁？

邓老师就把郝大器先说了出来。说他去方艾艾家里，给方艾艾打制嫁妆，图谋不轨，淫欲泛滥，他把方艾艾是那个咧！

邓老师的用词，说得是很粗鄙了。但他看着听他说话的老杨头，突然地改变了口气，就把难听的话压了压，很有觉悟地给老杨头还检讨了两句。检讨过后，为了获取老杨头的好感，还没来由地恭维老杨头了。

邓老师说：警察同志重视的是事实依据。

邓老师说：尤其您是有经验的老警察。

邓老师把老杨头恭维过了，就继续说了郝大器，把他见到郝大器的情状，仔细地说了一遍。说过了，不见老杨头应声，下来就又来说方艾艾了。

邓老师说了，不是我亲眼所见，我不能相信，方艾艾她……她一个有主的待嫁姑娘，怎么能惹出那样的事呢？郝大器失急慌张，夺门而出；方艾艾哭哭啼啼，痛不欲生……你们警察，都有丰富的办案经验，你说，这是个什么事儿呀？

老杨头正如邓老师恭维的那样，他确实很有办案经验。他听得出来，邓老师状告郝大器，带出了方艾艾，其目的可能是不纯洁的呢！

都在凤栖镇子上，方艾艾攀上邓老师，做了邓老师的未婚妻，别说是派出所的老杨头，全镇子上的人，谁不知道呢？大家可是都知道了。便是方艾艾请来郝大器，给她在她家里打制陪嫁的箱箱柜柜，镇子上的人也都知道了。郝大器"图谋不轨",在方艾艾的家里把方艾艾"那个了",是为未婚夫的邓老师,他可以生气,更可以愤怒,但他把要生的气,把要愤的怒,面对郝大器就行了,他不该同时面对方艾艾,出口骂他们"狗男女"!

老杨头丰富的人生体会,加之他长期的案件办理经验,使他敏锐地听出问题来。他认为邓老师的情绪表达过头了,他有借此机会,实现他甩掉方艾艾的图谋?

老杨头是谁呀?凤栖镇公认的神探哩!

邓老师一张嘴,他即明察秋毫,看出了问题的实质,方艾艾与他恋爱,也许是剃头匠的担子,一头热。方艾艾是热着的,人家邓老师不见得热。老杨头这么想着方艾艾与邓老师的关系,听完邓老师愤恨不已地报了案情后,他把邓老师送出了派出所,让他去学校的教师岗位上,好好教他的书。

老杨头的话说得艺术极了:我们派出所的警察,负责好镇子上的治安,是我们神圣的天职。

老杨头说:你们学校的老师呢?

老杨头说:教好镇子上的学生,也该是你们老师的天职吧!

老杨头本来还想说,你们老师怎么能和自己的学生谈恋爱呢?还想说,既然谈上了,就要珍惜你们的感情。但他说了前头的话后,就把到了嘴边的后两句话,咬紧在牙齿上,没有说出来。

老杨头虽然没有说出来,但他相信邓老师把他没说出来的话,一定是听出味道来了。为此,老杨头望着向镇中学方向走去的邓老师,他不由自主地在嘴头上,叽咕了这样两句话。

老杨头叽咕:把我想要当枪使吗?

老杨头叽咕:小样!我老杨头是你当枪使得了的人吗?

老杨头对邓老师的报案，不能说完全没有当回事，却也没有特别往心上去。小小的一个凤栖镇，碎芝麻、烂套子，要老杨头他们派出所的警察处理调解的事情，多了去了。就在邓老师报了案，老杨头把他送出后，他还在心里叽咕着他报案的事情时，又有一位披头散发的女人，大喊大叫地跑来了。

披头散发的女人直冲老杨头而来，她哭着喊着说：我不活了!

老杨头望着这位不活了的女人，听她这么说，就回了一句话：怎么又不活了?

披头散发的女人依然哭着喊着说：挨千刀的，一个晚上不回家的赌，就我那个家，非被他赌空了不可!

老杨头说：你是给我说你不活了呢？还是说挨千刀的赌场？

披头散发的女人说：我说的是挨千刀的赌场，也说我不活了。

老杨头的兴致不错，这是因为他的工作性质，还因为他对凤栖镇人们的热衷。他用他的这种方法，把许多麻烦棘手的事，才能处理得好，处理得了。基层公安的调解工作，是非常大的一个面，来不得斩钉截铁的手段，更不能用雷霆万钧之势，那样反而会把事情弄糟⋯⋯老杨头凭着他善于瞎扯的处置风格，稀泥抹光墙，调解处理了许多那些提不上串儿的烦琐事。但也因为如此，他又特别受凤栖镇上人的信任与喜爱。

披头散发的女人，回话给老杨头，既说挨千刀的赌博，又说她不活了。老杨头便与她打太极拳似的瞎扯了起来。

老杨头说：挨千刀的赌博，你给我说就行了。我来处理他，逮他到派出所来，罚他的款!

老杨头说：至于你不活了的事，你不要给我说，说了也没用，我不能帮助你不活。

老杨头说：你找挨千刀的说去，他应该有叫你不活了的办法。

老杨头说着，还真就如他说话的方式一样，做势做态地打起太极拳来……披头散发的女人不哭了，不喊了，她问了老杨头最后一句话。

披头散发的女人说：你要罚他款？

老杨头说：挨千刀的赌博，是你报的案，你说我能不罚他款吗？

披头散发的女人回头走了，她边走边说，说她就只是来找老杨头说一说，她不是报案，她报案怎么能报挨千刀的案呢？她不是报案……不是报案的女人用手理着她头上的散发，急匆匆越走越远，看着她背影的老杨头，脸上不禁露出一丝得意的神色。

老杨头的得意神色，没在他脸上停留多长时间，就从镇医院的方向传来一个消息，方艾艾的老父亲死了。

10

方艾艾的老父亲方守贵，是去郝大器的家里，向郝大器问罪时，突发疾病，被郝大器背着跑到镇医院抢救，抢救的办法都用了，没有抢救过来。

老杨头可以对邓老师的报案半信半疑不咋当回事。但他听到方艾艾的老父亲方守贵死了的消息，就不能不当事儿了。他立即收敛起了脸上刚才有的那种神色，蓦然严肃起来，从所里又叫了两个年轻的辅警，便大步流星地往镇医院的方向去了。

在镇子上的医院里，老杨头见着了死去的方守贵，以及站在方守贵尸体旁，依然惊慌着的郝大器，以及郝大器的媳妇儿高文艳……事发突然，高文艳显然还不知道，怎么就突然地遇上了这么一件让她难受的事？

方守贵是她好闺蜜方艾艾的父亲，他死了，可以说就是死在了她的家里。

人家的老人，哪怕是她闺蜜方艾艾的老父亲，死在他的家里，也是个让人难受的事啊！这是一件，还有第二件哩，就是方艾艾的老父亲方守贵撵到她家里来，冲着郝大器恶狠狠吼出来的那句话，可是太让人费解难受了呢！

他说得义愤填膺：你做的好事？

郝大器在方艾艾家里做下什么好事了？高文艳听到耳朵里，当时还和方守贵辩了两句，辩得方守贵口吐鲜血咽了气！高文艳再想方守贵质问郝大器的话，顿然觉悟过来，怀疑他的男人郝大器，是对她的闺蜜动了手脚！

古周原上的人，特别是凤栖镇，有人干出那种伤风败俗的事，大家为了不伤体面，通常都用方守贵质问郝大器那样的话来说事儿，尤其是事中的人，自己的亲人。

老杨头赶到医院来，看到的情形就是这个样子，高文艳因为想到了那一层意思，所以就正瞪着一双大眼睛，狐疑地盯着郝大器的脸去看，而郝大器被高文艳看着的脸，使劲地要躲开去……老杨头来了，他为了控制事态的发展，就让跟他来的两位辅警，一人抓住郝大器的一只胳膊，推着他往出走了。

看着两位辅警，不容分说，就推着自己的男人郝大器从医院往出走，高文艳相信了她刚才在心里的猜想，她没有阻挡辅警架着郝大器的意思，但她还是不能自禁地抢在辅警们抓着郝大器胳膊，用力往前推着走的前头，要问郝大器几句话了。

方守贵的死，让高文艳一脸的悲凄。

面对郝大器，高文艳脸上的悲凄蓦然变换得十分狐疑了。现在又从狐疑脱变成了恼怒，两眼仿佛喷着火光一样。

高文艳问郝大器了。她说：你真对方艾艾做出好事来了？

高文艳说：我不相信！

高文艳说：你给我说，你没怎么方艾艾。

对于高文艳问出的问题，郝大器是想回答她的，可他却语塞得一句话都说不出来，而老杨头带来的两位辅警，把控着郝大器，也使他没有时间回答高文艳的问题了。

老杨头在后，两位辅警在前，把郝大器左右驾着，从镇医院押回到镇派出所的路上，遇见了镇子上许多人。大家看到那一种情景，直觉稀奇，就还追着他们，想要与老杨头，或者是郝大器，说上几句话的，但所有见到他们的人，却都欲言又止，从他们身边闪了过去。

大家闪过去了，才又不能忍地要把他们要说的话，交头接耳地说出来。

有人说：那不是郝大器吗？

有人说：那是郝大器吗！

有人说：郝大器给方艾艾打制陪嫁的箱柜哩！

有人说：方艾艾的老父亲方守贵死咧！

大家交头接耳的议论，虽然声音小，但还是一字不差地钻进郝大器的耳朵里了。郝大器相信，这个时候的凤栖镇，像风一样流传的，应该都是这样的话了呢。郝大器还相信，如此风传的深层意思，不会这么客气，而会非常露骨，不堪入耳的呢！

露骨的、不堪入耳的话，老杨头与两位辅警把郝大器押进派出所，把他带入派出所的预审室里，就被老杨头当着他的面说出来了。

老杨头指令两个辅警，押着郝大器坐在一个特殊的椅子上，让郝大器顿时觉得他像被穿上了一件铁甲衣，除了嘴能动，脚和手，连身子都不好动了。

遭此待遇，嘴巴尚且能动的郝大器说：这是做什么呀？

平时那么和蔼的老杨头，突然变得让郝大器不认识了。前些日子，他不还说，要请郝大器去他们家里，给他将要出嫁的妹子打制陪嫁的箱柜哩。可是现在，他就坐在与郝大器相对面的一张小桌子后面，脸上冷得像挂了一层霜，听他说了这样一句话，便毫不容情地回答起了他。

老杨头说：你把方艾艾怎么了？

老杨头说：你太不是东西了！给人家方艾艾打制陪嫁就打制陪嫁吧，你还想入非非，给人家方艾艾动手动脚！

老杨头说：你都看见了，方艾艾的老父亲方守贵已经死了！

郝大器听得懂老杨头的话，他知道不能抵赖了，有必要把他去方艾艾家里发生的事情，一五一十地给老杨头交代了……郝大器没有隐瞒，他仔仔细细地把事情的经过，给老杨头说了后，还怕老杨头不相信他，就发誓赌咒地让老杨头去问方艾艾。

郝大器说：我说的话你可以不信，方艾艾说的话呢？你应该相信吧。

郝大器说：方艾艾不会乱说，她能说得清。

在法律面前，老杨头知道，他必须保持一个清醒的头脑，郝大器要他去问方艾艾，他说得对，没有方艾艾的证词，他在郝大器口里问到的，都不能成为治罪他的依据。但老杨头没有放弃审讯郝大器的举动，他又严厉地问了一个问题。

老杨头说：方守贵为啥死了呢？

老杨头说：跑到你家里去死？

老杨头说：你能给我说清楚吗？

对于老杨头审讯的这个问题，郝大器真的不能说清楚，他无可奈何地低下头，无可奈何地叽咕了两声，算是对老杨头的回答了。

郝大器说：这你得去问方守贵。

郝大器说：只有方守贵自己说得清楚是咋回事。

老杨头怎么去问方守贵呀？人死了，不会说话了，他要问的还应该是郝大器。但郝大器把他该说能说的话都说了，老杨头下来怎么问他，他都死猪不怕开水烫一般，不再回答老杨头的问题了。

老杨头能怎么办呢？他就只有用他的老办法了，把郝大器从预审室，转到派出所里的留置室里，再不理会他，任凭郝大器待在留置室，吃喝拉撒……老杨头把郝大器一直地晾在留置室，留置了一天一夜，这是留置的最高时限，过了这个时限，郝大器再没说的，老杨头就也不好留置他了。

在此期间，老杨头自然没有闲着，他是要找方艾艾的。唯有方艾艾的口供，才是最有用的呢。

方艾艾能怎么说呢？

老父亲方守贵的猝死，让方艾艾冷静下来了。她伤痛老父亲的死，自己的责任太大了。老父亲爱她，见不得她伤心流泪，她与郝大器在她家后院的那场邂逅，虽然难堪，却也只能是一个意外。她如果足够冷静，红一红脸，不要哭，能有什么事呢？啥事都不会有，可她那么一哭，竟然把她爱在心上的老父亲，哭得丧了命！

还有邓老师，他眼见了失急慌张、夺路而逃的郝大器的样子，还眼见了她哭哭啼啼、痛不欲生的样子，他拧身就离开了她的家……方艾艾预感到，她和邓老师的姻缘，因此是要断了的。

11

留置在派出所里的郝大器，被老杨头晾了起来。

这是老杨头惯用的一种方法，他知道被晾在派出所留置室里的郝大器，是一定会着急上火的。许多难办的人物，你要快刀斩乱麻，趁热打铁，就能解决问题。而有些人则不能，需要晾着，才能解决问题。老杨头以为郝大器该是后者那个样子，所以他不急，就先把郝大器晾着……郝大器真是个挨不起晾的人，老杨头把他晾了半天时间，他就像头无可奈何的困兽，在关着的那个铁栅栏笼子里，疯了似的乱转圈子。他可能把他是转晕了，转着昏头昏脑地拿额头直碰铁栅栏，把他的额头都碰得流血了。

郝大器碰着自己的头，他想引起别人注意。可是留置室空茫茫不见一人，他就破命地呐喊，为自己辩护。

郝大器喊：天地良心，我真没对方艾艾怎么样！

郝大器喊：方艾艾是谁呀？我媳妇高文艳的好闺蜜哩！

郝大器喊：我是人，我不是猪！

无论郝大器怎么喊，都没有人招拾他。他是喊叫得困乏了，也折腾得没有力气了，因此就在他折腾了好长时间后，就又如一堆泥似的，软瘫在了留置室的水泥地上。

软瘫在留置室水泥地上的郝大器不知道，他媳妇儿高文艳赶在这个时候，正往方艾艾的家里去。

高文艳远远地走着，让她猝不及防的是，距离方艾艾的家门口还有一段路程，却见方艾艾正把郝大器的木匠挑子，连同挑子里的木匠工具，一件一件地往她家的大门外扔了。方艾艾把郝大器的木匠斧子，扔得把儿朝了西，把郝大器的木匠锛子，扔得把儿朝了东，而锯子已经散了架、刨子分了家……高文艳不敢往前走了。她就那么怯怯地站在远处，看着方艾艾往她家大门外抛扔郝大器的工具。方艾艾一定没有注意，老杨头向她家走来了。就在老杨头走到她家大门口上的时候，一件被方艾艾扔出门的锯子，蹦蹦跳跳地差点儿砸了他的脚。

高文艳的心乱极了，她想不到，让给她拾脸的郝大器，给她的闺蜜方艾艾做好事，却做出这样一个结果来！

　　高文艳是想要哭的，却哭不出来，她还想要骂的，却不知道该骂谁？她太痛苦了！痛苦得熬了一天一夜，她一眼都没眨，现在的她，眼睛一定是红的，血一样的红了呢！但她知道这个时候，不管天下刀子，她都是要到方艾艾家里来的。方艾艾的老父亲死了。人死为大，高文艳想她该来帮帮方艾艾的忙的。因为在她看来，整个事件的受害者，方艾艾是唯一的。她们是闺蜜，闺蜜的她，心里再怎么难受，咬牙忍着，也要到她门上来。

　　高文艳来了。

　　高文艳看见愤怒的方艾艾，往她家门外抛扔郝大器的木匠工具，她不能阻挡她，因此就远远地等着。一直地等方艾艾把郝大器的木匠挑子，和挑子里的工具，都扔完了，这才小心地向她走了去……高文艳走得慢了点，她还没有走近方艾艾，来寻方艾艾的老杨头抢了先。

　　老杨头抢先走近了方艾艾，他走着便已温言软语地安慰上她了。

　　安慰着方艾艾的老杨头，陪着方艾艾进了她家的大门，就在她家的院子里站定，向方艾艾询问起了郝大器。

　　方艾艾没有回避，她回答老杨头了。说：郝大器没怎么我。

　　老杨头听了方艾艾的话，他不惊不诧，依然好言好语地劝慰着方艾艾，要她无须顾虑，事情是什么？就说什么，他们代表政府，一定要保护好她。

　　不论老杨头如何劝慰方艾艾，她总是咬牙一句话：我说了，郝大器是老实人。

　　老杨头为了不放走一个坏人，更为了不冤枉一个好人，就还把方艾艾死了的老父亲方守贵搬出来说事儿了。正是老杨头的这一说，把悲伤着却也硬气着的方艾艾说得鼻涕一把泪一把地号哭起来了。

号哭着的方艾艾说：是我害了老人家！

号哭着的方艾艾说：让我死了去吧！

高文艳在大门外听见了方艾艾说的话，她赶进来了。

高文艳要的就是方艾艾嘴里说的话。她进来了，站在了老杨头的前面，给了寻死觅活的方艾艾一个怀抱，让她扑进了她的怀里，没有劝慰她，而是还鼓励她，要她哭。使劲地哭，把心里的难受都哭出来。

方艾艾居然听了高文艳的话，她是比刚才哭号得还要悲凄，还要伤心。方艾艾哭着问了高文艳两句话。

方艾艾说：我可咋办呀？

方艾艾说：我是糊涂了，糊涂得不知道怎么办了。

寻着方艾艾来的高文艳，此前也是糊涂的，给她很拾脸面的男人郝大器，去了每一户人家的门里，给人家施展他的手艺，都没有发生什么，却到她的闺蜜方艾艾家里来，突然不明不白地出了状况。这个状况出得太大了，不仅死了方艾艾的老父亲方守贵，还把给她拾脸面的男人郝大器，被派出所的老杨头押了去！

高文艳到方艾艾家里来，她是想要在方艾艾的嘴里知道，郝大器把她怎么样了。

现在有了方艾艾亲口说出来的答案，高文艳不糊涂了。

虽然高文艳不糊涂了，却并没有完全解除她心里的疑惑。她想，方艾艾所以这么来说，也许顾忌的是她和她的面子。知道好闺蜜哩！因此，她是还想问方艾艾几句话的。可是扑进高文艳怀里的方艾艾，没有等高文艳问她，即诚实地又说了。

方艾艾说：你们不要问我。都不要问，就听我说你们听。

方艾艾说：你们都想多了。

方艾艾说：想多了害命哩！我老爸就是想多了。

方艾艾说：郝大器吃的油水多了，他滑了肠子。

不管方艾艾怎么说，高文艳都没有彻底相信她的话。但有她说的这些话就好了，就不至于太难看，尤其是她。郝大器给她多拾脸呀！她可不能让自己丢了那张脸的……相拥相抱的闺蜜俩，再没有别的话说了。而方艾艾也渐渐地冷静下来不哭了。她不哭了，也不说话，高文艳怎么办呢？面对在方艾艾，她的眼前有急待处理的事情呢！首要的一个，就是安埋她死了的老父亲方守贵。方艾艾说不出来，高文艳就要来说了。

高文艳说：老人还在镇医院的太平间里躺着哩。

高文艳说：咱不能让老人家就那么冰冷地躺着吧？

高文艳给方艾艾说了那两句话后，她把话题转向了老杨头的身上，给老杨头也说了。

高文艳说：方艾艾刚才说的话，您都听清楚了。

高文艳说：把郝大器放出来，让他出力出资安埋老人怎么样？

还能怎么样呢？老杨头回到派出所来，把郝大器放走了。

郝大器从派出所里走出来，听了老杨头的话，直接去了方艾艾的家，操办起了方艾艾老父亲方守贵的丧葬事宜……缝制老衣，打制棺椁，修造墓穴，把死去了的方守贵，可说安埋得是够体面了呢！

12

那样的体面，说透了，都是要钱来办的。

郝大器不怕花钱，媳妇儿高文艳把他挣回来的手艺钱，一笔笔收好了，这时全都大方地拿出来，交到郝大器的手上，让他放心花，花多少是多少……花钱制造出来的体面，在郝大器看来，再划算不过了。他知道他是把脸丢了，一个丢了脸的人，不把脸拾起来，今后就不好活人了。

然而，问题并没有郝大器设想得那么简单，把他丢了的脸因此而拾起来。

拾不起来的一个表现，集中在郝大器没有了请他做活儿的事主了，尽管他的活儿做得好，受人欢迎，被人追捧，但就是再也不见谁上他家的门，请他入他们家的门，给他们家做活儿了。便是原来预约了他的事主，也都像忘了他们曾经有的约定，另找木作匠人，入去他们家门做活儿了，哪怕那个木作匠人的手艺，是他们所不满意的，也都凑合着做了。

这是为什么呢？郝大器想到了方艾艾，他宝贝一样的木作家具，被方艾艾曾经一件一件，那么轻蔑地从她家门里抛扔出来，凤栖镇的镇街上，应该是被许多人看见了。

这是个原因吗？

当然是个原因了，而且是个非常重要的原因哩！郝大器丢脸，可就是那么丢了的呢！

原来忙得连轴转的郝大器，丢脸闲下来的滋味，可是不好受呢！他在家里吃罢饭，方艾艾把他的木作家具，都抛扔掉了，郝大器往回拾的时候，就像给他拾脸一样小心。他拾回来了，在家里把那些从来不得空闲的木作工具，一件一件地磨，是斧子、锛子、是凿子、钻子、是推刨、刻刀，热衷得都如他的手一般，他的脚一样，他很有耐心地挫磨着，挫磨得无不锋利光亮，但没人请他上门，再锋利光亮的工具，像他本人一样，丢脸地寂寞在家里了。

郝大器不甘心闲下来，他从家里走出来，去派出所找老杨头了。

老杨头原来邀约过他，要他得空给他妹子打制陪嫁的嫁妆，他现在就闲着，就有空儿，他可以满足老杨头的邀约了呢！

郝大器走进派出所，看见老杨头难得地蹲在院子里，与几个所里的小年轻在下棋，看来他下棋的能力一般，郝大器走近了时，发现他似乎要悔一步棋，而年轻人不要他悔棋，所以吵得声音很大。郝大器的到来，成了老杨头放弃下棋子的一个好借口，他把要悔的那枚棋子，"叮当"摔在棋盘上，转身站起来，面对了郝大器，开门见山地问了他一句话。

老杨头说：你找我？

郝大器忙不迭地给老杨头点着头，他边点头边给老杨头说了。

郝大器说：原来老没空，现在满是空儿。

郝大器说：你说我得空儿了，给你家妹子打制陪嫁的箱箱柜柜，梳妆匣子……

郝大器的话没说完，就被老杨头截住了。

老杨头说：我给你说过吗？

老杨头说：我没有说过呀。

到派出所来，在老杨头跟前讨了个没趣，郝大器灰溜溜地转身走了。他差不多都已走出派出所的大门了，却听见派出所院子里几个与老杨头下棋的年轻人，你一言他一语地议论着他。

声音很尖的那位年轻人说：谁还敢把郝大器请进家门里去呀？

声音闷点儿的那位年轻人说：老杨头呀，你敢吗？

两个年轻人各自说了一句话后，又异口同声地说：你要敢把郝大器请进你家门里，我俩就敢把郝大器再次请进派出所来。

听着两位年轻人的话，郝大器想起来了，他那次就是被他俩架着，押进派出所来的……郝大器真想回过头去，与两位年轻人理论几句，但他知道，所有的理论，都将以自己丢脸而结束。

丢脸就是这么残酷。明白了这个道理，郝大器没有说话，他在寻找把脸拾回来的机会。这个机会不会从天上掉下来，也不会从地里长出来。痛定思痛，郝大器把他的手，像他以往一样举在他的面前看了。郝大器看着还想起他媳妇儿高文艳，就曾经十分迷恋他的手，出了那件事儿后，高文艳就也再没欣赏他的手了。

郝大器想要媳妇儿高文艳再来深情地欣赏他的手呢！然而几次，他在看他的手的时候，高文艳却视而不见，完全不把她曾欣赏的他的手往眼里放了。

郝大器能撵着媳妇儿高文艳，让她欣赏他的手吗？

郝大器可不是个轻贱的人。媳妇儿高文艳爱看不看，他自己看了。他看着还真看出了个让他拾脸的方式来。

郝大器因此叽咕说：我只是把脸丢了。

郝大器叽咕说：我的手还在。

郝大器叽咕说：手艺，我的手艺不还在我的手上吗！

"家有万贯，不如薄技在身。"郝大器永远记着老祖宗说过的这句话，他因此把他的一双手，又举在眼前看了。他看着时，媳妇儿高文艳走到了他的面前，忍无可忍地说他了。

高文艳说：看什么看？手上有脸吗？

高文艳说：要能在手上看见你的脸，我和你一起看。

洞房花烛夜，媳妇儿高文艳不就说过这样的话吗！当时高文艳说了，说她就恋他的手，还说他的手就是脸！她那时不仅夸赞了他的手，还把他的手捉在她的手里，捧到她的嘴唇边，热热地亲了呢！

郝大器乐起来了。他一扫近些日子丢了脸的不堪，依然故我地举着他的手，举到媳妇儿高文艳的眼前，要她再看，认真地看，他的手还是他的手，手在脸就在，他能把他丢了的脸拾起来。

可是媳妇儿高文艳躲着他的手，还恼怒地呵斥他了呢。

高文艳说：把你的手拿开，我不想看见！

高文艳说：有本事你拾去好了。

高文艳说罢这句话，就很厌恶地背身过去，从家门里走出去了。

13

　　媳妇儿高文艳可是不想与郝大器吵架的呢。

　　自从郝大器在闺蜜方艾艾那里丢了脸，高文艳是很想与他大吵大闹一场的，但却没有，因为她看得明白，丢了脸的郝大器，似乎也在等着她来吵闹。如果她给他吵了闹了，他或许会好受一些。但她不想让他好受，所以她就咬牙忍着不吵，坚持忍着不闹，她要他一直地难受下去。

　　为了躲开郝大器，避免和他吵，与他闹，高文艳就不在家里待，总要抽身出门去⋯⋯出了门的高文艳，没想往方艾艾的家里去，可她的脚，可她的腿，不听她的话，带着她走着，一走就走去了方艾艾的家。

　　这时的方艾艾，已经彻底地冷静下来了。

　　冷静下来的方艾艾，把她与郝大器那天发生的事，过电影似的反复过了许多遍，这么反复过看，过得方艾艾既恼着，又还乐着了。方艾艾恼自己太敏感了，太不知轻重，乐自己太敏感了，太不知轻重⋯⋯郝大器给她打制陪嫁，本就特别用心，到了雕漆描金的时候，就更精益求精，他没有什么非分之想，他只是被照顾得过了火，大肉大油，吃滑了肠子，他跑进后院解手来了，这又有什么呢？因为自己的不冷静，因为自己的惊慌，把一件不是事的事，像晴空炸起一声惊雷，一下子炸出事来了！

　　恼着自己，乐着自己的方艾艾，看着闺蜜高文艳到她家里来了。

　　方艾艾高兴出了那么大的一件事儿，高文艳没有断了与她的闺蜜情，拉着郝大器，出钱出力，帮助她安排了她老父亲的丧事。当然她也知道，因为她的不冷静，她的敏感，给高文艳和她男人郝大器，造成了很大的负面影响。因为此，方艾艾知觉她有责任来为郝大器说话了，只有她说话，可以为他洗脱不该有的误会。

高文艳来了,方艾艾给她说:不愧闺蜜哩!你还能来,我感激你。

方艾艾说:你家郝大器是好男人,你要相信他哩!

高文艳到方艾艾家来了好几次了。她来一次,方艾艾给她就这么说一次。仿佛她俩之间,再没了可说的话,就只有那个她俩其实都不想再提说的话。所以如此,都是因为方艾艾看得出来,她是在为郝大器洗脱着不该有的误会,而高文艳似乎根本没怎么信,她因此就还得给高文艳说。

这一次高文艳来了,方艾艾说得深入了些。她说:人犯的错,千种百种,想到头来就只一条。

方艾艾说:就是想得多了。

方艾艾说:我就想多了。

方艾艾说:文艳呀,你可不敢想多了。

高文艳想多了,还是没想多,她不与方艾艾说,只是听着方艾艾的话,向方艾艾问起她们的邓老师。

高文艳说:邓老师呢?

高文艳说:邓老师可是也想多了吧!

必须承认,高文艳的问题问得对。与方艾艾定下终身的邓老师,一定是想多了。他想多了后,不仅跑到镇派出所,向老杨头告发了郝大器,而且不再见方艾艾了。方艾艾安埋她老父亲方守贵,邓老师躲着不见人……方艾艾去邓老师任教的镇中学找他,听学校的其他老师说,邓老师人在学校哩,可方艾艾怎么找,就是找他不着……高文艳在方艾艾的家里,与方艾艾说着话,自告奋勇地给方艾艾说了。

高文艳说:我给你找邓老师去。

高文艳说:咱不怕他想得多。

高文艳说:他想得多,说明他……

高文艳没有把后半句话说出来，但她照着她的思路，去镇子上的中学找邓老师了。方艾艾自己去找邓老师，邓老师躲着不见她，高文艳代替方艾艾去找邓老师，邓老师没有躲她，他们见面了，不是一次见，而是一次一次地见，这从高文艳回过头来，转告给方艾艾的讯息可以清晰地知道，高文艳见到邓老师后，从起初的不自然，慢慢地自然了起来，而且在自然的基础上，还进一步地发展着，发展得无话不说，如同相见恨晚的朋友一般，是很和美了呢！

方艾艾因此有求于高文艳了，想要高文艳安排她，与躲着她的邓老师见面，高文艳劝她不要急，说她会掌握火候的。

这火候什么时候会到呢？

方艾艾的心里，越来越觉得遥远，因为高文艳好些日子，是不登她家的门了。

高文艳不登方艾艾的家门，方艾艾可以去高文艳的家里呀。

方艾艾想到了，就也做到了。她去了高文艳的家里，没有见着高文艳，只见到了郝大器，发现出了那档子事情的郝大器，虽然让他丢了脸，没有了事主请他上门做活儿了，但他并没歇下手，而是把他的家，当作了他的用武之地，拉开架势，在他的家里，做着他拿手的箱箱柜柜，以及娶媳妇嫁女子的人家，需要添置的梳妆匣子、脸盆架子等物件……方艾艾进了他家的门，看见他家的院子里，一套一套的描金箱子，一套一套的雕漆柜子，以及漆彩的梳妆匣子、脸盆架子，被郝大器尽心尽意地制作出来，摆了满满一院子。

郝大器埋头在他正干的那些箱箱柜柜、梳妆匣子、脸盆架子之间，干得聚精会神，一丝不苟……他不知方艾艾到他家里来了。

是一位找上门来的男子，喊动了做活儿的郝大器，他回头了。

回过头来的郝大器，不仅看见了喊他的那位男子，也看见了来找他的方艾艾。

这从郝大器的眼神上看得清楚，他在看见喊他的那位男子时，神情是自如的，而在看见方艾艾时，就像当时在方艾艾家里遭遇了那件事时一样，他的眼神是慌乱的。不过，有喊郝大器的那位男子在，郝大器没有太慌乱，他问那位男子了，问他什么事。

那男子说：我不好把你请到我家去，怕人闲话，就寻到你家来了。

那男子说：你不要拒绝我。

14

那男子把话说多了。

如果那男子不这么说话，郝大器不会拒绝他，帮他把他拿来的风箱，给他收拾好的，因为郝大器有这个能力，别的木作匠人不甚懂得风箱制作的窍道，郝大器仔细琢磨过，他深知一个风力持久的风箱，好用不好用，都在细细的一线距离之间，上底压盖，在中间的部分，于四面板子往里收窄一线，就一定风大气足，而如果往外放出一线，则就漏风跑气，不是一个好的风箱了……这是郝大器琢磨到手的一个窍道，所以他打制的风箱，也最为被人推崇，受人喜爱。

可是，正如这位登门来的男子说的那样，他不好被人请进家门了！

你不好请我上你家的门，那你就好到我家门里来呀！生了气的郝大器，把他的话说得从没有过的恶声恶气。

郝大器说：我是嫖客！

郝大器说：我是野汉！

郝大器说：我没资格进你家门了，你请有资格的木匠去呀！

当着那男子和方艾艾的面，郝大器没有好声气地撵走了那男子。在那男子走了后，院子里除了郝大器尽心尽意制作的箱箱柜柜、梳妆匣子、脸盆架子等物件外，能喘气儿的，就还剩下一个方艾艾，郝大器的心，不由自主地就又慌乱了起来。

慌乱中的郝大器张嘴说了这样两句话。他说：你闺蜜不是去你家了吗？

郝大器说：你闺蜜天天去陪你，她现在几乎就不在家里待。

郝大器的两句话，让方艾艾把她心里生出来的一个疑惑，顿然释解了开来。她比郝大器明白，他媳妇儿高文艳，不在他家里，也不在她家里，她是去镇中学的邓老师那里去了。

去就去吧。方艾艾对那个邓老师已经没有丁点的想往了。

听着郝大器说着话，方艾艾走向了他在家精心打制、描金雕漆制作出来的箱箱柜柜、梳妆匣子和脸盆架子，伸手一件件地抚摸着，她抚摸过一件，便顺口夸赞一句。

方艾艾说：美呀！真的是美哩！

方艾艾说：天生了一双好手！

方艾艾夸赞郝大器的语气是由衷的，这一点郝大器听得明白，他因此跟在方艾艾的身后，看着她抚摸他的每一件制作，听着她对每一件制作夸赞，他想谦虚几句话的，却终究没能说出来，所以他就一直跟在方艾艾的身后，直到方艾艾像个目光卓越的质检员，把他制作的所有木作作品，都细心地抚摸着看了一遍，然后像她来时一样，方艾艾来时飘飘然如一缕风，最后走出他家的家门时，亦如一缕风，消失在了凤栖镇熙来攘往的人群里。

郝大器不知道，走回她家的方艾艾，迫不及待地把郝大器给她描金雕漆打制出来的那套陪嫁，悉数搬出大门来，在她家的大门外，摆下来标价卖了……不承想，方艾艾刚一摆出来，就有眼尖的人看见了，并凑上来问价要买。

必须说的是，郝大器的手艺确实是赢人的。

必须说的是，方艾艾还不怎么会标价，所以在他人问价的时候，她都虚心地让人家先出个价，你出一个价，他出一个价，出着出着，方艾艾心里有了自己的底价，半天不到的时间，方艾艾就把郝大器给她描金雕漆，全心全意打制出来的陪嫁给卖掉了。

卖掉了自己的陪嫁，方艾艾想到郝大器给她描金雕漆打制陪嫁，她还没有给人家工钱哩。

方艾艾这么想着，便把她出卖了自己陪嫁的钱，揣在怀里，再一次地去了郝大器的家里。

这一次来，高文艳倒是在他们家里。不过，方艾艾不想再与高文艳说什么了。她要说的对象只有郝大器，来时都已想好了，给郝大器说她要给他工钱，可她站在了郝大器的面前，却口是心非地说了这样几句话。

方艾艾说：你给我个价吧，我买你做在家里的箱箱柜柜、梳妆匣子、脸盆架子。

方艾艾说：你做给我的那套嫁妆，我在街市上已经卖掉了。

方艾艾说：我用我卖掉陪嫁的钱，重买一套新的箱箱柜柜、梳妆匣子、脸盆架子。

没人邀请郝大器去他们家里了，他在自己家里打制箱箱柜柜、梳妆匣子、脸盆架子，为的就是卖呀！方艾艾要买，他没有不卖的道理。

郝大器一手钱，一手货，把一套箱箱柜柜、梳妆匣子、脸盆架子卖给了方艾艾。可是才过去一天的时间，方艾艾又来郝大器家的门里，一手交钱，一手拿货，又买了他一套新的箱箱柜柜、梳妆匣子、脸盆架子……方艾艾把这样的戏码，重复演出了几次，郝大器不用问她，即已知道，她是在为他销售他描金雕漆打制的箱箱柜柜、梳妆匣子、脸盆架子。

这样能把他的脸拾起来吗?

15

就在方艾艾与郝大器配合默契地继续着他们的演出时,突然不见了高文艳,同时还不见了邓老师。

凤栖镇上的人,纳闷不见了高文艳,郝大器为什么不去寻找她,而且还平心静气地配合着方艾艾,一个在他的家里,精心精意地描金雕漆打制箱箱柜柜、梳妆匣子、脸盆架子;一个在凤栖镇的街市上,兴致不错地销售那些描金雕漆打制的箱箱柜柜、梳妆匣子、脸盆架子……时间就如没有调盐没有拾醋的稀汤饭一样,喝着一碗不多一碗不少地走着,走过了一年又一年,突然地听人在凤栖镇上议论,说是高文艳人在青海,邓老师也在青海。

青海那里有项特殊的落户政策,有教师资格的人,聘任在他们那里,不仅能解决个人的商品粮问题,而且还可以解决配偶的商品粮问题。

高文艳跟着邓老师,在青海把他们的问题都解决了。

这个消息满凤栖镇上的人都知道了后,才传进了方艾艾和郝大器的耳朵里……传进他俩耳朵里迟或是早,并没有在他俩的情绪上引起什么变化,他们依然配合默契,郝大器在家描金雕漆打制箱箱柜柜、梳妆匣子、脸盆架子,方艾艾在街市上销售描漆新打制的箱箱柜柜、梳妆匣子、脸盆架子。

所有的一切,都在这一日复一日的过程中,变得顺理成章,习以为常了。

顺理成章中的方艾艾,钻进了郝大器的怀里,习以为常的郝大器抱紧了方艾艾,他俩在一场玩得痛快淋漓的个人游戏后,都还赤裸着身子,你一身汗，他一身汗，你抚摸他光溜溜的汗身子，她抚摸你光溜溜的汗身子，就都若有所思地要说话了。

方艾艾说：郝大器呀，你真的是个要脸的人哩！

郝大器回答着方艾艾：我要脸的时候，却把脸弄丢咧！

方艾艾接着说：你现在还要脸吗？

郝大器说：谁能不要脸呢？

方艾艾说：拾起来了吗？

郝大器说：你说呢？

方艾艾说：是你要我说的。

郝大器说：是我要你说的。

方艾艾说：我说了你不要吵我。

郝大器说：不吵你。

方艾艾说：你呀，现在才是不要脸了哩！

郝大器说：不要脸好啊！我不要脸……

方艾艾没有让郝大器说完整，她是抢着来替郝大器说了呢。

方艾艾说：偏偏不要脸，把脸倒给起来了！

郝大器听着方艾艾这一说，趁势又把方艾艾压翻在土炕上，把方艾艾弄得一连声地娇喘着说郝大器。

方艾艾说：你就不要脸！

方艾艾说：不要脸！

狀元羊

1

给你说你别不信，你有好事了！姜干部在坡头村截住冯来财，在给他报告好消息时，胖乎乎的一张圆脸笑成了一朵花。不是腌臜姜干部，乡政府的干部都一样，看人的脸色是在变的，就像现在，看着冯来财是一脸的笑，过去就不了。一个烂放羊的，哪儿来的好脸，看他时早就挂上了一层霜，看一眼，冻得透冯来财的心。

回家侍候瘫子爹的吃喝，冯来财走出门来，就要顺沟而上，照顾他的宝贝羊群，迎面碰上姜干部，听他嘴上说，便站下来问他能有啥好事？

姜干部却不直说，反问冯来财：你说呢？

冯来财说：知道就不问你了。

灿烂着脸儿的姜干部心情不坏，他像一只肥猫逮了一只瘦老鼠，岂有不逗的道理。生活太单调了。有机会逗一逗乐子，总是不错的。姜干部就那么心情很好地笑着，并不急着告诉冯来财。

羊群在沟坡上散放着，冯来财不想和姜干部闲熬磨牙，低了头要走，姜干部才又说话了。

姜干部说的是：你的羊当真吃的中草药，喝的矿泉水？

冯来财不想回答这个问题，依然低了头走，姜干部便绕到他的前头，截了他的去路，无法再走的冯来财就又抬起头来了。他的两只眼睛睁得大大的，瞪视着挡了他路的姜干部。短胳膊短腿，短身子短腰的冯来财，是个半截人，当然，这是个俗叫法，文明的称呼为侏儒。尽管矮了姜干部大半截，抬头瞪他的眼神却并不矮，直把姜干部瞪得脸上没了嬉笑，换上一层汕汕的神采。

不只是姜干部这么问冯来财，许多人都问过了。

特别是他们坡头村的人，政府鼓励养羊时没人养，冯来财养了。起初看见他和他的羊群，多是一种幸灾乐祸的神情，等着瞧他的热闹了。这样的机会等了些日子，没有等来，却眼睁眼望地看着冯来财的羊群不断壮大，卖价不断提高，便后悔了当初，自己怎么就没眼色，顺着政府鼓励的风势，也养一群羊。心里这么想着，嘴上就有了妒忌的味道，和冯来财碰面了，便心不由口地要问上那么一句酸溜溜的话。

姜干部截住冯来财问出这句话时，正有两个坡头村的人走来，就很兴奋地又加进来问了。

一个说：哪里是中草药？哪里是矿泉水？

一个说：这还不好办，杀一只喝口羊汤，就都知道了。

冯来财懒得理会他人说道。而他自己也是，对他的羊群吃中草药，喝矿泉水的说法，心里同样没有底。他说不出这话，也不会说出这话。

那么，是谁说出这话的呢？

只有蒋县长了。敬爱的蒋县长有文化，有知识，懂科学，会研究，蒋县长说的能有错吗？别人有怀疑，冯来财不怀疑，但也不在嘴上说。蒋县长之于冯来财，是有恩的，大恩啊！冯来财满腹感激之情，下了黑心，要把他的羊群服侍好。因为那群羊，是蒋县长扶持他发展起来的。

眼睁眼望地，看见一群膘厚毛光的羊，使冯来财枯焦的日子有了起色。

这是冯来财的福,托的羊的福啊!

蒋县长来坡头村抓点,推广由他引进的澳洲优良品种布尔羊,把他的唾沫都吐干了,苦口婆心地找人谈话,一家一家地去,好处和道理,说了七沟八坡,却没能说通一家人,客气的拒绝像是商量好的:咱没经验,养不好咋弄?把你蒋县长的人丢了,咱可是担当不起。冯来财答应养了,蒋县长就拿冯来财做榜样,还给大家做工作,大家还是没热情,回绝蒋县长的话多了几个字:等等吧。看冯来财养得可好?他养好了,咱们跟着养,给自己包里积攒几个,也是给你蒋县长争脸哩。

没办法,蒋县长把宝都押在半截人冯来财的身上了。

放心不下冯来财,放心不下点上的布尔羊,隔些日子,蒋县长就到坡头村来一回。冯来财在沟坡上放羊,蒋县长跟着到沟坡上去。撵在羊的屁股后头,看羊儿好吃哪些草。沟坡宽阔得叫人心慌,转过一道弯,以为是个头了,转过去又是一道弯,总是不见头,深长宽阔的沟坡,满是草的世界,蒋县长认识不认识的草有一百种,一千种。他撵着羊的屁股,发现为冯来财所叫的夫子蔓、老鸹枕头、老鼠干粮、构曲牙等草,是羊舌头上的最爱,争着抢着地吃。蒋县长是从省城下到县里来的科技副县长,锻炼一些时日可是要往上走的,他耐得住那些麻烦,从羊嘴里弄了些草的标本,回到省上去,找人分析化验,回来给冯来财说,这些草都是中药哩。

当时,冯来财想起了一句乡村人的口边话:秦地无闲草。

再到坡头村来,蒋县长还跟着冯来财去放羊。羊群吃草吃饱了,就顺着沟坡下,一直地下……蒋县长跟在羊群身后,也顺坡下了,深一脚,浅一脚,倒比半截身材的冯来财下得还困难,跌跌跘跘地下到沟底,便见一条小河,时而被草隐没,时而又露出草丛,流得无声无息,清清浅浅。

站在河沿上的羊群，伸长了脖子，叼一口水，仰起来喝了，再伸脖子叼水，再仰脖子喝水，轮番往复，喝得从容又贪婪。蒋县长看得高兴，把他早就预备好的一个空瓶子，淹进河沟里，灌满了水，带到省城去化验。下一次再来坡头村，就说：河沟流的都是矿泉水哩！

冯来财想起进山的人说，河沟的尽头连着一眼山泉。

还瞪着姜干部的冯来财，这么想着他的羊群，想着他的羊群吃的是不是中草药，喝的是不是矿泉水，就觉出了姜干部和村上人的无聊。他不想和他们无聊，就把蒋县长抬了出来，说：爱信不信，都是蒋县长化验了的。

哪能不信呢？姜干部的口气就认真起来了。

姜干部说：县上要赛羊了。乡上决定，就是你了，要你代表全乡人民去赛羊。

冯来财说：羊有啥好赛的？

姜干部说：赛得好了有奖哩！

冯来财说：有奖也不一定是我。

感觉一时不能说服冯来财，姜干部有点急了，也像冯来财镇他一样抬出了蒋县长。

姜干部说：蒋县长打电话了，你还能不去？

冯来财仍有疑心，说：真是蒋县长打的电话？

姜干部说：这也能骗你？

冯来财没话说了。既然蒋县长打了电话，他就必须去了。肯定要去，蒋县长的面子，在冯来财的心里就是一面火亮的太阳。冯来财没有不去赛羊的理由了。

想着蒋县长，冯来财心里就有笑；想着与蒋县长初识的那个日子，冯来财心里就更有笑了。

2

那些日子,冯来财不敢在家待,他要出门躲干部。

谁又不是呢?坡头村的青壮们都躲出去了,像躲避瘟神似的,躲得远远的了。只是几日的时间,坡头村曾经的人欢马叫,收麦子,种玉米,忙得昏天暗地,忽然就沉寂下来了,只剩下狼不拉狗不咬的力衰老人和无知小儿。谷黄麦黄,秀女下床。力衰的老人,无知的小儿,在收麦子、种玉米时,也都跟上忙得四脚朝天。现在是,麦子收回来了,玉米种上了,老人也累得趴了架子,趴在炕头上踏实地歇着了,小儿们就又背起书包,进了村头的学校,恶补忙假落下来的课文。

寂静的坡头村,也就只有小儿朗朗的读书声,依然显出些许的人气。

催粮要款的干部要来了。

村民们心里怯呀!就只有躲了。

冯来财也想躲出门打工去。但他生得太不争气了,腿短胳膊短的一个半截人,谁要他打工?他给谁打工?而家里唯一的亲人,他中风瘫痪了的老爹,怎么吃?怎么喝?

心强命不强的冯来财就只有守在家里了。

因为交不起欠费(鬼晓得他欠了什么费),他被关在一间小黑屋里。

冯来财不敢想小黑屋。啥时想起,啥时都是一身的鸡皮疙瘩。

但是,冯来财爱想小黑屋和他关在一起的那个女人。紧挨着关在一起,不说话是不能的,冯来财就知道那个女人叫麻拉拉,怪可怜的一个人,嫁了一个病汉,家里的收成都在男人的药罐罐里熬没了。自然,麻拉拉也知道了他的名字，也知道了他的可怜。

可怜人同情可怜人，有点什么错失，也就悄悄地原谅了。

睡在黑屋子里，冯来财和其他男人撒个尿拉了屎，不是什么困难，麻拉拉就难办了，她一个女的，怎么解裤带，怎么脱裤子……可都是难上天的事呢。其中几个落难的男人，还不嫌自己苦，到麻拉拉憋不住撒尿拉屎时，总要眯着眼睛调笑一场。冯来财不准他们调笑，但又挡不住他们调笑，便在麻拉拉撒尿拉屎时，脱下自己的上衣，背对着麻拉拉，扯开衣服，挡着大家的眼睛……但他自己却犯了一回错，夜里睡着了，什么时候把他的短胳膊抡起来，压在了麻拉拉的乳房上，他不知道，只在梦里感觉到一种柔软，心醉神迷的柔软啊！……他醒了过来，发现自己的失错，抽回手来时，又看见了麻拉拉的眼睛，她亮晶晶的眼睛，在那时睁得圆圆的，她没有怪罪冯来财，这从她的眼神里看得见，一波一波地，流出来的都是善解人意的水呢！

冯来财抬手在他脸上打了一巴掌，黑暗中，他看见自己的一巴掌打出了麻拉拉一脸的浅笑。

可怜的人走出小黑屋了。他们都有意无意地互相瞄了一眼，却再没搭话，冯来财不知道麻拉拉现在的情况，他希望她的日子能好起来。

躲着干部的冯来财，总要这么想起麻拉拉，想得他的心口疼。

3

冯来财躲干部，就躲在村前一条大沟里。

所谓坡头村，顾名思义，就是坡头上的一个村子。出了村子往上走，沟深不见底，坡长不见头，乱草丛生，早些年逃避兵匪，村民们走进深沟，选择险峻背人的地方，凿一眼土窑洞，把身子躲起来。往往是，你今日凿一眼，他明日凿一眼，深长的沟坡上就满是那样的窑洞了。如今是，久无用场的窑洞，有些塌了，有些还勉强可用，隐没在荒草坡上，不下功夫找，还真是找不到。关中西府的北塬上，多有这样的大沟，坡头村邻着的一条叫龙尾沟，往西还有马尾沟、牛尾沟等等。冯来财就躲在龙尾沟的一处破窑洞里，陪他躲在一起的还有几只老绵羊，也不敢放到坡上去，怕干部发现捉了去，那可就要了他的命了。

　　躲在窑洞里的冯来财，掐着指头过日子。

　　有十多天了吧，躲在这里，冯来财昼伏夜出，到沟坡上给他的老绵羊打够来日要吃的草，再到沟底挑来要喝的水，还要乘着夜色，摸进村里去，不能点灯，也不能弄风箱，黑灯瞎火地给他瘫痪的老爹准备几口吃的，天不明，又急如星火地躲进沟里去，和他的老绵羊缩在破败的小窑洞里，相依为命地度过又一个白天。

　　瘫子爹心疼儿子，在儿子回家给他备吃备喝时，睁着眼睛在暗夜里埋怨：老天咋把我忘了？

　　瘫子爹说：快把我收去吧，天爷爷哩，别害娃娃没得好过！

　　瘫子爹的埋怨灌进冯来财的耳朵里，自然也不好受，听了也不言语，该做什么照做什么。倒是瘫子爹说得狠了，他也会高调回两声，叫他不要乱想，说：老天把谁忘得了？贵如干部，老天该收他时照样收。

　　高调回了两声，接着又软下语调说：人家不收你，是要你看着你娃过上好日子哩！

　　也是奇怪，和瘫子爹说过话，冯来财轻车熟路躲进深沟的窑洞里，把一只羊揽在怀里，在羊身上顺手捋着，忽然感到窑口一暗，他就知道有人跟来了。

跟来的是个干部,脸是白皙的,文文绉绉的样子,戴了副如他脸色一样白皙的眼镜,看上去,很像一个教书的先生。

晨曦里,白脸干部环视了一下冯来财穴居的破窑洞,又看一眼和冯来财躲在一起的老绵羊,他的脸先红了,是那种透亮得像要滴血的红。

死猪不怕开水烫。冯来财有的是思想准备,来就来吧。是干部又怎么样?他已经活得人不像人,鬼不像鬼了,你干部找着我,还能剥皮剐肉不成?我就不信,你干部真敢给我一刀子?这么想着,冯来财的表现就很镇定,手指细心地分着羊毛,在羊毛里找着羊虱子。

躲在窑洞里,冯来财能做的事唯有一件,就是给他的羊儿捉虱子。他已经很有经验了,那些比扁豆小、比芝麻大的羊虱子,许多时候不在羊毛里,而是选了羊的耳朵眼,或是羊的卵蛋上,好像这两处地方的血最能养虱子。冯来财把羊揽在怀里,总要把羊的耳朵先翻开,捉尽耳朵眼里的虱子,再去摸羊的卵蛋,把上面的虱子捉尽了,这才在羊毛里翻虱子。有些虱子还真就钻在繁密的羊毛里,被明察秋毫的冯来财捉了出来,挤死在脚边的一块石头上。十多天在窑洞里躲着,冯来财把他几只绵羊身上的虱子几乎捉光了。这从他脚边的那块石头上看得清楚,羊头一般大的石头上,几乎被羊虱的血糊了一遍,满是被挤成光皮的虱子尸体。当然,有些虱子还是从冯来财自己的身上捉来的。好像是,在羊的身上捉虱子,他的身上也会痒,伸手去捉,也一定能捉到一只。因此,石头上的虱子尸体,已分不清哪些是羊身上的,哪些是他冯来财身上的。

镇定了也就眨眼的工夫。冯来财在羊身上捉虱子的手就抖起来了,很明显地发现一只黑乌乌的虱子了,伸手捉了几捉,却终究没能捉住。而与他一起躲在破窑洞里的羊儿,早已不能忍受一个生人的闯入,紧紧地挤在一堆,咩咩咩咩叫成了一片。冯来财的心就如刀割似的痛起来了。

家里原来是有一群羊的，很有规模的一群羊啊！冯来财和他瘫子爹的日子，就驮在羊背上，羊的毛色亮堂，日子也就亮堂，羊的毛色暗淡，日子也就暗淡。天生会养羊的冯来财，把羊儿养得如同家里的成员一样，养得特别仔细。可有啥用呢？一只一只地，被干部捉去了，捉一只有一只的理由，不是顶了这费，就是顶了那费，现在，就剩下和他躲在窑洞里的几只了。

在冯来财的心里，几只羊儿都是他的亲人哩，像永远爱着他的瘫子爹一样，至亲不能分离……这是不难理解的，半截人冯来财，活在坡头村，几百号人口，谁对他亲过？差不多都视他为玩话，把他当作猴子一样耍，少不更事的时候，人家耍他，他也跟着耍，耍的把戏事后想，全他妈的是羞辱呢。明白了这一点，他不和村上人耍了，但他挡不住人家耍他，有时候把他架在一堵土墙上，问他话：你是谁日下的呢？咋不像你爹，你看你爹就不是半截人。知道羞辱的冯来财咬紧牙不吭声。有时候把他又沉下一口土坑里，问他话：你是谁生下的呢？咋不像你妈，你看你妈就不是半截人。知道羞辱的冯来财咬紧牙不吭声。往往是，冯来财架在土墙上下不来，沉在土坑里上不来，他就只有哭了，伤心伤肺地哭，哭来了爹，哭来了娘，把他从墙上抱下来，把他从坑里拉上来，戏耍他的人才嘻哈哄笑着散去。但这挡不住他们再一天又来逼他戏耍，直到母亲不明不白地满口吐着白沫，不治而死后，还有人把冯来财往土墙上架往土坑里沉，当然，还要问那问了千万遍的话，冯来财不哭了，也不求饶了，他愤怒地骂出了口。

头一声他骂：我是你爹日下的！

再一声他骂：我是你妈生下的！

这倒是很起作用，从此没谁再和他玩那个游戏了。同时，也没谁再理睬他了，他在坡头村的街道上走过来，走过去，很想和谁说几句话却终究没人和他说话。……孤独，太孤独了，到这时，他竟然不知羞耻地想，如果有人把他架上土墙，沉入土坑，他不会再骂人，他会很知趣地和大家玩上一场。可就是这样的想法，他也只能是空想了，直到家里养了羊，他提起放羊的鞭子，把羊赶到村前的沟里，与羊在一起的时候，他的孤独才减了几分。

冯来财把羊儿当成了他的亲人，及至长成大人，一个有血有肉有感情的大人后，他把羊儿干脆都看成了他的爱人。

爱人啊！谁能知道半截人冯来财内心的悲凉，他也是要有人爱的呢！但谁会爱他，特别是一个女人的爱，简直成了冯来财日夜做不完的一场梦。没办法，他就只有把羊看作他的爱人，除了给羊儿捉虱子，他还会把羊儿抱在怀里，抚摸它柔软的一身羊毛，把这一只抚摸顺了，再把那一只抱来，继续他的抚摸，偶然地，还会用他的嘴对了羊儿的嘴，香香地亲上一口。

白脸干部找见他时，他恰和一只羊亲在一起。白脸干部没说啥，只是看着他笑。

冯来财是心慌了，为自己不可告人的举动，也为脸笑着的干部，心里恨着自己。

努力地躲着，怎么还是躲不开干部的追踪。

冯来财在羊毛里徒劳地捉着虱子，一脸的沮丧，满腹的怨气，说：捉吧。都捉去吧，把羊都捉去了干净。

脸上架着眼镜的干部是一副好脾气，不论冯来财怎么敌视，他都一脸笑模样。那笑藏在干部的眼镜后边，冯来财却也看得很清楚，没有一点装腔作势，没有一点欺骗蒙蔽，全是他内心的表露。冯来财就有一些感动，并感到干部和干部是不一样的，有蛮横霸道不讲理的，也有关心下情讲道理的。

果然是，这个找到他的干部一说话，就把冯来财死寂的心说活了。他说：谁捉羊呀？我不捉，不仅不捉，还要再送你几只良种羊哩。

冯来财听得清楚，把怀里的羊推开，认真地看着干部的脸，发现干部白皙的脸还红着，是那种纯朴的、知错改错的脸红。见的干部多了，虽然没有冯来财认识的，也叫不上人家的名字，不知道人家的职位，可在他的意识里，干部的脸千人一面，差不多都是，有几分僵硬，有几分冰冷。而跟踪到他藏身的窑洞里来的干部，怎么就脸红了？这使冯来财莫名地新鲜，在心里咕哝着了：原来干部也会脸红呢！

咕哝着的冯来财突然就声高起来：你是谁？你说话算数？

脸红的干部没有告诉冯来财他是谁，只告诉他说话是算数的。还说，咱光明正大地养羊，咱躲他谁？村上人穷，你家更困难。按政策，你们村定为重点扶贫村了，你家是重点里的重点。你有养羊的技术，听人说，你会走路时就养羊了，先给集体养，后给大家养，现在给自己养，你有经验了。经验是个宝，哪能不用你的经验呢？你就还养羊，咱不信脱不了穷帽子！

冯来财怔怔地看着脸红的干部，听他一句一句地说着话。那些话他爱听，他听着就点头了。

没出两个日头，有一辆农用车载着五只布尔羊到坡头村来了。随车来的就有戴着眼镜的干部，他招呼着冯来财，把布尔羊卸下车，混进他的羊群里，使他的羊群突然起了变化，变得壮阔起来。

冯来财这时已知给他送来布尔羊的干部是县长了。他感激地看着说话算数的蒋县长，脸上倏忽浮起一抹羞涩的红晕，很有些不知所措地围着蒋县长的身子转。冯来财的心是忐忑的，局促的，因为他不知道这几只布尔羊需要多少钱，而他身上，干得没有几个子儿。

蒋县长看出了冯来财的忐忑和局促，拍打着身上的尘土说话了：

安心养你的羊吧。现在没钱不要紧,把羊养好了,繁育起来了,就会有钱了。

4

有资格参加县城的赛羊会,乡政府一旦重视起来,村上自然也要重视起来了。

本来也是,村长与冯来财是连着一点亲的,就像他在村里常说的,谁能一笔写出两个"冯"字。好像冯来财有条件上县参加赛羊会,是他的政绩工程一样,几天时间,咧着一张大嘴,喊得坡头村的人都知道了。去县城参加赛羊,开天辟地的头一遭,村里人是高兴的,也是眼红的。但是眼红归眼红,冯来财养羊给坡头村争了光,大家还是兴高采烈地寻到冯来财的家里来,向他表示真诚的祝贺。就是冯来财瘫痪在炕的老爹,也比以往精神大,冯来财在家时,就由冯来财招呼大家,冯来财不在家时,他就撑起半个身子,招呼大家了。

老爹的口气是豪迈的,说:回头让来财杀只羊,大家都吃上一口。

村里人就起哄:是啊是啊,咱们馋得喉咙长出手了。

大家在村里正起哄时,姜干部又来找冯来财了。这次是来帮助冯来财在羊群里选秀的。

选哪只羊好呢?

自然要选布尔羊了。这是原则问题,不把蒋县长推广的布尔羊选出来上县参赛,还能选一个老绵羊不成?在这一点上没有争议,但在一群壮大起来的布尔羊里,该选哪一只呢?姜干部的意见,是要在蒋县长最先推广的几只里选一只。冯来财不同意,理由是,那几只羊都过了年纪了,养在一群羊里,几年下来,该配种时配种,该下羔时下羔,表现虽然出色,也很有功劳，但已不复当初的壮美，倒是繁育下来的后代，青出于蓝胜于蓝，显现出一种青春的优势来，特别是那只生了一双黑眼圈的公羊，膘肥毛光，同在一群羊里，就显得鹤立鸡群，很是出类拔萃。

冯来财从羊群里把那只黑眼圈公羊牵出来，姜干部的态度就先变了，绕着黑眼圈公羊看了一圈，他自己就先乐了。说：怎么像只熊猫。

冯来财跟上也乐，说：熊猫人才爱哩。

黑眼圈公羊这就成了进城参赛的羊了。它自己也像知道了这份荣誉，以往的张狂和顽皮，也有所收敛，裹挟在一群羊里，就有些许的矜持和傲慢。这是不难理解的，毕竟它已两岁的口了，目光中有了一种爱的渴求，仰头看着一团团雪花似的羊群，极为谨慎地选择可能成为它新娘的母羊，同时还不忘机警地发现可能挑战它的公羊。

姜干部把他在群羊里的选秀结果报告了乡上领导，作为一把手的侯书记和二把手的苟镇长，也撵到了坡头村，看了黑眼圈，忍俊不禁地笑了起来，他们笑得好开心，好快活，顺口表扬冯来财几句，说他会养羊，养得好。冯来财倒不怎么受宠，偏是姜干部跟着两位乡上领导，屁颠屁颠地乐，胖脸上的一张小嘴，一会儿贴在侯书记的耳朵上，一会儿又贴在苟乡长的耳朵上，说个没完。

姜干部对侯书记说：怎么样？不错吧。

姜干部对苟镇长说：弄不好在县城赛个状元回来，咱们乡可就光彩了！

侯书记点头了，说：是不错。确实不错。

苟镇长跷指头了，说：拿状元，咱不拿还让谁拿。

姜干部就更来精神了，走到冯来财的跟前，拍着他的肩膀吩咐着，要他拿出全身的本领，把黑眼圈侍候好，不敢在关键时候拉稀。县上举办赛羊会，不是冯来财一只羊，还有其他乡其他镇的羊哩，集中在一起了,能有一只孬羊吗?不会的,谁都攒足了劲,要夺羊状元。夺了羊状元,既是养羊人的光荣,也是村上乡上的光荣啊!可不敢马虎,不敢掉链子。啊,记下了吗!

说了一堆话,姜干部的嘴角上起了沫子,擦了一把,又强调了一句:记下了吗?啊,一定要记牢。

是个人,谁没有点儿虚荣心呢?

冯来财是一样的,尤其是他,天生短尺少寸,家里偏又困窘难当,一直以来,他就几乎活在人们的眼角缝里。幸亏蒋县长找到他,不遗余力地扶持他养羊,才使他的日子过得有了起色。这一次,他能去县城参加赛羊会,他想,他也该有这么一次风光了。

善于察言观色的姜干部,看懂了冯来财的内心变化,不失时机地在一旁鼓励着他:夺取羊状元,你有信心吗?

冯来财不是说大话的人,他低了头没应声。

姜干部哪里会放过他,在一旁更起劲地煽动着:当着两位领导的面,你表个态。

侯书记、苟乡长也在一旁鼓励冯来财了:是啊,你应该有信心的。

冯来财就抬起头来了,迅速地瞅了一眼姜干部后,把眼睛盯在乡上的两位领导脸上,一改曾经的犹豫和迟疑,很干脆地表态了:有信心。

陪在一边的村长先鼓起了掌,再有姜干部和侯书记、苟乡长,以及围来的村里人,都哗哗地鼓起掌来。掌声里,姜干部提议到冯来财的家里喝口水,侯书记和苟乡长便动了步,在姜干部的招引下,向冯来财的家里走去,进了冯来财的家门,两位乡上的领导,并没喝水,只对瘫在炕上的老人安慰了几句,就又走出了院子。

讪讪地跟着乡上领导的村长,不断看着领导的脸色,怕被领导批评。而事情就是这么怪,越怕批评,领导偏就批评上了。

侯书记批评说：当干部，心里要时刻装着群众，为群众的甘苦着想。

苟乡长跟着批评：冯来财的家庭问题，村上要有考虑。

领导的话，听得冯来财的心里热乎乎的，眼睛也湿润起来了。

姜干部熬在乡政府的院子里，侯书记、苟乡长的小九九，他的心里自有一本账。他所以热心这次的县城赛羊会，首先是他的本职工作要求，因为他就是农业专干；再者通过赛羊，加深一下他和领导的感情，这感情有蒋县长的，还有乡党委侯书记和乡政府苟乡长的。在这样的节骨眼上，他可不想出啥事。于是调整着说话的气氛，对冯来财说：领导多关心你呀！姜干部说话还瞄着侯书记、苟乡长的脸色，估摸他说得可妥当。他从两位领导的脸上得到了鼓励，就又对冯来财说：你也是，不能把钱都填进老人的药罐里，那有多少钱都是填不满的。倒是你，该有个女人了，白天给老人烧热饭，晚上给你暖热脚。

冯来财感动着乡上领导的关心。但他心里还有疑惑，疑惑他的困难是一直存在的，不是说乡上领导发现了才有的。而且，过去的困难更大，比现在大多了，有些就是他们当领导当干部的造成的呢。疑惑归疑惑，冯来财不会陷进疑惑里不出来。从蒋县长的身上看得出来，干部不是都不好，像现在的乡上领导，侯书记和苟乡长，就也表现得很有人情味，这样就好，老百姓就会欢迎。

冯来财还想，干部在一些时候的生硬甚至霸蛮，也许是一种不得已呢。干部也有自己的苦衷哩。

谁说不是呢？就说乡党委的侯书记，一家人都在县城，工作的工作，上学的上学，和他一起在县上工作的人，有人提拔当了县上领导，有人赖在县城就是不下乡，他是听了组织的话，下到乡上来了，从副乡长当起，快十年了，熬到侯书记的位子上，那一份苦和累，没经历过的人，谁又知道。他已经想通了，不想往上走了，就像他在县城教书的老婆说的，

"官大官小，多大是个了？"老婆的心思他明白，就是想一家人在一起，热热乎乎过日子。老婆想得对，他的目标也就是回到县城去，平级调个肥一点的单位就成。可就是这一点目标，要想实现都是那么困难，找谁说话，都说再等等，下边离不开你，还需要你压阵。可他知道，跟在屁股后头的苟乡长，是怎么也等不及了，日思夜想，盼着他快走，走得早，给他腾位子就早。

不言自明，苟乡长就是这么想的。这么想错了吗？自然不错。

苟乡长也老大不小了。论年龄和资历，还都比侯书记长了一些。但他的文凭不如侯书记，混了个党校的毕业证，在提拔上就不如正规国民教育的文凭了。他不甘心啊，就只有努力工作了，努力地配合侯书记工作，把侯书记光光彩彩地送上去，也许就会有自己的发达。

5

当干部，没个热心肠还真是不行。

临去县城参赛的那日，热情的姜干部到坡头村接冯来财和他的黑眼圈公羊了。都是脸上贴金的事，村长自然要送一程的。虽然都是一门冯姓人家，过去的村长，不是乡上的侯书记和苟乡长批评他，他确实是不大关心冯来财的，在他的眼睛里，不是因为冯来财上县参加赛羊会，哪儿会有他的位置。现在不同了，冯来财受到了乡上的重视，村长的态度自然大变样，再不能眼中没有冯来财了。如果在县城的赛羊会上，冯来财当真得个羊状元的荣誉，他的脸上也有光呀！当村长，就得有这点活思想，要不还有个啥当头。

把冯来财和他的黑眼圈公羊送出村子，送了很长一段路，直到姜干部把村长拦下来，他才拉住冯来财的手，告诉他放心地赛羊去吧，家里有他村长哩，不会叫炕上的老人受亏，不会叫圈里的羊受亏。

这些都是提前安排好的，村长再说，冯来财还是一句一个感谢。他欣幸，因为赛羊会，他在村里活得像个人了。

姜干部前脚走，冯来财牵头黑眼圈公羊后脚跟，这就到了热闹的乡街上。村长算个会来事的，扯了一条大红的绸子，找来几个手巧的女人，扎了一朵大花，戴在黑眼圈公羊的头上，使这只即将赶赴县城参加赛羊会的羊儿就很惹眼了。走在乡街上，一路走，一路有人赞叹，一直走着，就由姜干部招引着，端直走进街边的一个美发店。

赞叹的人群惊讶了！冯来财也惊讶了！

这是姜干部的预谋哩，他要把黑眼圈公羊洗得干干净净，打扮得漂漂亮亮，好到赛羊会上拿奖呀！

乡街上的美发店本来就小，三张椅子，有两张上坐着客人，正无限舒服地接受着美发师的服务。突然闯进来两个人一只羊，地方便显得逼仄了。黑眼圈公羊对这样的环境是陌生的，行为就有些烦躁，如果不是冯来财牵得紧，左冲右突，还不知会惹出啥乱子来。而且因为这只羊，原来馨香的美发店，顿然弥漫起一股特殊的公羊的膻膻味。美发师和客人吃惊了，店老板也敏感到店里的变故，从店后的一个小隔间蹿出来，怒目盯着躁乱的黑眼圈公羊，刚喊出一声把羊牵出去的话，就发现了一张笑脸的姜干部，当下换了一副模样，换得那个快，冯来财打死也做不到。

老板很是殷勤地招呼着了：哎哟！是您来啦，牵个羊做啥呀？

姜干部也不客套，说：美发呀。

老板说：给您做呀吗？

姜干部说：不，给这只羊！多么漂亮的一只羊呀，像只国宝大熊猫。

小小的美发店哄得笑翻了天，老板笑了，美发师笑了，客人也笑了。

姜干部很有耐心地等着大家笑，笑得没力气了，才说这只羊是不好小看的，要上县城参加赛羊会，弄不好，得个状元回来，也是你们美发店的荣耀哩。姜干部还把冯来财介绍给了老板，说这羊就是他养的，他是蒋县长抓的点，知道吗？蒋县长都把他当朋友哩，你们还不快点儿，使出好的手段，给黑眼圈公羊美个发，也给羊的主人冯来财美个发。

老板就哭笑不得地搓着手，却也只有喏喏地应承了。

在美发店里工作的美发师是几个姑娘，她们天天给人洗发美发，清洗美化了无数的人头了，却从来没有给一只羊做过洗发美发。显然，这是个新的课题，几位姑娘很快给她们的客人做完活儿，打发客人出了店，就围上来给这只黑眼圈公羊洗发美发了。洗是头一道工序，姑娘们伸着手，就是不知从羊的哪儿开始用功夫。而且是一双眼睛惊异的黑眼圈公羊，完全不能领会人的心意，躲在冯来财的怀里，不肯让姑娘给它洗。姑娘们就又乐成了一团，嘻嘻哈哈地朝着姜干部打飞眼。

同在一条街上，出门不见进门见，姑娘们都认识姜干部，笑闹本是平常事。今天却不同了，姜干部的脸板起来了，责备姑娘们笑什么笑。有啥好笑的，快动手吧，我没时间和你们笑。

给黑眼圈公羊洗发美发，是姜干部想出的主意，他自知这个主意的荒唐，但为了黑眼圈公羊在县城赛出成绩，他是什么手段都敢用的。

姑娘们乐着，姜干部训斥着她们，可他心里也有乐呀。但他是不敢乐的，训斥了姑娘一顿，就又好话哄着她们了，让她们不要有保留，放心大胆地给咱们黑眼圈公羊洗发美发。什么洗发香波好，咱就用什么。乡政府埋单，把黑眼圈公羊给咱弄漂亮了，老板有钱赚，姑娘们少不了小费拿。

姜干部还强调：黑眼圈公羊的脸就是乡政府的脸。

姜干部的话字字如铁，句句似钢，说：咱能给乡政府丢脸吗？当然不能了!

姑娘们就收住了嬉笑,很认真地给黑眼圈公羊洗发美发了。姜干部站在一边指手画脚,一会儿要姑娘们用心,一会儿要冯来财好生配合,毕竟是你自己养的羊,肯定听你的拨弄。

从一踏进美发店的门,冯来财便毫没来由地心口痛,姑娘们的嘻哈调笑,姜干部的颐指气使,冯来财都没有太在意。他忍着心口痛,很配合地帮助姑娘们给他的黑眼圈公羊洗发美发了。

应该说,姑娘们是很有经验了。她们热水兑上冷水,兑出来的水温不热不冷,灌在绿色透明的喷壶里,照着黑眼圈公羊的卷毛,不紧不慢地喷着,喷出的水雾,像是晶亮的莲蓬,有着极强的穿透力,从毡片一样厚实的毛梢,一下子喷进到毛根上。一个姑娘有层次地在前喷水,另外的姑娘就在手上挤了洗发香波,涂抹在湿淋淋的羊毛上,很有节律、很是温柔地给黑眼圈公羊洗着了。

对于适当的享受,不仅是人的需要,其他动物也是需要的。可爱的黑眼圈公羊,刚开始还有点不习惯,渐渐地适应了,既不需要冯来财的抚慰,就很自觉地配合着姑娘们,十分惬意地接受着她们的服务了。

放养在龙尾沟里的黑眼圈公羊,身上的确是脏,洗了一遍是黑水,再洗一遍还是黑水……几个姑娘不歇气地洗了五遍,从黑眼圈公羊的卷毛上流下来的水才不怎么黑了。一直坚守在美发店里的姜干部还不满意,招呼姑娘们又给黑眼圈公羊打了两遍洗发香波,又是极尽温柔地揉洗了两遍,看着黑眼圈公羊身上流下的水彻底清亮起来,这才满意地说了一声好。不过,他还指示,给黑眼圈公羊的卷毛打了护发膏,又让姑娘们启动了一台小巧的吹风机,小心地给黑眼圈公羊吹风了,直到吹干了卷毛,使黑眼圈公羊一身雪白的绒毛蓬松起来,这才号令冯来财牵了黑眼圈公羊出来。

牵出来一看，心里是得意的，却又发现羊的黑眼圈不够油亮，就又号令冯来财把羊牵回到美发店，让店里的小姐们给羊的黑眼圈焗油，原来本就好看的黑眼圈就更好看了，黑乌乌像在眼睛上戴了一副墨镜。

要知道，乡镇干部可是都爱戴那样一副墨镜的，侯书记是，苟乡长是，姜干部也是。

很自然地，被寄予厚望的冯来财在美发店里也洗了他的头发，也用吹风机、啫喱水造了型。

有了这一场的洗涮吹风，黑眼圈公羊确实好看多了，让人很容易地联想到"女大十八变"的那句俗语，雄健的黑眼圈公羊更显雄健了，一身松软的卷毛，绒绒的像似一堆雪片，遇风吹来，就会飘飘然飞去一般。冯来财也是一样，比他进美发店前的样子，有了很大的改观，虽然他的腿还是那么短，胳膊也还是那么短，头光了，脸净了，还真是美观了不少。

只不过是，冯来财看不见自己。

冯来财眼睁睁望着他可爱的黑眼圈公羊，因为卷毛蓬松起来的缘故，好像比原来胖壮了许多，精神了许多。到这时，他倏忽有些明白，刚才自己的心口痛，是他的黑眼圈公羊破天荒地由乡政府掏钱洗发美发，他借黑眼圈公羊的光，也破天荒地由乡政府掏钱洗了发、美了发。

冯来财心头不是滋味地悲哀着，又高兴着。

过去的日子，冯来财从没进过美发店的门，他自己舍不得掏那个钱，乡政府更不会给他掏那个钱。不过，他得承认，在职业的美发店里那一番倒腾，感觉真的是好。

姜干部当然只有高兴了。为他别出心裁的这一手，兴奋得手舞足蹈了，招引着冯来财，牵着他愈加美丽漂亮的黑眼圈公羊，进了乡政府的院子，并立即引来一片目光，大家无不对黑眼圈的精彩而叫好了。

乡党委的侯书记和乡政府的苟乡长自不例外，喜眉笑眼地夸了黑眼圈公羊，也夸了姜干部。

而姜干部细致入微的表演还没有结束。他让冯来财把吹洗过的黑眼圈公羊拴在院子里，捉了冯来财的手，去了他的房子里，变戏法似的从他的房门背后取出一套藏蓝色的西服和白色的衬衣，帮助冯来财换上。姜干部的话说得入情入理，暖心暖肺：咱们是谁？打断骨头连着筋的乡党啊！我得给你操着心，你说是不是？咱去县上赛羊，咱的黑眼圈公羊倒是漂亮的，黑眼圈公羊的主人，怎么能不漂亮呢？你没女人，有女人我就不操这份心了。没有呢？我就不能不操心，给你提前预备了一身，赶紧换上，看是哪儿不合适，也好到街上的裁缝铺里改。

如此厚谊，冯来财不能不领情，而且不能不感动。

在姜干部的房子里，冯来财脱了他的旧衣服，来换新衣服了。刚脱了旧衣服，姜干部又呐喊起来：先别换。你看你的脖子，车轴一样满是油！嘴里忙着，手上也忙着，姜干部打开房子里的热水瓶，向他的洗脸盆兑着水。兑好了，就按着冯来财的脖子洗，洗了一脸盆的油腻。洗得通透了，这才让冯来财换西服。照说冯来财的身材，要弄一身合窍的西服是不容易的，可姜干部给他准备的，换上身还真没刺挑，正好应了"人靠衣裳，马靠鞍"那句话，冯来财立马就有一种脱胎换骨的变化。姜干部的脖子上是系着一条铁锈红的领带的，也当即扯下来，打在冯来财雪白衬衣的领子上，使得已很精彩的冯来财显得更加出彩了。

冯来财照了镜子，自己就很不好意思，嘴上说：不晓得要多少钱呢？

姜干部打量着冯来财，说：俗了不是？什么钱不钱的，咱不提这个话。

冯来财终是不能过意：那还能让您破费？

姜干部的手掌就拍在冯来财的肩上了，拍了一下又一下，多年的老朋友似的,说:你要心里不落忍,得了羊状元,给蒋县长说句话,就说是我帮了你。

6

县城陷在一条深深的河沟里。

党委的侯书记和苟乡长,各自坐了一辆桑塔纳的小汽车前头走了,名义是冠冕堂皇的,给冯来财和他的黑眼圈公羊打前站。兵马未动,粮草先行,冯来财心想,这是对的。虽然不是行军打仗,却也是一场真刀真枪的竞赛,没有前站的充分准备,凭他一个冯来财能做什么,即便他有一只冠盖天下的黑眼圈公羊,也难保赛出个好结果来。冯来财理解乡党委侯书记和苟乡长的苦衷,就自个儿坐着一辆农用小三轮在后边撵了。自然地,好一场洗吹美发之后的黑眼圈公羊与他要同在一起了,一人一羊,相依为命地厮守在一起,在农用小三轮惊天动地的咆哮声里,往充满期待的县城蹿跳着。

这就从县城的北坡上下来了。

过去从未到过县城的冯来财,突然觉得自己像是跌进了一口大缸里,四围壁立的土崖上,全是雨水累年冲刷出来的小沟小渠,沟渠边上,生着茂密的酸枣丛,与他们坡头村的龙尾沟没啥大差别。这使冯来财忐忑的心有了些许的平复。到沟底,农用小三轮又跑了一段路,便爬上一座拱起的水泥桥,污染得像是一河墨汁的流水,卷裹着一堆一堆的泡沫,那泡沫既有灰色的,又有黄色的,极不情愿地向下游涌动着。冯来财还嗅到了一股莫名的臭味,于是,他的心里竟然有了些微的骄傲,觉得他生活的坡头村,小则小点,沟河的水却要清亮得多,是矿泉水哩,村里人吃沟河的水,他的黑眼圈公羊们也吃沟河的水。县城人可也吃沟河的水？如果无法选择地也吃沟河水,他们就太不幸了。那水能是人吃的吗？这么想着,冯来财就觉得他们生活的地方是多么幸福啊!

人山人海的赛羊会场就设在过了桥的一片空场上。给乡党委的侯书记和苟乡长开车的司机,都在桥头上站着,看见拉着冯来财和黑眼圈公羊的农用小三轮,立马迎上来,指挥着农用小三轮,停在水泥拱桥的一边,招呼冯来财下了车,并把黑眼圈公羊也卸下来,嘴里便一声赶一声地催：快!快!快!可是哪儿快得了,身材矮小的冯来财,和他雄壮貌美的黑眼圈公羊,当下引来无数的目光,大家纷纷围拢过来,兴高采烈地评品着冯来财和黑眼圈公羊了。

说话的是个眼尖的女人：看吧,这人,这羊……嘿嘿,太有趣了!

接话的是个半老的男人：这是羊吗？怎么像只大熊猫？

再接话的又是个好奇的女人：好了,状元羊有了。

再再接话的就又又是个男人了：还别说,那只羊赛得过这只羊!

人山人海的喧嚣,压不住大喇叭的歌唱。冯来财听得清楚,大喇叭唱的是《走进新时代》。冯来财爱听这首歌,一字一句,很是悠扬地传进耳朵时,也不妨碍众口毫无遮拦的议论,也纷纷地传进了冯来财的耳朵。尽管议论有嘲笑他的词儿,但对他的黑眼圈公羊都是好奇的,肯定的,他心里就高兴。本来嘛,又不是来赛人,他身矮又怎么了？不妨事,赛羊会,他的黑眼圈公羊才是主角哩!

两个身体健壮的司机,在前头奋勇地推着人群,分开一条小道,才使冯来财和他的黑眼圈公羊顺顺当当地往前挪着。此情此景,冯来财似觉眼熟,在哪儿见过呢？噢!对了,电视上经常有的,是那演戏的、唱歌的明星出现了,才会有的场面呀!

两个司机一头的大汗,这才把冯来财和他的黑眼圈公羊送到预先分配的赛位上。

侯书记和苟乡长都等在那儿。侯书记手里提了一爪胡萝卜，苟乡长手里捏着一个肉夹馍。冯来财和黑眼圈公羊在赛位上刚站稳，侯书记把胡萝卜喂给了黑眼圈公羊，苟乡长把肉夹馍给了冯来财；侯书记嘴上"嘟嘟""嘟嘟"招呼黑眼圈公羊吃，苟乡长嘴上"快些""快些"催着冯来财吃。侯书记和苟乡长，都是一脸的焦急之色。

不急不由人啊。黑眼圈公羊把胡萝卜带叶子才吃了一半，冯来财把肉夹馍啃了两大口，就听到刚才唱着歌儿的大喇叭，传出两声"卟卟"的吹气声，接着就有人大着嗓门宣布，全县首届赛羊会开幕！

临时搭建的主席台上，站着许多领导干部，身材矮小的冯来财，从人缝里找着空隙，在主席台上找着他热爱的蒋县长。但他没有找到，所有的脸都不是他熟悉的那张脸，白皙的、温和的、戴着眼镜……他人呢？正疑惑着，大喇叭里介绍着赛羊会专家组的名单，列在第一位的是蒋县长，下面还有一串名字，冯来财记不住，记住的只有蒋县长。是啊，有蒋县长在，他就高兴，就有信心。但他听得仔细，听见在他县长职务的前头，多加了一个"副"字。

冯来财懂得点官场的规则，有了那个"副"字，就只有站在人后了。

蒋县长这样的好人，是不该站在人后的。

果然是，蒋县长在大喇叭的介绍声里站到人前来了。那也是一个新搭的平台，高出地面三尺的样子，四方四正，各有丈余的宽度，铺了深绿的地毯，周边的栏杆上，也拉着深绿色的粗绳，看上去像是一个比武的高台。蒋县长站上去后，朝台下的群众举手致礼，冯来财就狠着劲地鼓掌了，嘴里好像还高喊着蒋县长，蒋县长的，只是他自己没意识到罢了。

跟在蒋县长后边，又有被介绍的几位专家走上了那个显眼的平台……赛羊活动这才进入到实质阶段。

赛羊会是以各乡各镇为单位组织的，大喇叭点着参赛乡镇的名字，每点一家就有人牵着羊上到那个平台上，接受专家的评判了。专家们的工作是认真的，公平的，先为参赛的羊称体重，量身高，再是为羊测体温，看牙口，最后就是观体态了。每只羊都有一份体测表，详细地记录下观测到的数字，以便最后决出状元羊来。

点到冯来财的黑眼圈公羊了。

现场的嘈杂，大喇叭叫头一声时冯来财竟没听到，点过了三声，他才在乡党委侯书记和苟乡长的提醒下，牵着他的黑眼圈公羊向竞赛台上走去了。不可否认，冯来财是特殊的，他的特殊就在于他的矮小；黑眼圈公羊也是特殊的，它的特殊就在它的高大，当然还有它的黑眼圈。一个矮小的人，一个高大的羊，刚一站到竞赛台上，专家们还没有测量，台下的观众就先喝起彩来，仿佛一对人们心仪的明星，走上台来做表演，大家能不喝彩吗？热烈的掌声，此起彼伏，像是旱天里炸响的巨雷。

这太好了，就是说，冯来财和他的黑眼圈公羊已经赢得充分的印象分。

前面说过了，冯来财是懂得一点官场规则的。就说他吧，和蒋县长是熟悉的，黑眼圈公羊能来参加赛羊会，还不都是蒋县长的功劳。但在竞赛现场，蒋县长当着专家组组长，冯来财就不能上前套近乎，他得避嫌，不能被人怀疑。不过不太要紧，冯来财看见了蒋县长投向他的眼光，那眼光是热的，透着十分的赞赏，十分的鼓励。冯来财心领神会。

扛着摄像机的电视台记者，举着照相机的报纸记者和拿着话筒的电台记者，呼啦啦围到竞赛台前来了，他们有从省城西安来的，有从市府陈仓来的，还有就是本县来的，围在竞赛台前，咔嚓、咔嚓地按着快门，像是三伏天里的一场太阳雨暴，晃得冯来财的眼睛都有点晕了。

冯来财有那个感觉，记者们对他和他的黑眼圈公羊有着一种别样的热情，那是其他上台参赛的羊只所未能得到的。这不难理解，他和他的黑眼圈公羊是太特殊了，特别是羊，比他冯来财更特殊。记者们的职业，决定了他们的敏锐，对特殊的事物，就有特殊的感觉，自然就会用功一些。而且冯来财也注意地看了，前面上台接受专家组测评的羊，确实没有哪一只能和他的黑眼圈公羊比。他的黑眼圈公羊太出色了，就是还没上台前，和各乡各镇选送的参赛羊站在一溜儿，他的黑眼圈公羊就已表现出与众不同的优势，是那种鹤立鸡群的，一边倒的优势呢！

像其他的参赛羊一样，黑眼圈公羊也被称了体重，量了体高，测了体温，看了牙口……而且还应专家组的要求，黑眼圈公羊在高台上走了秀。要说，黑眼圈公羊是没有那个训练的，但它走了，走得从容不迫，走得有模有样，很容易让人想起 T 型台上的模特儿，有型有款地走给人看。黑眼圈公羊的走秀，绝不比职业的模特儿走得差，一步一步，四只蹄子像是装了弹簧，抬腿轻盈，落地灵动，牢牢地吸引了评委们的眼睛，大家的脸上就有笑，是满意的、喜悦的笑……蓦地，黑眼圈公羊还昂起头来，高叫了两声，那嘹亮的叫声通过赛台上的麦克风传开来，不亚于一个高音演员的演唱，天籁一般，清脆悦耳，赏心悦目……人山人海的赛羊会场上，不失时机地响起了掌声，海啸一般的掌声啊！

现场打的分，现场出的结果，冯来财的黑眼圈公羊众望所归，戴上了羊状元的桂冠。

冯来财流泪了。

他脸上是幸福的笑，眼里却是不断线的泪珠子。他和他的黑眼圈公羊又一次被请上了赛羊台，又一次地被记者们的摄像机、照相机灯光哗哗地闪射了一场，冯来财的眼泪流得就更多了。

冯来财不认识县委熊书记，却是县委熊书记对着话筒，大声宣布他的黑眼圈公羊获得状元羊的好消息；冯来财不认识牛县长，却是牛县长给黑眼圈公羊戴的金牌，自然了，也给育养了状元羊的冯来财戴了金牌。

随着牛县长登上赛羊台的，还有两位穿旗袍的姑娘。两个姑娘的身材真高呀！站在冯来财的面前，像是两棵挺拔挺直的白杨树。冯来财小心地举起头来，看见一身艳红旗袍的姑娘，脸上都扑了粉，涂了胭脂画了眉。光闪闪的金牌，原来就端在姑娘们手里的圆盘里，还有花，一束扎着彩带的鲜花，也端在姑娘们手里的圆盘里。牛县长和冯来财握了手，说着"恭喜""祝贺"的话，给他戴了金牌，送了鲜花。

接下来，就是状元羊的大巡游了。

来县上的农用小三轮车自然要退位了。一辆装饰得花团锦簇的彩车，早就预备在赛羊台一边，负责维护秩序的两位警察，全身披挂好了，很是威武的样子，帮助冯来财把黑眼圈公羊弄上了彩车。陪同牛县长给冯来财和黑眼圈公羊颁奖献花的两位姑娘，早前一步，已经上了彩车，一边一个，满面春光地站在彩车的前边，两个全身武装的警察，也是一边一个，守在彩车的后边，中间就是冯来财和黑眼圈公羊了。原来在赛羊会上挤成一疙瘩的人，现在又扯成了一条线，跟在彩车的后面，兴高采烈地涌动着，仿佛获得状元的是他们自己一样。

巡游的彩车上，装了两只大喇叭，一会儿唱歌一会儿播音。唱的歌还是《走进新时代》，播的音就是冯来财如何养羊致富，他的黑眼圈公羊如何争得状元羊的消息了。

黑眼圈公羊像是通了人性，知道它的身份起了变化，有了一顶辉煌的状元桂冠，站在巡游车上，举止就有些高傲，头仰着，乌溜溜的黑眼珠，左看一眼，右看一眼，在大喇叭唱歌的间隙，还像它在赛羊台那样地高声叫着：咩——咩——

7

电视机前的姜干部激动得跳了起来。

不仅是姜干部，在乡政府收看电视实况的干部，在冯来财的黑眼圈公羊荣获状元榜的那一时刻，全都欢呼起来了。只是大家的欢呼，都没有姜干部表现得那么强烈。这是自然的事情，乡上有多少干部呢？老百姓不知道人头，混在其中的姜干部是知道的，党委口，正副书记有五个；政府口，正副乡长有七个；再是人大和政协，与上面两个口里的职数差不多，而且每个口里，都有一大帮的办事人员，政府大灶不吃饭时见不着人，吃饭时就都是人了，敲碗打筷子，热闹比过庙会。哪个人都有点儿自己的想法，黑眼圈公羊赛出了名堂，大家礼貌地欢呼一阵，已是对姜干部的鼓励了，平时多有走动的几个同僚，就撺到姜干部的跟前，要他请客了。

大家的意见是统一的：吃他狗日的状元羊怎么样？

姜干部的态度是暧昧的：又不是我的状元羊。

说说笑笑的，姜干部走出了乡政府的院子，向近旁的一个村子走去了。乡上的干部人数多，但真正本乡本土的干部却不多，姜干部算是其中一个。他走去的那个村子就是生养了他的家。他所以未能跨乡工作，与他的身份有关系。不像其他人，大学校门出来就是干部了，他没能上大学，自学成才，早些年国家试行干部制度改革，在社会上公开招考干部，他参加了，考上了，签了一纸合同，荣幸地成了所谓的"合同制干部"，户口还挂在家里，领着国家的工资，吃着自家的粮食。因此，在政府大院里，他处事待人就要特别谨慎，特别小心了。就是来政府院子办事的人，乡里乡亲的，别人可以生硬，可以不理不睬，他又怎么能呢？

既然不能,他就只有热心了,热心热肠地为群众做事,因此也为自己赢得一个好人缘。

选了冯来财和他的黑眼圈公羊去县城参赛,说心里话,姜干部也是想去的,毕竟他为黑眼圈公羊参赛做了许多工作。但是侯书记、苟乡长出马了,他就不好争了,就只有老实不客气地留在乡上了。

他还记着一句话,是他说给冯来财的"是该有个人给你暖脚了"。说了,就不能言而无信。

那么,找个谁给冯来财暖脚呢?

冯来财的那个条件,说谁谁愿呀?熟悉乡情的姜干部,心里想着这件事,就很自然地想到一个人,他邻家的一位小寡妇。小寡妇比他低一辈,把他是叫叔的。两日前,回家碰到小寡妇,他把话也挑明了,只是小寡妇的态度不甚明朗。小寡妇红着脸嗔怪他:好我个叔哩,你给我说个好点的人嘛。

姜干部感觉有戏,说:我看冯来财就好着哩。

小寡妇说:他一个半截人,能有啥好?

姜干部说:他羊养得好。

小寡妇说:羊养得好不稀罕。

姜干部说:稀罕人家的日子吗?把羊能养好的人,日子就一定能过好。

小寡妇就不说话了。就这态度,是有了戏的态度。现在的冯来财,和他的黑眼圈公羊风光了,他要再去找一回小寡妇,把她心里的肯话掏出来。

就在姜干部去找小寡妇掏肯话的路上,冯来财和他的黑眼圈公羊巡游结束,受邀参加蒋县长给他特设的一顿佳宴。

是乡党委侯书记和苟乡长通知冯来财的。

也不知在县城大巡游时，侯书记和苟乡长都去了哪里，彩车锣鼓家什地巡游完了县城的两条主要干道，再回到初始时的赛羊台前，侯书记和苟乡长就冒出来了，招呼他们俩的司机把冯来财和黑眼圈公羊弄下彩车，便迎着冯来财，告诉他蒋县长设宴相请的消息。

侯书记的话是欣羡的：县长宴请，你有面子呀。

苟乡长的话也是欣羡的：跟你蹭口酒，县长的酒哩，那么容易蹭。

半天时间，冯来财做梦一般匆匆忙忙赶到县上来，匆匆忙忙地赛羊，匆匆忙忙地巡游……心里是热的，脸上也是热的，一切还在不知所措中，又有蒋县长特地设宴，请他喝酒。他无声地问自己：冯来财呀，你是什么东西？一个半截子放羊人，怎么就有了这么大的面子？

冯来财是想不明白了。

想不明白干脆就不想，跟着侯书记、苟乡长，向蒋县长设宴的关中风情园去了。

原以为宴请的只是人，没想到黑眼圈公羊也在内。侯书记和苟乡长前头走，冯来财牵着黑眼圈公羊后头跟；侯书记、苟乡长手无牵挂，走得快了，和冯来财及黑眼圈公羊落下了距离，俩人就会放慢脚步，等着冯来财和黑眼圈公羊赶上来。黑眼圈公羊争了状元，巡游时戴在头顶的大红花还在，戴在脖子上的状元牌也在，一路走来，像是又一次巡游，围观的人不时还要喝一声彩。走得冯来财的肚子叫了，这才走到气派非凡的关中风情园。

建在县城外的这处庭院式餐饮娱乐中心，冯来财只是听说过。待他走进来一看，比他听说的格局还要大。但又只是庄稼院落的格局，有新移栽的大槐树，以及树荫下排列整齐的石雕的拴马桩，石雕的狮子，石雕的门墩等物，一一看来，风剥雨蚀，都有了很深的岁月痕迹。对此，冯来财并不陌生，他们坡头村，随便哪家，都少不了几件这样的物什。

气派豪华的关中风情园，使冯来财兴奋的心，顿时有了一种回归感。

离开家也就不到一天的工夫，冯来财就想家了。他想把在县城发生的一切告诉病瘫的老爹，让他老人家忧愁的心，也有一次开怀和欢乐。

老人家为他的半截身材，背过人是流过泪的。为人父者，谁都想自己的后人魁梧高大，顶天立地，老天不睁眼，遇上他这个样子，哪能不忧愁呢？想不到老天也有开眼的日子，偏是他半截人冯来财和他养的黑眼圈公羊夺了状元。

风光啊！太风光了！

冯来财还在为自己高兴时，蒋县长（讨厌的副字、冯来财不理会副不副的）满脸笑容地迎上来了。

蒋县长捉了冯来财的一只手，说：恭贺你呀。

冯来财脸上飞着红，说：都是你的功劳哩。

扛着摄像机，举着照相机的记者，原来就跟着蒋县长的，这时又围上来，像在赛羊台上时一样，哗啦哗啦又是一通暴雨似的闪光。

记者们问话了，七嘴八舌的，听得冯来财不知回答哪个问题好。蒋县长在一边打圆场了，吃饭吃饭，饭还把咱们记者的嘴堵不住了。有记者就抗议了，抗议的理由很充分，说：请尊重我们的职业需要，采访不到好新闻，吃饭不香嘛。冯来财就说话了。有些话是姜干部教给他的，心细如丝的姜干部在接他到乡政府后，不仅给他和黑眼圈公羊洗了发，美了发，还把他留宿在乡政府一夜，给他做了极尽可能的语言准备。姜干部信心十足地说，黑眼圈公羊肯定能当状元。当了状元就会有记者采访，也会有大领导问话，黑眼圈公羊回答不了记者的采访，回答不了领导的问话，成了状元也不成，除非成了精。怎么办呢？就只有你说话了，回答记者的采访，回答领导的提问。你要记住，该说的话就要说，不该说的话半句都不要说。啥是该说的话呢？你譬如感谢领导的关怀，感激政府的帮助，一级一级地感谢，像蒋县长、乡党委书记和乡政府乡长，还有你们村的村长。这些话怎么说都不为过，要反复说，不断说，说的越多人越相信。姜干部说着，有一个小小的停顿，冯来财感觉得到那个停顿，就是说，冯来财也要感谢他的。那样的话，还就准备在他的舌头尖尖上，一张嘴就出来了。冯来财琢磨过了，认为姜干部说得对，他应该感谢帮助扶持了他的各级领导的。而且，他自己业已积累下了太多的感激之情。就是姜干部不在乡政府培训他，他也会大说感谢话的。特别是他身临其境获得如此大的荣誉后，面对好奇的记者们，那些话就像油炸花生豆，咯嘣咯嘣地就从嘴里滚出来了。

冯来财说：我的黑眼圈公羊赛成状元羊，大家知道我最想感谢谁吗？

众记者面面相觑，谁都没再说话。

冯来财就说了：最想感谢的就是蒋县长。

话匣子一打开，想关都关不上了。冯来财把他怎么躲干部，他怎么无奈，怎么困窘，怎么不得意都说了，正说着话题一转，说起蒋县长怎么找到他，给他送良种羊，帮助他分析草和水的品质……说到这里，冯来财的声音大了起来，而且还带着幽默的成分。

冯来财像他起头回答记者提问一样，用的还是起问句，说：大家知道我的羊吃的啥草吗？

众记者已习惯了他的说话方式，就都静默着等他说。

冯来财就说了：吃的中草药。

众记者就都惊讶了一下。

冯来财又说了：大家知道我的羊喝的啥水吗？

众记者依旧静默着。

冯来财说：喝的矿泉水。

众记者就都又惊讶了一下。

冯来财这才把蒋县长跟着他在龙尾沟一起放羊，收集草样标本、水样标本，到省城找专家化验的情况，详细给记者们说了一遍。

记者们听得兴趣大增，有笔记的，有录音的，穿插还有一句两句的提问。冯来财也都恰到好处地给了回答。

冯来财也被自己感动了。感动他这么能说。

啥时候说过这么多话呢？没有吧。记忆中，他冯来财只有听别人说话的份儿，或者他被别人围起来嘲讽。而他的生活状况和他的身体状况，也有太多被人嘲笑的地方。

嘲笑者说他：咋不娶个媳妇呢？

这样开头，冯来财是不敢接茬儿的。他有经验了，这往往是被人残酷嘲笑的一个话头。

果然，嘲笑者又说了：热烫烫的媳妇多好呀，搂在怀里，你咋弄呢？啊？你行吗？要人帮忙吗？

哄堂大笑随之而起。

嘲笑者还不罢休，还要说：哎哟喂，还有这上炕，怕还得媳妇抱着你上吧。

今天不同了。没人嘲笑他，他也不用只听别人说，他成主角了，都听他在说，听他说话的人，还都是比过去嘲笑他的人高级多少倍的记者，他就不能不为自己感动了。

一旁听着的蒋县长也插话了：大家入席嘛。我们的状元羊和主人在县上还要留两天的，有大家采访的时间，现在吃饭填肚子了。

热热闹闹的采访告一段落，大家便随着蒋县长的引导，进了一个陈设古朴的雅间。获得状元羊称号的黑眼圈公羊，刚才还牵在冯来财的手里，这时也由关中风情园的服务生牵了过去，到院子的一角，享受给它准备的盛宴去了。

隔着明亮的玻璃窗，冯来财看得见他的黑眼圈公羊，在一堆平时很难吃到的胡萝卜、南瓜条、土豆块里，很矜持地吞咽着，不时地，还有人过去，站在黑眼圈公羊一边，哗啦哗啦合着影。

蒋县长把冯来财安排在宴会桌的主席上，他则坐在一边。就是这样一个举动，也被众记者所赞叹了。乡党委的侯书记和苟乡长依次坐在冯来财的另一侧，与记者们坐成一个圆圈。当记者们为蒋县长把冯来财推上主席这一细节交口称誉时，蒋县长把他面前的一杯酒端起来，站着说话了。蒋县长祝贺了冯来财，感谢了众记者，话锋一转，便说起了送冯来财来县上参加赛羊会的乡党委侯书记和苟乡长。

蒋县长的语气是真诚的，说：真的功臣还要算上他们俩。黑眼圈公羊能够当状元，冯来财养羊致富，没有乡党委和乡政府领导的支持扶助，是不会有现在的成果的。

侯书记和苟乡长都是明白人，赶紧抢过话：惭愧惭愧，我们能做多少工作，都是蒋县长的决心大。

侯书记、苟乡长说着，还把冯来财心里的一个疑问说出来：比方冯来财的良种羊养殖，最初的扶持贷款，可都是蒋县长自己掏钱担保的呢！

蒋县长一仰脖子，把他手里的酒先喝了，亮着酒杯给大家看，意思是先喝为敬。大家就不说话了，就都仰起脖子，喝了杯中的酒。

平时没喝过酒的冯来财，在对蒋县长的无限感激之情催促下，也把杯中的酒喝了个底朝天。

8

女人是和冯来财在乡政府黑屋子有过接触的麻拉拉，寡妇失业好几年了，眼角上经常印着一抹泪痕。

姜干部疾如流星的脚步走进麻拉拉的家里时，看见她正在起羊圈。这是个力气活儿，男人在世时，都是由男人来干的，男人过世了，就只有她来干了。虽然她养的羊有限，就那么可怜的三两只，养在圈里半个月，也是要起一次圈的。起出羊屎羊尿浸透的旧土，换上没有膻腥的新土。不为别的，就为羊儿不落病。起出圈的土上到地里，种啥长啥，保证都是一季好收成。麻拉拉是个过日子的人，这些日常的经验她都有，既然有，就不能违背。因此，起羊圈的麻拉拉干得特别奋勇，特别专注，到姜干部站在羊圈外了，她还没有感觉。

姜干部说话了：唉！苦了你咧。

隔着半人高的羊圈墙，麻拉拉跟话把一锹羊粪撂出来，碎碎的几块粪土滚着，滚到了姜干部的脚面上，染脏了他的皮鞋，他就狠命地跺着脚，离得羊圈远了些。麻拉拉瞧见了，就有些抱歉。

麻拉拉擦着脸上的汗，说：是你呀，还惦记着我的苦。

姜干部顺着杆子上，说：我惦记，还不是空惦记。有个人，实实在在地惦记着你哩。

麻拉拉从羊圈里转出来，招呼姜干部到前院里说话。前院里有棵枣树，青碧碧一树的枣儿，在阳光的照射下泛着玉一般的光斑。枣树下，四块碎砖支着一方过去捶布的青石板，石板的两边放着两块形状相像的石磙，来人了，就在上面坐，坐得石磙也似玉一样溜光干净。同是一村人，姜干部对麻拉拉家的情况是了解的，知道她持家的谨细整洁，男人在时是这样，男人不在了，仍然保持着原来的整洁谨细。当然，要说变化也还是有的，就是家里没了原来的热闹，变得冷清了些。姜干部在石磙上一坐下，就又对麻拉拉说话了。

姜干部说：想知道谁那么惦记你吗？

从屋里端来一碗茶水的麻拉拉，对心情不错的姜干部说：喝口水，润润嗓子。

姜干部接了水却不喝，眼睛逼着麻拉拉，说：你不想知道吗？

麻拉拉经不起姜干部热情的目光，说：你前次都说了，还非要再问吗？

姜干部就得意了，说他前次是说过了。但你不知道冯来财现在的情况，他出名了，一下子出名了，大大地出名了，他的黑眼圈公羊在县城竞赛，一举夺得状元，羊风光咧，冯来财跟上也是风光哩。你没看电视吧，我在乡政府看了，戴了红花，披了彩带的冯来财和他的黑眼圈公羊，和县长一起照了相，还像耍社火一样，搭了彩车，满县城巡游。那个风光，你看见了，你会眼红的。你还会看见几个标致的小姐，是穿了旗袍的小姐哩，腿杆光着，白白的，长长的，陪着冯来财在巡游的车上，全县的人都看见了，冯来财太风光了！

只顾自己说话的姜干部，突然发现麻拉拉的脸有了点阴，就收住了自己的夸夸其谈，接过小碗，猛劲地喝了一口。

姜干部不知晓，麻拉拉对他早先说的那话是上心了的。近些天，冯来财去县上赛羊，她也是极上心的，家里没有电视，她去邻家屋里看。一趟一趟地去看，看到冯来财的风光。她高兴啊！为在一个黑屋子里关过的人高兴，便看得有些失态，把有电视的那家弄得不知她吃了什么药。她就慌慌地跑回家，前院后院地转，想着姜干部说的话，她的脸上就发臊，火辣辣的，没法平静下来，后来想起羊圈里的土，知道该起出来了，这就钻进羊圈，发着狠劲起羊圈了。起着羊圈，盼望姜干部再来说那话。现在，姜干部来了，说了，她却心里起了别扭。

姜干部窥破了麻拉拉的心理变化，放下水碗，说：咋的了？你不想听冯来财的好事？

麻拉拉也不否认：好事是人家的，我听的啥嘛，还不是白听。

姜干部就笑了，知道他的热心有结果了，说：你别不想听。听我的话，把你那几只羊合到冯来财的羊群里去，他牧羊主外，你理家主内，他的好事就是你的好事了。

阴了的脸又有些发臊，麻拉拉却还噘着嘴，说：半截人风光了，眼里还能有我，黄花女子还不一定入他眼哩。

姜干部再一次端起水碗，再一次猛劲喝了一口，放下水碗站起来，给麻拉拉肯定地说：你等我的话吧。我是干部，我不能说谎话。

还在县城留着的冯来财，不知道他的家庭生活将要发生的变化。他在蒋县长的安排下，要去几个适宜牧羊的乡镇去，与他的争得状元桂冠的黑眼圈公羊一起去，现场演讲，鼓动大家像他一样，积极发展养羊事业，脱贫致富奔小康。

持续几天的奔波演讲，冯来财累了，他的黑眼圈公羊也累了，这才由乡上的侯书记和苟乡长陪同着，回了他坡头村的家。

村头上，村长组织的锣鼓队，敲得地动天喧，把冯来财接上了，又一路敲敲打打地送到了他的家。鼓手舞动的鼓槌上，也都系了炫目的红绸布，飘飘荡荡，荡荡飘飘，红火了整个儿坡头村。

但这已不能使冯来财有所触动了。连续几日的风光，冯来财经历的红火，哪一场都比村长组织的红火排场，他习惯了，不以为然了。可他一进自己的家门，就没法不睁大眼睛，发出那种喜出望外的目光。

原来杂乱的院子，现在是既干净又整洁。

散乱撂着的碎砖头烂瓦，全都归整到院子的一角，垛得整整齐齐，还有散乱堆着的柴草，也都归整到院子的另一角，垛得整整齐齐，再是荒长着的杂草，一根根拔除后，泼了水，脚挨脚地踩了，踩得平平展展……冯来财注意到了，那挤挤挨挨的脚印，是一双女人的脚踩的呢！他的心便跳起来，猜想不会是七仙女下凡，也不会是狐仙鬼怪现身，到他院子来做好事。那么，会是谁呢？

从乡政府接着冯来财，并把他送回家的姜干部，也太沉得住气了。他有几次机会，可以明确地告诉冯来财，我是干部，我说话算话，说给你找个暖脚的，就给你找一个，现在，暖脚的人已进了你的门了，坐在你炕上了。但他忍了忍，把涌到喉咙口上的话又咽回了肚子。他在等待机会，像一个蒸馒头的高手，非得等到蒸笼里的气圆了，才好把锅揭开来，那样就一定是一锅又白又暄的好馒头。

这个机会到了，姜干部不能再等了。

紧紧地陪在冯来财身边的姜干部，高声大气朝着烟火蒸腾的灶屋里喊了一嗓子：麻拉拉，出来接人呀！

一团烫人眼目的红，从灶屋的烟火气里钻出来了，映照得湿淋淋的烟火气也似一团红色的雾岚。

麻拉拉？谁是麻拉拉？冯来财的思绪回到了乡政府的那个黑屋子里，不知道这个麻拉拉可是那个麻拉拉？

烫眼的那团红，大方地走到了冯来财的跟前，把他挎在肩上的一个布包接了过去，给他说：累了吧？进屋去歇着，一会儿吃饭。

这声音，这身段，就是黑屋子里与他挨在一起守了些日子的麻拉拉呀！

冯来财又有一种做梦的感觉，嘴里呢喃地说：是你吗？

麻拉拉浅浅地笑着，鲜亮的脸色和她穿在身上的贴身衫子一样地红。

冯来财还像梦吃似的呢喃着：真是你吗？

暂时地受了些冷遇的姜干部，显然不知道他们曾经的遭遇，只是看着他们认识，自己先放了心，觉得他的好心操对了。当然，事前他和冯来财的瘫子爹也说过了，麻拉拉未见冯来财，先见了公爹，把公爹喜兴得挣扎着险些从炕上坐起来。

老人眼里喷着泪花花，口齿含糊地说：好啊好啊，我娃能得个女人，我死也能闭上眼睛了。

麻拉拉眼里有活儿，手上有活儿，跟着姜干部早两天来到冯来财的家，见过了病瘫善良的老人，自己就先心疼了。不用谁说，她自己就留了下来，先把老人炕上铺的盖的，身上穿的戴的，统统换洗了一遍，又把锅上灶上，盆盆罐罐，碗碗盏盏，也都洗涮干净，这才腾出时间，清理杂乱的院落。冯来财回家看到的景象，就是麻拉拉清早起来收拾出来的。

村长带着人，在村口锣鼓家什敲打着迎接冯来财的时候，麻拉拉开始入厨做饭了。

姜干部心里乐着，脸上笑着，乘兴向拥进冯家来的坡头村人宣布：我有一双鞋穿了。

西府的风俗是，成就一双好夫妻，谢媒的礼物就是一双鞋。麻拉拉在冯来财的家里忙了几天，坡头村的人不知道原因，还以为麻拉拉是乡政府指派来的义工，在冯来财上县赛羊的日子，帮助他料理家务的。姜干部这么一宣布，大家才回过神来，就都鼓着掌起哄了。

有人喊：挂红，赶快挂红。

有人喊：杀羊，马上杀羊。

迎接冯来财载誉回村的锣鼓队逐渐弱下去的声响，突然又动地喧天地敲打起来了，铜钹上、鼓槌上的红绸布，在鼓乐手们的舞动中，浸染着冯来财的家院，不知不觉地，麻拉拉站在了冯来财的身边，一个高挑，一个低矮，在一种不甚和谐的景象中，获得了一个料想之外的新和谐。

9

季节伴随着冯来财的运道,从炎热的夏天,已经越过成熟的秋天,进入漫长的冬天了。乡政府换届选举,坡头村是要推出一位人民代表的。这是个严肃的事情呢,却在坡头村出了故障,村民们在选举中,把自己神圣的一票,差不多都投给了冯来财的黑眼圈公羊。

村民的理由是:就是状元羊了,咱们村子,谁有状元羊的名气大?谁有状元羊的声望高?咱就推状元羊。

投票的会场在坡头村的街道上,虽只是初冬,顺着龙尾沟吹来的西北风还是有了一些寒意。主持选举人民代表的村长铁青着脸,不知道该怎么办了。过去,村里选了几届人民代表了,很顺利的都是他,这一次选举,他也想过了,把全村的男男女女都想了个遍,没有想出哪个人能跟他争当人民代表。因此,村长表现得很放松,既没在骨干群众里统一口径,也没要求骨干群众影响选票,做动员时,说得就很随便了,让大家充分发扬民主,不要瞻前顾后,不要留情面,觉着自己信任谁,就把自己神圣的一票投给谁,哪怕你投给的是一只羊。

村长的动员讲话说到一只羊时,散乱坐着的村民堆里,不能抑制地传出几声窃笑,同时还有一阵子的小骚动。

这有什么问题吗?村长没有意识到,却还得意他的讲话有水平,懂艺术,获得了村民群众的共鸣。

投票开始了。办法是原始的撂豆子,有选举资格的村民,人手一枚大黄豆,向一张条桌的碗里撂豆子。条桌上一溜摆着三只碗,碗边上贴着纸条子,写着村长和另外两个候选人的名字。开始撂豆子时,倒也撂得顺利,大家跟在村长的身后,看着他把黄豆撂进自己的碗里后,叮叮当当的,就都撂到村长的碗里了。村长自信地笑着,走到一边去,和几个撂过豆子的人一块儿扯闲话。就在这个空当,不知是谁,到桌前撂豆子时又摆了一只碗,并把自己的黄豆撂进去,嘻嘻地笑了一笑,轻轻地说:状元羊!这便不好收拾了,跟在后边的选民,接二连三地,把自己的大黄豆就都撂进了新摆的那只碗里了。

条桌边是有两个检票的人,看出了问题的严重,抽身去给村长汇报,结果却不能逆转了。

根本不用数黄豆,打眼一看,代表黑眼圈公羊的那只碗里的黄豆就多得多。村长春风得意的脸,到这时才拉了下来,他听得见村民中不甚友好的嬉笑,还听得见村民中开心的起哄。

起哄声像是有人指挥着,先是一句:状元羊。

紧跟着又是一句:黑眼圈公羊。

那个时候,冯来财不在推选人民代表的会场上。不在会场上,自然就不知道他媳妇麻拉拉的惊讶,怔怔地看着热烈的人群,看了一会儿,却也兀自高兴起来,脸面上是喝了酒后才会泛起的红,艳艳的像是两朵花儿。

嫁在坡头村的麻拉拉,早给自己定了一条规矩,凡事不出头,凡事不说话。可是面对这突如其来的事情,她就不能不出头,不能不说话了。

麻拉拉说:怎么能选一只羊呢?

尽管麻拉拉说话的声音不大,近乎自言自语,大家还是听见了,也便安静了下来。

麻拉拉却还说:羊又不是人。

正是她的这一句话,提醒了从乡政府来坡头村指导选举的姜干部。刚才,他被村民的选举弄蒙了,胖乎乎的一张圆脸上,不尴不尬地,渗出了一粒粒油腻的细汗。他在心里叫苦了:怎么办?啊!啊!他完全地失了主意了。一向很有办法的姜干部,被坡头村的这场选举弄得手足无措,正不知如何是好时,麻拉拉的两句话,仿佛两束耀人眼目的闪光,使他的精神为之一振,他又成了很有办法的姜干部了。

姜干部是坐在村民捯黄豆的碗旁边的,他用力很沉地清了清喉咙,一只手扶着放碗的桌子,极有气势地站了起来,把眼睛睁得大大的,环视了坐得很散的坡头村村民,他开口说话了。

确有一些历练的姜干部,一开口,就表扬了坡头村群众的主人公意识和对自己的责任意识。他说,这很好,我们的事业要发展,大家要过上幸福美满的小康日子,没有主人公意识,没有对自己的责任意识,是绝对不行的。今天,大家推举乡人大代表,就充分地体现了这两种意识,大家把黄豆儿投给了状元羊,这没有错。咱们村最能代表群众利益的是什么?是黑眼圈的状元羊!

寂静的会场,这时起了一点点的骚动。

姜干部就把他的话停了一刹那,抬起他的双手,在空中向下压了一压,小小的骚动就又平息下来了。

当然了,黑眼圈的状元羊不是人。姜干部的声音是洪亮的,手势也是有力的,又比画地说着,就说得有些滔滔不绝了。这是事实,一个不可否认,不可辩驳的事实,状元羊不是人。但我要问大家,状元羊是风吹起来的?状元羊是天上掉下来的?不是吧。那它是怎么来的?也就是说,它是怎么成长的?怎么成为状元羊的?是人,我的亲爱的父老乡亲,大家应该比我看得更清楚,它是冯来财养大的,是冯来财把它养成了状元羊。

掌声接着姜干部的话音,刮风一般地响了起来。

姜干部在他的胖脸上抹了一把汗,等着大家的掌声停下来,就又说了一句话。

他说：状元羊不是人，冯来财是人。大家投票给状元羊，就是投票给冯来财，我们说，是不是这个理？

村民的回答声是那样齐：是。

大家的目光在会场上逡巡着，找着被选为人民代表的冯来财。遗憾的是，大家找不见冯来财，只找见了冯来财过门几个月的媳妇麻拉拉。大家就想，这没啥奇怪的，不只今日的村民大会见不着冯来财，过去的村民大会，谁又见过同为坡头村村民的冯来财了？没有见过吧，在坡头村的政治生活中，在今日之前，大家把冯来财忘了，他冯来财也把自己忘了。

悄悄地就有了议论，说的什么话，似乎灌进人们的耳朵里了，却又辨不清是什么话。大家议论着，有人就冲着一脸喜色的麻拉拉起哄了：

起哄的人说：麻拉拉你说话呀，杀羊熬汤给大家喝。

一人起哄，大家跟着起：前次办喜事，说要杀羊熬汤，把人的胃口吊起来了，却没杀，这次饶不过你了。

在乡政府的黑屋子里蹲过的麻拉拉，在村民的吵闹起哄声里，突然流泪了。她为她的半截男人冯来财高兴着，这份高兴也因为半截男人和她一起蹲过乡政府的黑屋子。那时候，半截人冯来财和她是个啥呢？猪狗不如呀！现如今，半截人冯来财是她的男人了，她是半截人男人的女人，她的不如人的半截子男人冯来财，有机会成人了，被大家推选为人大代表，她怎么能不高兴呢！她眼里流出的泪水是甜的，是欢喜的，高兴的眼泪水哩。

村民的吵闹起哄声还在耳边响着：杀羊熬汤……杀羊熬汤……

麻拉拉站立起来，挺起了胸，仰起了头，她想，她必须答应诚心诚意的村里人了。前次她和冯来财结婚，冯来财是要杀羊熬汤的，她把冯来财挡住了。她的理由很简单，咱就红火结婚这一天吗？一天的红火过去了,咱把嘴拿根绳子扎起来,不吃不喝不过日子?这么说,还不能拒挡冯来财,麻拉拉就又说,我又不是黄花闺女,头一回顶盖头,弄得那么铺张,你不怕人笑话,我还怕人戳脊梁骨哩!这么说,就没有给村里贺喜的人杀羊熬汤。这一回不同了,大家推举冯来财当人大代表,一个过去不像人的人,能够像人一样参加人代会,像人一样发表自己的意见,像人一样表达自己的立场,像人一样宣示自己的态度,就没有道理不给大家杀羊熬汤了。

阳光这时候照在人的身上,是那样暖和,坡头村的父老乡亲,全都听到了麻拉拉嘴巴里响亮的承诺:杀羊……熬汤!

10

一只、两只……七只、八只……十八、十九只……半截人冯来财对他当选人民代表的事丝毫没有预料,他像度过的每个日子一样,起早赶到龙尾沟里的羊圈里,把他的羊儿撵出来,任由黑眼圈的状元羊领头走进龙尾沟的草坡上去,他则留待一会儿,操起一张擦拭得明亮的铁锨,迅速地把羊圈里的羊粪蛋儿收起来,装进一辆堪称文物的木轮推车里,运出羊圈,堆在不远的那个羊粪堆上,日积月累,羊粪堆大得像座小山了。冯来财乐见羊粪堆的不断增大,那可是再好不过的农家肥料,种麦下底肥,育秋上追肥,是价钱步步攀高的化学肥料所不及的,正是他所拥有的许多羊粪,他的责任田不及别人侍弄得细,长势却比别人家的好,收成也比别人家丰……养好羊,养好良种羊,是冯来财成家立业的根本,他爱羊,爱得如他的性命一样,不只是黑眼圈的状元羊,与黑眼圈状元羊同在一起的所有羊儿,都是冯来财心尖尖上的肉,与它们朝夕相处,冯来财唯恐慢待了哪一只,更怕少了哪一只。在他把羊圈收拾干净后,小步紧跑地撵上羊群时，他总会不由自主地要数一遍他的羊。

冯来财数羊，数一遍，就会增加一遍感情，而且会有一遍的发现和收获，像他现在数到的那只和他关系最亲的羊，他还给它起了一个很好听的名字：福娘。

冯来财说不清楚，是他先亲着"福娘"的还是"福娘"先亲着他？他说不清楚是不要紧的，只要他的眼睛看见了"福娘"，他就知道他的眼光是柔和的，虽然他的眼光对每一只羊都是柔和的，但柔和与柔和是有区别的，那种细微的区别，除他自己体会得到外，"福娘"似乎也有体会。这也难怪，"福娘"是一只草羊，是冯来财羊群里最漂亮的草羊，它一胎下得了三只羊羔，它有充足的奶水养育它的羔儿成长，现在的羊群里，有它的儿子和女儿，还有它的孙儿和孙女，换句话说，它已是一只儿孙满堂的慈祥的奶奶了。

慈祥的"福娘"似乎懂得冯来财对它的偏爱。只要冯来财高兴，朝着羊群任意喊一嗓子，或是吼一句小调，"福娘"都会不失时机呼应一声，自然它的呼应永远是那一种语言：咩！不要小看这一声单调的呼应，它会牵动冯来财的眼光，柔和的眼光啊，越过所有的羊儿，落在"福娘"一团雪似的身上，轻轻地抚摸着，"福娘"就很满足了。低下头来，拼命地啃着坡上的草，拼命地孕育下一代。

遗憾的是，"福娘"老了，它老得太快了，四五个年头的样子，就老得怀不上羔儿了。可它还在拼命地吃草，把自己的肚子吃得鼓鼓的，有可能的话，就寻到冯来财的跟前，偎在冯来财的身旁，有一下没一下地反刍着。冯来财听得见它反刍的动静，比往年小了许多。

这一天，"福娘"就很懂事地随着羊群，向龙尾沟的深处走去，自信是一坡好草时，羊群不再往深沟走，原地散开，埋头吃着秋天发黄的草。春天的青草使羊肥，深秋的枯草，其实更会使羊肥。青草肥羊，是因为青草的嫩，枯草肥羊，则是因为枯草的籽实，那可都是天然绿色的养料呢，在羊的齿舌上反刍烂了，咽在胃肠里，羊儿没有不肥的道理。"福娘"同往常一样，拼命地吃了一肚子的草，就又踱到冯来财的身边，偎着他的脚腿，仔细地反刍着胃肠的枯草和草籽。冯来财伸手摸着"福娘"身上的卷毛，一遍一遍地摸。……摸着摸着，他叹息一声，他知道是为"福娘"而叹息的，不能怀羔儿的草羊，最后的结果只能是，杀了熬汤。

冯来财的叹息，"福娘"好像也听懂了，眼眸上蓦地蒙上了一层水汽！

冯来财是个放羊汉，早出晚归，相伴他的就只有羊群和草坡。放羊汉也是人呀！是人，怎么能一整天一整天地不与人说话呢。这没有办法，乱草丛生的龙尾沟除了他冯来财，没有第二个人，他就不能与人说话。尽管冯来财有了女人麻拉拉，有了麻拉拉带进门的一个儿子，可他也只有天黑回到家里，吃着麻拉拉做的饭，摸着儿子油光光的黑头发，还有虽然病瘫着，却是一脸笑模样的老父亲，冯来财才有机会说上话。他所说的，还只是他的羊群，羊群里的"福娘"，羊群里的喜欢打架的羊，渴望言语的羊……当然，还有功劳簿上英名赫赫的黑眼圈状元羊。

说起黑眼圈的状元羊，冯来财就又要说敬爱的蒋县长了。冯来财从县城的赛羊会上获得巨大荣誉回到坡头村后，就再没有见过蒋县长了。冯来财想念蒋县长，他说：蒋县长自担风险，给我贷款送来良种布尔羊，我不能让他再担风险了，我要攒钱，把蒋县长给我的风险贷款还了！

车轱辘的话，冯来财在家里说过许多遍了，他知道自己说得唠叨了，不说了，就到草坡上来给他的羊说。那么大的一群羊，有只吃草不长膘的羊似乎特别乐意当他的听众，听过了，还要喋喋不休地自说一通。

它说话的神态是逗人的，咩——咩——咩——，一声连一声，情急时张着嘴半天不合，小巧的蹄子也派上了用场，急切地又是刨又是敲，生怕冯来财听不懂它说的话一样。

冯来财的好性子，在这时表现得就更充分了，他会对略显干瘦的渴望言语的那只羊招招手，会像它又刨又敲的小蹄子一样，抬起脚来，跺在坡里的草上，大声地嘱咐着：少说话，多吃草，把你的身子吃肥了再说。

数羊的冯来财，眼睛盯着那只喜好打架的羊了。

虽说这只羊喜好打架，冯来财还是很爱它的。个中原因，在于它太像状元羊了，雪白的毛，如状元羊一样，到眼睛上，就很突出地生了两个黑眼圈，像是哪位著名画家蘸着浓墨画上去似的，美丽极了，漂亮极了。

它有一对粗壮尖锐的角。

它似乎知道其一生的荣耀就在那对角上，因此它要打架，像个好战的英雄一般，挺着它锋锐的角，追逐着它要挑战的对象。起先它是乱战的，逢着哪只羊，就是哪只羊，不分青红皂白，不辨曲直是非，迎头就是玩儿命的一击。乱冲乱撞地打斗了一些时日，它开始注意黑眼圈的状元羊了，注意地观察了一些时日，它混沌的眼神便完全聚焦在了黑眼圈的状元羊身上了。

这不奇怪，谁叫它们俩都是骄傲的公羊。

在一群羊里，只能有一只威霸四方，勇盖群雄的公羊。黑眼圈的状元羊，目前还是冯来财羊群的君王，它不怕那只像它一样的公羊，甚至胸怀开阔地容忍了像它一样的那只公羊的乱战乱斗。显然，黑眼圈的状元羊低估了像它一样的那只公羊，就在冯来财兵不血刃地打败他们的村长，被坡头村的村民推举为人民代表的这一天，一场潜伏着的战斗，在黑眼圈的状元羊毫无准备的情况下开打了。

年轻总比年老勇。不幸的是，只一回合，年轻的黑眼圈公羊，便把年长的黑眼圈状元羊顶了个四蹄朝天。

这个时候，与坡头村村民撂黄豆把村长的人大代表资格选下来的时间很相近。

冯来财未能目睹村长败选的场景，却完整地观看了两只公羊的战斗。起先，冯来财很为黑眼圈的状元羊所不平，还想上手帮它一把，急慌慌追到战斗者的身边时，冯来财笑了，他笑自己的呆傻。放了那么多年的羊，积累下来的经验告诉他，年轻的公羊挑战年长的公羊，是太自然不过的一件事。是状元羊又怎样，还能逃避羊群里这一自然法规不成？这么想着，冯来财站在一边不动了，他不错眼地看着两只公羊的打斗，打得激烈时，他还情不自禁地为它们喝着彩。

持续不断地打斗，打了多长时间呢？冯来财没有认真记，看着两只打斗得筋疲力尽的黑眼圈公羊，各自退后一步，撤出打斗后，他坐在了深秋的草坡上，又用眼睛数他的羊儿了。

很自然地，冯来财数到落在最后的那只羊了。

冯来财不由自主地心疼了一下。

他没法不使自己心疼。在他的羊群里，总是落在后面的那只羊，就离挨刀宰不远了。麻拉拉过门来，把病在炕上的瘫子爹服侍得病情大为好转。依着麻拉拉的主意，十天半月的，一辆皮轮架子车上，铺上厚厚的麦草，麦草上再铺被褥，把瘫子爹扶着坐在暄软的被褥里，由麻拉拉拉着，去一趟乡医院，扎针拔火罐，开药换方子。开销不谓之不大，钱不便利时，就牵一只羊，麻拉拉前头拖着架子车，架子车上躺着病瘫的老爹，车后还拖着一只羊。吃着中草药、喝着矿泉水的羊儿，因为状元羊的名声，已成为人们渴望的一种口福。因此，钱不凑手不要紧，羊能维持对老爹的医疗支出。

好些日子了，落在羊群后面的羊儿，已有六只牵进了医院，成了医院灶上的美味。

再是麻拉拉带给冯来财的儿子，暑假过后要上学，学校的老师，委婉地提出一个要求，让给他们灶上贡献两只吃着中草药，喝着矿泉水的羊儿，他们的儿子就可以上学了。冯来财疼着他的羊儿，却也觉得老师们的要求没什么不合理，便在儿子上学的那天，又把落在羊群后边的两只羊牵着，和他的儿子一起送进了学校，一起交给了尊敬的老师。

在龙尾沟的荒草坡上放着羊，冯来财支棱着耳朵，他倾听来自学校的儿子的朗朗读书声，很意外地，也听到了他的羊儿挨刀的哀鸣声。

冯来财数着羊儿，数得他一会儿喜，一会儿悲，数得他蓦地闭上了眼睛，不再数羊了。他举起头来，感受着那太阳的光芒，漫天遍野地笼罩下来，他和他的羊群就都笼罩在缥缈的阳光里了。

麻拉拉就在这时撵到了冯来财的身边。她走得太急了，一走到冯来财的身边，粗重的喘气声就把冯来财惊得站立起来。

冯来财余惊未消地说：你，你咋来了？

麻拉拉说：我怕等不及哩。

冯来财说：啥事等不及了？

麻拉拉说：好事嘛。

冯来财笑了：好事？你怀娃了吗？

麻拉拉喘气匀了些，也不和冯来财绕圈子了，直截了当地说：村民推举你当人民代表了。

11

冯来财听了，却并没有乐起来，背过身去，看着他数一回少一回的羊群，嘴里没来由地叨咕着了：人民代表，我当人民代表了？该不是我的羊成了人民代表吧？

做人大代表的感觉还是不错的。

冯来财没上会前，只晓得人代会上吃得好。好到怎样一个程度呢？

他就不知道了；凭想象，大碗吃肉，大碗喝酒是不会错的。可在他上会后吃第一顿饭时，就叫他张大了嘴，举着筷子不晓得从哪里下手了。乡街上的几家大馆子，在那几天都被乡上包了下来，每一顿饭都由乡上出菜单，各家按着菜单准备。为了不致吃饭时混乱，人大代表都分了组，一个组里一个乡干部，恰好，冯来财分在姜干部所在的那个组里。几天的好吃好喝下来，要冯来财说他都吃啥喝啥了，他还真的说不清楚，因为许多东西都是他头一次吃、头一次喝，譬如他听说过的海参、甲鱼、河蟹等等，再是他没听说过的生鱼片、海鱿蚌、老鼠鱼等等，无一样不吃得人大代表饱嗝冲天，心花怒放。还有喝，白酒倒上了，红酒倒上了，啤酒倒上了，而服务员还在一旁征求代表的意见，喝啥饮料，酸奶、果汁、醋饮……冯来财听着，没一样不陌生，看别人要什么，他也要什么，喝了酸奶，喝了果汁，喝了醋饮……如果还有别的啥饮料，也会跟着大家，一样都喝上一些的。

陪在桌子上的姜干部也是，高声大气地招呼大家吃喝，他自己则转着桌子敬大家的酒，白酒敬了一圈，红酒、啤酒又敬了一圈，敬到冯来财身边，总要多停那么一会儿，手拍着冯来财的肩膀，问他家里可好？冯来财听得懂，姜干部所问的家里，其实就是他的媳妇麻拉拉。冯来财心领神会地点着头，一连声地回答：好嘛。敬那一圈白酒时，姜干部这么问冯来财，冯来财这么回答了，转过身又敬红酒、啤酒时，姜干部又这么问，冯来财还这么回答。同桌人，就是不知道姜干部给冯来财说媳妇的事，也听出了其中的故事。当然，那样一件美事，与红火一时的状元羊搅在一起，桌子上的人就都知道了，就把那事在桌子上说了一遍又一遍，满桌的人就都嚎叫冯来财了，说他不能有了女人，忘了媒人，怎么着，也该谢一谢媒人的。

邻桌的人听得高兴，也插话进来，吵叫冯来财，牵两只羊来，在人代会上谢媒,大家跟上喝口汤。

嚎吵声起伏不断:杀羊——喝汤!

嚎叫声连成了一片:杀羊——喝汤——!

此情此景,冯来财没法再装了。他也想姜干部对他真是不薄,蹿前跑后,把他的黑眼圈公羊推到县城拿了状元桂冠;跑后蹿前,又给他说了麻拉拉这样的一个好女人,他真该谢谢姜干部的。

吵叫声还在继续:冯来财杀羊,我们选姜干部!

这么嚎叫着,冯来财便站起来,尽管他站着和坐着高不了多少,却也尽显了冯来财一身的豪气,端起餐桌上的一杯啤酒,仰脖儿灌进喉咙,放下酒杯,两只手在嘴上大气地一抹,声音拔得高高地说:

我现在就回家牵羊去!

冯来财这么一说,嚎吵着的代表们却静了下来,静得谁腕上手表嗒嗒的走动声,都听得很清楚。姜干部站出来打圆场了,拉冯来财坐,说大家瞎吵叫啥?他关心冯来财,是他做干部的本分,怎么能受人谢呢?快甭乱嚎吵了,腾出嘴来吃饭。

大家都吃姜干部的劝,冯来财却还犟着脖项,立马要回坡头村牵羊。姜干部按着冯来财的肩头,说他,想让我犯错误吗?啊?乡上开得起人代会,就供得起代表的吃喝,这也是尊重代表,尊重民意的呀。

暂时地,冯来财不乱挣了,话却说得掷地有声,大家等着,我一定牵两只羊来,我不丢谎。

接下来又是一通地吃,一通地喝。姜干部就把蒋县长副职升为代县长的事给冯来财说了。

冯来财是高兴的,连声地问:真的吗?真的吗?

得到了姜干部肯定的回答,冯来财就说:就该是这样!就该是这样!

姜干部就还透露了乡党委侯书记的事。说他如愿以偿,调回县上了,和老婆娃娃团聚了。

冯来财自然还是高兴的，说：这就好。这就好。

说话之间，一桌人你碰一下，他碰一下，大家吃得一嘴的油气，一嘴的酒气，直把餐桌吃喝得一片狼藉，这才作罢。

乡上的人代会，按着既定程序进行着，听了政府的工作报告，讨论了乡政府的工作安排和打算，就到投票选举乡政府班子的重大事情来了。这次投票增补一名副乡长，姜干部是一个，还有县上安插来的一个。会议把投票选举的事放在第三日的上午，也就是说，选举一结束，人代会就散。但在代表中间，流传着两个选举动向，有说要选县上安插的那一个当副乡长，有说要选姜干部当副乡长，听说组织上给一些骨干代表谈了话，倾向是县上安排的那一个。这样的风声，自然地灌进了冯来财的耳朵，在会间休息时，他还凑到姜干部的身边，低声地问了他。姜干部不好说啥，脸上苦苦的，也是低声地回答了冯来财：凭良心吧。

冯来财听得出姜干部的弦外之音，就在会议的第二日傍晚，偷着溜回坡头村，从他的羊群里牵了两只落在后头的羊，连夜回到乡上，交给承办会议吃喝的几家餐馆，叫他们把羊杀了，来日早上，让代表们喝羊汤。

羊在挨刀时的嘶叫声是很悲哀的，冯来财听不得那个声音。把羊交代给几家餐馆的老板后，就躲出去找姜干部了。

冯来财把姜干部堵在了他的宿舍里，平时不见烟火的一个年轻人，这个晚上一根接一根地抽着烟，冯来财推门进去后，发现姜干部的宿舍里着了火一般，捂的都是呛人的烟气了，姜干部坐着的那个三斗桌上，有一个权且用碗做的烟灰缸，里边的烟头重叠着，堆得都快满碗了。

姜干部被冯来财的悄然进入惊了一跳。

冯来财嘿地憨笑了声，就把他牵羊给大家喝汤的事说了。

正说着，就有羊挨刀子的悲鸣声传来，冯来财本能地缩了缩脖子，浑身不由自主地打起了哆嗦，好像挨刀的不是他的羊，而是他自个儿的肉体。姜干部也听到了羊挨刀的悲鸣。自然地，他比冯来财要超脱一些，在一碗烟灰里拧灭了他还夹在手上的烟头，对依旧瑟缩的冯来财说了一句话：何必呢？不值当。

冯来财不明白姜干部的真实心理，说：咋就不值当呢？

姜干部还是苦瓜一样的笑脸说：给你说，你也不明白。

冯来财说：我不要多明白，只明白一条就好，谁给老百姓做事，我就支持谁。

姜干部就不再说啥了，伸手捉了冯来财的胳膊，使劲地摇了摇。

来日早起，代表们都喝了羊汤。喝着时，就有传话，是半截人冯来财献的羊呢。

投票开始了，县上安排的那位副乡长候选人也得到了一些票，而三分之二的多数票，却老实不客气地投给了姜干部。

掌声鼓起来了，冯来财听得见他的掌声是最响的……也就在他热烈鼓着掌的时候，他不知道，正有一个无法回避的悲剧，在他们坡头村的小学发生了。

12

妻子麻拉拉给冯来财带来的乖儿子，受老师指派，上树打核桃时，踩劈了核桃树枝，闪跌在地上，摔得昏迷了过去。

会议一结束，就有村上派来的人，把这个不幸的消息告诉给兴高采烈的冯来财。

冯来财脸上的笑一时还收不回来，问着来人：谁从核桃树上跌下来了？

来报消息的人不管冯来财听清楚了没有，拉着他的胳膊就走，边走边又给他说了一遍。

冯来财这才听清楚了。失慌地问：娃现在怎么样？在哪里？

报消息的人说：已到了乡医院了。

冯来财就和报消息的人往街西的乡医院跑。起先跑得很快，跑到医院门口了，冯来财的腿一软，一下子扑爬在地，像是他身上的筋被人抽去了，骨被人敲碎了，几次的挣扎都没能从地上爬起来。还是报消息的人，几乎是连搀带抱，才把他从地上拉起来，扶着他进了乡医院的急诊室。在那里，冯来财一眼就看见躺在一副门板上的，他的儿子。冯来财的声哑了，扑到儿子跟前，惨烈地叫着：儿子！儿子！

一旁的麻拉拉便起了哭声。

冯来财的呼叫声大了起来：我的好儿子啊！

麻拉拉的哭声跟着也大了。

检查一毕的医生，收拾着他的听诊器、血压计，很无奈地摇头了。医生说乡医院的条件有限，孩子摔得又太重，不是乡医院能看好的，赶快转院吧。

情急之中，冯来财拧转身，抓住医生的手，非常冲动地说：医生奶奶，你给娃治，我回去牵羊，你要多少只，我给你牵多少只。

医生很年轻，还是个女的，对冯来财的举动和言语很不适应。但她在医院里，哪天不得经几件事，想想比之冯来财的举动言语还有更为难堪的，给她下跪，抱她的腿，她都忍过去了，怎么能忍不了冯来财的举动和言语？她忍住了，就还很有耐心地劝慰冯来财：不要你牵羊。

冯来财却还固执已见：我有羊，我要牵。

女医生打断了他的话，说：这不是牵羊的事。娃的伤太重了，你在乡医院耽搁一分钟，娃就有一分钟的危险，你不想叫娃一直在危险中吧。

麻拉拉悲极声咽，哭得昏了过去，一堆泥似的软在了地上。

医生甩脱了冯来财抓着她的手，俯下身赶紧救起了麻拉拉……在女医生的好心帮助下，叫来了县医院的救护车，冯来财和麻拉拉的宝贝儿子顺利地住进了县医院。

县医院的救助是有效的，娃的命保住了，喂吃也能吃，喂喝也能喝，而且能拉屎能撒尿，可就是不说一句话，睁着眼睛，骨碌碌转到大眼角了，骨碌碌转到小眼角了，却总是视若无物。

守在娃娃病床边的麻拉拉一个劲地抹眼泪，一个劲地唠叨：你说话呀，儿子，就说你疼，身上疼哩，好吗？

冯来财附和着麻拉拉：是哩，就说一句，说你身上疼。

植物人！县医院的医生做过会诊了，明确地告诉了冯来财和麻拉拉，孩子就这样了，成了植物人了。

13

冯来财和麻拉拉起先还不明白植物人的意思，去问医生，问了这个问那个把医生差不多都问烦了。医生就给他们说：你叫你娃，看你娃能应你们吗？不能答应，就是植物人。

冯来财和麻拉拉这才有些明白，但又不愿承认，嘴里喃喃地：能吃能喝，能睁眼睛，怎么就植物人了？

医生中有人早已认出在县城和媒体上大出了一回风头的冯来财，就给他说：你是谁呀，黑眼圈状元羊的主人呢，我们能哄你？你说，我们敢吗？

冯来财和麻拉拉就有些泄气，但又不想认命，就还坚持住在县医院里，给他们植物人的儿子治疗着。可是这样的治疗是个无底洞，别说冯来财那样的穷家小户，就是一个财大气粗的暴发户又能怎样？把钱扎成砖头一般的硬块，一个一个往里扔，也难填满那个无底洞。无限的哀，与无限的愁，像是秋尽冬来的天气，印在冯来财和麻拉拉的眉眼上，再也退不去了。主治的医生也是好意，看出了他们的困窘和不甘，在一个初雪的早晨，来到病房例行查房手续时，先是"唉"了一声，便开口劝着冯来财和麻拉拉，说：不是我说我自个儿，也不是说你们为父为母的，咱都尽心了。我是医生，不能见病不医，可有些病就是医不了。不错，你们是娃的父母，心在儿身上，儿有病，爹心疼娘心疼。可也只能心疼，爹娘替不了儿子。咋办呢？总是耗在医院里，不是个办法，非把你一家耗光耗尽耗得没个出路。这样吧，我开些药，你们把娃弄回家去，在家里将养着，看有没有奇迹发生。

熬在医院里，麻拉拉把一双风里雨里挖抓得糙黑的手，也熬得白白嫩嫩的了，搭在儿子的额头上，本能地抚摸一下，抚摸一下……麻拉拉没接医生的话，甚至连头都没抬，泪水在眼眶里旋转着扑嗒嗒就有一串子滚落下来，冰冰凉凉地，砸在她白皙的手背和儿子的脸上。

不！冯来财努力地挺了一下身子，说：我们不回家，就在医院里治。

冯来财说话的声很大，是他过去从没有过的事情，麻拉拉就有些受惊似的抬起了头，望了一眼冯来财，又望了一眼主治的医生。让人难以想象的是，在这时刻，麻拉拉的脸上竟然有了一丝笑意，久违的笑意呀，仿佛梨花带雨一般，这使为人夫为人父的冯来财，还有尽职尽责的医生，心口上都有被刀戳了一下的锐疼。

麻拉拉说：谢谢你了，医生。你是好意，你尽力了，我们听你的。

冯来财却不答应，看着医生的肩头上有从外边带进病房的几片未消的雪花，他踮着脚为医生拍了去。说：就在你手里治。我们不怕花钱，只要娃好，花钱怕啥吗？你说呢？冯来财说得豪气满怀，柔肠满怀；为人父母,能把一个重病的娃娃拉回家吗?不能吧!

主治医生还能说啥呢?摇了摇头,又点了点头,转身从病房里要出去时,麻拉拉叫住了医生,说娃的事她做主,就听医生的,给娃办出院。回家去。冯来财却推着医生出了病房,给医生说:你听我的,这事我说了算。还说他回家牵只羊来,都是状元羊一样的品种。吃中草药,喝矿泉水,熬的羊汤香哩。

也不管医生的态度如何,冯来财说到做到,果断地回了一次坡头村,从羊群里捉了一只羊,像他的状元羊一般生着两只黑眼圈的羊。这只羊不是因为落在羊群后边被冯来财捉住的,恰恰是要和状元羊争夺羊群统领的那只青春的羊,冯来财打破过去坚守的规矩,刻意地把这只羊选出来,他要以他的诚心感动医生,治好他植物人的儿子。

儿子是在学校劳动受的伤,学校也花了一些钱。农村学校能有多少钱呢,小小的花费,已告穷尽。这一点冯来财也知道,再逼学校,就只有拆房卖了。冯来财怎么敢让学校拆房呢。其间,当了副乡长的姜干部来到村上,计划大力推广冯来财养羊致富的经验,碰到这样的悲伤事,一方面安排村上派了专人,为冯来财义务放羊,一方面掏出他工资的一半,捐给冯来财为儿子治疗。在他的带动下,学校的老师也都捐了钱。但这些钱,在治疗一个植物人的费用中,只能起些雨过地皮干的作用。

一文钱难得倒英雄汉。

半截人冯来财不是英雄,为了儿子的治疗,他必须英雄起来。捉了羊后,在家看了一眼父亲,就一路小跑地往县城的医院赶了。这次回坡头村,冯来财感觉他和自己的村庄陌生了。哪儿陌生了呢?细想,又找不出头绪,只觉村里的人,看他的眼睛,又回到了他未养成状元羊以前的那种神态了。倒是被他挤掉人大代表资格的村长,得知他回村的消息,颠颠地撵了来,问长问短,其所超乎寻常的关心,叫冯来财简直不敢多想。

他是真的关心还是一种幸灾乐祸?

牵羊路过乡政府,冯来财想起了姜干部,脚底一斜,便进了乡政府的大门,去敲姜干部的宿舍门,敲了一阵,没有敲出姜干部人来,却敲出了其他几个干部,问人家,也问不出个眉目,冯来财只好牵了他的羊,又从乡政府的大门里走出来,心想日了怪咧,乡政府的气氛咋的和他们坡头村一个样?

答案在喧嚷的乡街上得到了。

是几个嘴快的人,看见一脸晦气的冯来财牵羊走来,围了上去,问他牵的可是状元羊。冯来财老实地回答:不是。众人就有些奇怪,责备冯来财莫要哄人,是你的状元羊,谁还能抢了去不成。话撵话地说着,就说到了状元羊获选人大代表的事,连带着说了姜干部,拉大旗,做虎皮,借着一只状元羊,不把上级组织安排的副乡长人选当回事,自己逞能选自己,当上了副乡长,位子还没坐热乎,有人反映了,上边下来查,看不把他查下来才怪。

头脑中像是钻进了几只蜂,嗡嗡地响着,冯来财张着嘴,脸上不尴不尬尽显愣怔之色。

围着冯来财的人,说话散了。

他们走出很远了,还有话传来,什么状元羊,还不是姜干部日鬼捣棒槌的结果,找小姐给羊洗澡不算,还找小姐给羊焗油打摩丝,也太费心了吧。

从纷乱的乡街上怎么走出来,又怎么风尘仆仆地走进县城,冯来财全无知觉了。到他牵着羊一头走进县医院,迎面碰上了他在乡政府找不见的姜干部,脸上就像火一样烫了起来,好像他做了多大对不起姜干部的事。原来的情况是,冯来财想他见了姜干部,还有他一肚子的恓惶要说,现在是绝对说不出来了。

显然地,姜干部是一脸的愁云,看着牵羊走来的冯来财,紧走几步,走到冯来财近前,一肚子的话像豌豆一样滚到嘴边了,也是硬生生咽回去了。

有恩于他的姜干部说不出话来,冯来财不能不说话:上边查你了?

姜干部点了点头,说:你知道了。知道了好,知道了也好有个思想准备。等人家找你谈话时,你就知道咋说了。

冯来财火急地接了话,说:我就给他们说,你是好干部,老百姓欢迎的好干部。

姜干部脸上的愁云淡了些,说:我也是,想当个百姓欢迎的干部,但这由不了我,我没办法了。

冯来财抖了抖精神,说:我找蒋县长去,他给我说过,有啥难事就找他,我去找他,就说你的事。

姜干部脸上的愁云就又淡了些。

冯来财信心十足地说:你回你的,让他们查去,我给蒋县长一说,看他们还咋个查。

14

县政府和县医院在两条街上。

县政府在老街上,县医院在新街上。从县医院要去县政府,非得穿过一条繁华的市场,市场上人山人海,从来都是那么热闹,半截人冯来财刚一走进市场,就有眼尖的人认出他和他牵着的羊,虽然这只羊不是那只名扬县城的状元羊,因为都有两只熊猫一样的黑眼圈,就很自然地被大家误认为状元羊了。

哇呀!是状元羊哩。

卖吗？啊，给个价，咱要了。

吃中草药，喝矿泉水的羊，熬汤一定鲜了。

七嘴八舌地，全都是说话的嘴，冯来财这才醒悟，他到县政府去找蒋县长，还牵着他给县医院牵来的羊，脸上讪讪地，很有些不好意思，转身牵着羊，又回了县医院，直直地去了后院的职工食堂，把羊拴在食堂存煤的板棚下，给灶上的大师傅招呼了一声，这才一身没有牵挂地去了县政府。叫他遗憾的是，他没有找见蒋县长，他甚至连县政府的门都没能进，窗玻璃明亮的门卫室里，两个身穿黑色制服的青年，把他拦在大门外，告诉他，蒋县长到省上开会去了。

冯来财知趣地转了身，走了两步，又拧过身去，对那两个英俊的青年说，蒋县长回来了告诉他，我是冯来财，我的羊夺了状元，我还没好好谢他哩。

再回县医院，天已经黑下来了。

冯来财去医院病房看麻拉拉和他们的娃娃，在门口，听到他贴心贴肺的麻拉拉一声又一声地呼唤着娃娃的名字，他听着，心里一颤一颤地，感觉到亲爱的麻拉拉，从喉咙里发出的呼唤，都带上热烘烘的血的味道。冯来财挪进病房，在娃娃的头上摸了一把，在麻拉拉的头上也摸了一把，啥话都没说，就又退出病房，去了后院的食堂。

食堂的师傅们都认识冯来财，原因不仅在县医院住得久了，重要的是他和状元羊的名气。他把类似状元羊的那只羊一拴到煤炭棚里，大师傅们就明白了，半截人是送给医院感谢医生的。因此，他刚一折回医生们的职工食堂，就有大师傅把一碗稀饭和夹着咸菜的两个蒸馍给了冯来财，让他先吃，吃饱了再杀羊。

这样的两个蒸馍和一碗稀饭，吃得冯来财颇不自在，几次，卡在食管咽不下去。

杀羊，冯来财是下不了刀子的，他养的羊啊，一只一只，全都宝贝似的，他怎忍心操了刀子，血刃羊的脖子呢！但在今天傍晚，为了他和麻拉拉的娃娃，他必须杀他宝贝似的羊了。毕竟，羊的宝贝，是不比他和麻拉拉的娃娃宝贝的。

艰难地吞下了蒸馍稀饭，冯来财接过大师傅们给他准备的一把刀子，走向了他的宝贝羊，只见眼前一道白光闪过，黑眼圈的宝贝羊一声尖锐的啸叫，当下便倒在了血泊中。冯来财扔下刀子，不再看他宝贝羊一眼，转过头去，径直去了前院的病房。

香哩！真个是香呀！！

从天明的沉睡中醒来，冯来财就闻到了羊汤的异香。他从陪床的一只小凳上站起来，抽了抽鼻子，便循着羊肉的香气而去。在医院的职工食堂，黑压压已是一片来喝羊汤的人。大师傅们不忘冯来财，给他原汁原味地舀出一大碗来，让他先尝味道。喉结在他的瘦筋筋的脖项上活动着，他几次举起碗来，都已挨着嘴唇了，却没有尝一口。

冯来财咽不下他宝贝羊的肉汤啊！

端着热气腾腾的羊汤碗，冯来财走出医院职工食堂，走出医院的大门，走过了早晨清寂的市场，走到了县政府的大门口，昨天值班的那两个青年不见了，换班的是另外两个穿制服的英俊青年。冯来财问他们，蒋县长可回来了？两个青年面面相觑，冯来财就有些明白，昨天的英俊青年把他骗了，他们不想让他见到蒋县长，编着谎话哄他走。明白了这一点，冯来财的胆子大了起来，也不等新换门岗同意，端着羊汤碗就往县政府的院子进。回过神的两个青年，赶在冯来财的前头，拦住了他，问他找蒋县长有啥事？冯来财把羊汤碗向两个青年鼻尖上逼了逼，说，没啥事，就给蒋县长送一碗羊汤。两个青年还是拉着他不让进，还说：你的羊汤你喝吧，蒋县长还缺一口羊汤了。冯来财强辩着，说得好，说得对，蒋县长还就缺我一口羊汤。给你说，我是谁？我是冯来财，状元羊的主人冯来财，蒋县长支持了我，帮助了我，我还欠着蒋县长为我养羊贷款的担保钱哩！我给蒋县长送一碗羊汤算个啥，送他一只羊，送他十只羊，都还不了他的人情呢！

冯来财的强辩越说越声高。然而，不管他是喊也罢，吼也罢，终究被两个青年门岗挡着，未能走进县政府大院一步。时间一分一秒地过，县政府大门出来进去的人稠了起来，而端在冯来财手的羊汤，才来时还冒着热气，现在已经凉下来了，凉得汤碗上起了一层蜡样的白油。

嘀嘀，嘀嘀，两声蜂鸣似的轻响，有辆黑色闪光的轿车从县政府院子的深处开出来，开到了大门口上，青年门岗把冯来财强拉到门边上，举起右手，向那辆小轿车敬着礼，目送着小轿车滑出门外，转头向大街的一端驰去……肚子里生着怨气的冯来财，眼珠子也跟着黑色小轿车转了。倏忽，他看见坐在小轿车后座上享受门岗敬礼的人，就是他要找的蒋县长哩！甩开两个青年门岗，追着越跑越快的小轿车。

冯来财喊叫着：蒋县长，羊汤。……蒋县长，羊汤……

15

接下来的日子，冯来财从县医院到县政府去，又从县政府走回县医院，这样的行走，像是他经常温习的功课，没完没了。他数着自己走来走去的次数，数到后来，数得他都糊涂了，不知道自己来来去去走了多少趟，总之，没有一次进得了县政府的大门，没有一次见得了蒋县长。

自然，冯来财还必须筹措给娃娃住院治疗的费用，原来的一点积蓄，加上麻拉拉带来的一点箱底，早已花得精光。冯来财就卖起他的羊儿了，不管他的羊儿是什么优良品种，能换来钱就都卖，一只一只又一只，从坡头村他的羊群里捉了出来，或在乡街上卖掉，或牵到县城的市场上卖掉，换来几张铮铮响的纸币，一张一张地花在娃娃的伤病上。但是，如医生说得那样，花再多的钱，都没有治愈的迹象，苦受苦挨，羊群里也只剩下最后那只闻名遐迩的状元羊了。

应了那句俗语，祸不单行。长期病瘫在炕上的老爹，在初冬一场连绵三日的大雪天里，硬在了他睡了一世的土炕上。

冯来财回到坡头村给老爹办丧事，前脚进屋，刚哭倒在爹的灵前，麻拉拉后脚跟了回来，背上驮着他们植物人的娃娃。把娃娃在另一盘炕上安顿好，麻拉拉像冯来财一样，悲天哀地地也哭倒在爹的灵前了。

眼泪安埋不了爹的尸骨。

冯来财把状元羊捉到村长跟前，他自己跪了下去，声音嘶哑地说：就靠村长你了，我没啥谢乡亲们，就这一只状元羊了，吃中药，喝矿泉水，杀了它，叫大家也喝一口汤。

村长的脸是冷的，比过去曾经有过的冷还冷……他看着跪在他面前的冯来财，从他的口袋里掏出一盒好猫烟，弹出一根叼在嘴上吸着了，吸得快要烧到他的嘴唇上了，才狠狠地吐出来，张嘴说话了。说出的话，一字一句，都像冰疙瘩一样，砸到了冯来财的脸，砸到了冯来财的心。

村长说：你能嘛，你的羊能嘛，现在咋不能了？

村长说：甭给我跪，安埋你爹不是我一个人弄得了，你得给村上跪去，挨门齐户地跪，把大家都跪出来再说。

冯来财听出了村长的气怨，也感受到了村里人的气怨。他实在弄不明白，这人都是咋了，昨天是一个样，今天是一个样，明天又会是一个样，脸像小孩的屁股似的，变得那么快。他冯来财得罪谁了，他谁都没有得罪，他只是遭了难，儿子摔断了腰，爹没了命，就把人都惹下了。冯来财这么想着，怎么都想不通，觉得应该另有原因，是什么原因，是他和黑眼圈羊一起风光过吗？如果是，他仍然想不通，他怎么就不能风光一次呢？理是这个理，但现在讲不通了，给谁讲都不通，眼目脚下的事，就是求爷爷，告奶奶，把瘫子爹安埋了比啥都重要，入土为安，冯来财不敢和村长，和村上人抗辩。

冯来财捉来了黑眼圈的状元羊，把它抱在怀里拍了拍，就又猛地推开来，顺手操起一把利刃，照着状元羊的咽喉捅了进去。

状元羊尖锐地叫了一声。

是夜，冯来财架起一口大铁锅，把状元羊剥了皮的肉氽在锅里煮烂了，切成块，装了碗子，浇上羊汤，赶在天明时，一家一户地送，他相信村里人都听见了状元羊挨刀的尖叫声，也相信村里人吃了状元羊的肉，喝了状元羊的汤，会到他们家里来，帮他安埋他的瘫子爹的。

不出冯来财的所料，村里人来了，探头探脑地都来了。

就在把瘫子爹的棺材下到坟坑里的时刻，远远地站着姜干部，一把一把地在他的脸上抹着泪。

冯来财不知道，姜干部的副乡长帽子已被摘下来了。

16

锅是冷的。炕是冰的。

依偎在一起的冯来财和麻拉拉。咋也觉不出一丝的暖意。隔着一道一道的黄土墙，悲苦的一对人儿，嗅得到人家锅灶上蒸馍煮肉的香气……年来了，偶尔地，会有一个二踢脚的炮仗"嗖"地蹿到高空中，"啪"地炸出一片红纸屑……透过镶了一块手片大的窗玻璃，冯来财看见了钉在院墙上的羊皮，他的荣耀的状元羊的羊皮呀，平平展展地被几个木头橛子钉着……家徒四壁的一个院子，能换两个小钱的，唯有这一张状元羊的皮子了。冯来财把昏昏沉沉的麻拉拉从他的怀里卸出来，言语柔暖地说：年难过，年难过，难过也得过呀。呢喃地说着，冯来财从炕上下来，头重脚轻地走到状元羊的皮子前，拔了钉着的木橛，卷了羊皮出了门，天黑时，就下了县城，来到县政府的大门口。

说个良心话，冯来财没想再来县政府了。

冯来财不傻，他知道蒋县长是躲着他了。

卷了状元羊的皮子出了门，冯来财的本意是在乡街上卖掉，换两个小钱，割两斤瘦肉，剁碎了包饺子过年的。可他不知为什么，心由不了脚，一步一步地竟又下了县城，去了县政府的大门口。是的，他想见蒋县长，他想给蒋县长说说姜干部的事，姜干部被选上副乡长，他不够资格吗？他不够条件吗？什么贿选，不就是给代表杀了两只羊吗？我愿意，心甘情愿地杀给代表吃，关姜干部什么事？当然还想给蒋县长说声对不起，他把优良品种的羊群养没了，他还欠着蒋县长为他养羊担保的贷款，他没办法，厚着脸皮只有先欠着了……是的，他还想再问一声蒋县长：你咋也躲着我了……下到县城来，冯来财不像过去找蒋县长，冯来财都要和门岗强辩理论，说他是蒋县长扶持的养羊专业户，他的羊获得了县上赛羊会的状元……这一次，他静静地等在县政府的门外，看着一个个走出走进的人，看着一辆辆滑出滑进的小汽车，希望蒋县长看得见他，像头一次和他见面时一样，和蔼可亲，知冷知热……可是，冯来财等到了天黑，也不见蒋县长出现在他的面前。

蒋县长忘记他了吗？

蒋县长认不得他了吗？

疑疑惑惑地，天黑尽了，天上又飘起雪花，冯来财也困得站不稳了。他踱到县政府大门口那个较为避风的角落，继续盯着从县政府大门出来进去的人和小汽车，他看见所有的人都很忙，都走得特别快，大包小包的，或提着，或扛着，仿佛威严的县政府大门前是个年货交易市场……终于是，县政府的大门口寂静下来了，冯来财也觉得身上的冷了，先是皮肤上的冷，再是血管里的冷，后来就是他的骨头冷了……他觉得自己就要冻僵了，这才意识到卷起来挟在胳膊弯里的状元羊皮子，抖开来，披到了自己的身上，他感到了状元羊皮子的温暖，一点点地往皮子里缩着，渐渐地，竟然把自己的身体全都缩没在黑眼圈状元羊的皮子里了，落雪一重又一重地积累在状元羊皮绒绒的卷毛上，让人看去，好像冯来财就是那只黑眼圈的状元羊了！

是的，冯来财甘愿他能成为一只羊。他想，敬爱的蒋县长忘记了他，不认识他了，可他总该记得和认识状元羊吧？

手铐上的蓝花花

1

致死夫命的阎小样从监所的铁门里走出来了。

纵然她是一个罪犯，纵然她在森严的监所里关押了很长时间，纵然冷冰冰的手铐箍在她的手腕上，她却还是那么出类拔萃，还是那么理直气壮，还是那么风情万种……头顶上，明晃晃的太阳光，照着一步步走来的阎小样，让前来押解她的青年民警宋冲云顿觉一种惊心动魄的美丽！

宋冲云痛苦地闭上了眼睛，他难以相信，如此美丽的女子，怎么能够致死她的夫命？但他知道，这是事实，一个不容怀疑的事实呢，神圣的法律已经做出了公正的判决，死缓两年，宋冲云今天押解阎小样，就是要到省城西安的女子监狱服刑去了。

按捺不住激烈跳动的心，让穿着警服的宋冲云十分无奈。

宋冲云在心里无声地警告自己，要自己不要心跳。他是来提杀人犯的，他要把致死夫命的阎小样押解到省女子监狱去服刑的。他努力地压抑着自己那颗狂跳的心，但他却很无奈，怎么都压抑不住，感觉呼呼激跳的心，像是一颗火红的子弹，就要从喉咙眼里弹射出来了。没有办法，他俊朗的一张脸,不由自主地红了起来。

赶在这个时候,谷又黄来到了监所的门口。

谷又黄接受了任务,是和宋冲云一起押解阎小样的。

与监所的管理人员进行交接,是一个必需的程序。宋冲云从押送阎小样出来的监管人员手里接过一份档案袋,抽出装在其中的档案纸,依着规定的程序问话了。

宋冲云的声音是公事公办的,他问:你叫什么?

阎小样接受了许多次的提审,对这个程序已经相当熟悉了。她很干脆地回答:我是阎小样。

宋冲云接着问:年龄?

阎小样接着回答:二十岁。

宋冲云又问:所犯罪行?

阎小样又答:致死夫命。

原以为在这枯燥单调的交接程序里,宋冲云的脸色能够恢复正常,但是没有,他的脸还红着,像是一个正发高烧的病患者一样红着。

敏感的谷又黄,非常清楚地看见了宋冲云的红脸。

谷又黄知道宋冲云为什么脸红。汉子嘛,见不得姿色艳丽的女子,特别是艳丽的却又犯了罪的女子。这一点,在公安队伍里滚爬了两年的谷又黄见得多了。她发现,自觉不自觉的,汉子警员在面对漂亮女子罪犯时,很有那么点儿怜香惜玉的情怀,表现就总是心慈手软了。她谷又黄就不,绝对不,纵然是个美如天仙的女犯,到了她的手里,该咋办就咋办,决不会下不了手,动不了颜色。好像是,她与犯罪的女子,天生是一对仇敌。譬如眼前,不就是个致死夫命的罪犯吗,还臭美个啥?理直气壮?风情万种?瞧着好了,看咱谷又黄怎么收拾你!

发狠想着，谷又黄觉得她的眼睛像染了毒一样，有种火烧的疼感。因此，她恨恨地盯了阎小样一眼，还不解恨，回过头来，就又把宋冲云剜了一眼。

也是谷又黄今日的心情好，她不想把气氛弄得太紧张，从陕北到西安的女子监狱，路途可是远着哩，气氛太紧张，弄出些别扭和麻烦，那实在是不合算的。而且是，阎小样致死夫命，那是她的事，法律已对她做出惩治，咱又何必与人家过不去。女孩子柔软温暖的心肠，又一时让谷又黄狠不起来。但她还是想把脸红的宋冲云刺一把的。

谷又黄贴到宋冲云的耳边，问：你呀，脸红什么？

宋冲云掩饰地说：我脸红了吗？

机械的交接仪式结束了，把宋冲云刺了一把的谷又黄心情不错地跨步靠近了阎小样，伸手拽住阎小样的一条胳膊，向停在监所门口的那辆警用吉普车走去。

让阎小样坐在哪儿好呢？起初，心生暗气的谷又黄没有想过这个问题，现在心情好了，脑子里却还塞满了宋冲云的红脸，还有宋冲云的眼神……她要那样的红脸和眼神，永远都对着她的，而不是对着一个致死夫命的女犯。

与宋冲云一起工作了两年，他们俩是有点意思的，只差一个捅破那层皮儿，就是一对掏心掏肺的恋人了。是这样的，谷又黄是该有这么点小心眼的。

这是一种习惯呢，谷又黄安排阎小样坐在了吉普车后座的中间，以阎小样为界，宋冲云坐在一边，她坐在另一边。在警官学校读书时，教科书上规定，押解犯人的方法就是这样。唯有这样，才能有效控制罪犯，以免节外生枝。但在今日，谷又黄对这样的安排，心生了一种叫她无法忍受的别扭，大家都已坐进了吉普车，司机老展也已发动了引擎，只要右手松开手刹杆，脚在油门上轰一下，吉普车就会向前驶去时，谷又黄却又打开了车门，跳到车下。

谷又黄轻声吆喝着阎小样，让她坐到了她先坐的位置上，同时还轻声吆喝着宋冲云，让他坐在了中间，她绕了一圈，拉开车门，坐在了宋冲云的身边。

很显然，这样的安排是不对的，谷又黄却不管不顾，使着性子这么安排下来了。

谷又黄要使自己的心情舒坦起来呢。

可是呢，她也只是舒坦了一个瞬间，就又发现这样的安排不行。怎么老是宋冲云挨着阎小样？这太不妙了。谷又黄不要宋冲云和阎小样挨着身子坐在车上，这会破坏她的好心情，让她心烦。于是，在吉普车又一次将要启动时，谷又黄又把车门打开，跳到了车下。

谷又黄同时吆喝宋冲云也下了车，她先上车坐在后座的中间，让罪犯阎小样坐在她一边，宋冲云坐在她的另一边。这么看来，倒像她成了罪犯，被阎小样和宋冲云押解着了。

唉，这是不好责怪谷又黄的，谁让她把心贴在了宋冲云的身上呢。

反复地折腾了这么几遭，司机老展这才发动了吉普车慢慢地向前滑去了。

坐在车窗一边的阎小样，却善解人意地轻声地笑了一下。

谷又黄想她是笑自己的，她不要阎小样笑，便不无气恼地轻声呵斥道：笑什么笑？

阎小样就不笑了。

可是司机老展也笑了，自然也是轻声地笑呢。

谷又黄能怎么样呢？对受聘为协警的老展，虽然算不得国家编制的警察，却也经常工作在一起，知根知底的，谷又黄能对他恶语相向吗？

这是不能的,所以她也笑了。轻轻地笑着呵责道:不要笑。

2

肚腹的右下侧痛着,一直地痛着。

大约从夜半时分就一点一点地痛着了,到天明时分,便痛得有点难以忍受。放在平时,堪称警中之花的谷又黄才不会忍着腹痛去执行任务的。对宋冲云很是上心的她,有个与他同去西安城的机会,她是要积极的。她的目的很单纯,公私兼顾,和宋冲云到省城西安去,把罪犯交出去,俩人好在西安城逛一逛,钟楼是要去的,鼓楼是要去的,还有大、小雁塔,也是要去的,有可能的话,就在大雁塔的佛堂上烧一炷高香,祈求神灵开恩保佑他们……啊!怎么说呢?呆头呆脑的宋冲云害得肚腹疼痛的谷又黄只有忍着疼痛和他一起押解女犯阎小样,到了西安,选个机会,把他们的关系确定下来,因此,她是要忍着的,咬牙忍着也要忍到西安去。

为了保证去西安,在来监所提解阎小样前,谷又黄绕道去了一趟县医院,在那里看了医生。

医生只是临床做了个简单的检查,就说她是阑尾炎,要在医院住下来观察治疗。

谷又黄哪里听得进去,她笑嘻嘻缠磨着医生,说她还没那么稀贵,开了几样药后,就往监所赶来了。

尽管谷又黄赶得很急,到时还是晚了些时间,加之她在安排座位时,又倒腾了那么一阵,时间就又晚了不少,清晨原本冷寂的县城已然人来人往,开始热闹起来了。

从监所要去县城外的公路,是必须穿过一段街区路面的。吉普车一会儿鸣声喇叭，一会儿鸣声喇叭，颇为艰难地在人丛里向前爬行。

这是罪犯阎小样所希望的，她侧着脸，希望吉普车再走慢些，她好眼睛眨也不眨地看着车窗外的县城街道，以及街道上熙来攘往的人群。此外，还有街道两旁的树木和房子。她要把每一个人，每一棵树，每一幢房子，都印记在她的脑子里，尽管这人、这树、这房子，与她并无多大关系，她却比往常的任何时候都留意。

是啊！谁能知道阎小样此刻的心情呢？一个死缓女犯，她太热爱生她养她的故土了。

街的一边，就是县城中学的大门。

起名保安中学的县城中学，在陕北是大有名气的，谁要考进这所中学读书，那就等于谁的一只脚已经跨进大学的校门了，只要在校用心学习，很少有考不上大学的。县城东南阎家沟村的碎女子阎小样，就很豪迈地考进了县城中学，成了这所名校学习最为刻苦，学习成绩也最为辉煌的一员。老师和同学都喜欢她，对她抱着极大的期待。

吉普车依然缓慢地在人丛中蠕动。

阎小样一眼眼地看着，就又看见了街边的影剧院。

这座规模不是很大的影剧院，建成时间已是有些年头了。那个时候，阎小样还在县城中学读书，知道县政府出资，填高了县城边上的一片河滩地，号召县城的干部群众义务出工，修建了这座县城建设史上从来没有搞过的大工程。

修建影剧院之前，县城多的是窑洞，有青砖券箍的，有麻石券箍的，还有在石岩上、土崖上掏掘的。当地人曾经骄傲地说，这里堪称世界窑洞博物馆。

要建一座现代风格的影剧院，中学的老师组织在校的学生也到工地上来了。农家女子阎小样在工地上，她是吃得苦的，搬砖头，抬灰浆,干得热火朝天。打心眼里说,阎小样期望他们的县城有座像样的影剧院的,她也能到影剧院里来,看电影,看演出,那该是多么享受的事啊!

在这里参加义务劳动,阎小样看到了许多水泥预制件。

雄伟壮观的水泥预制件呀!竖起来的两排是柱子,横架起来的是屋梁。水泥的柱子是高耸的,水泥的屋梁是粗壮的。在组装这些大型水泥预制件时,动用了两台移动式大吊车,在施工人员吹响的哨子声里,一根根的柱子竖起来了,一根根的屋梁架起来了。

多么辉煌的一座建筑呀!阎小样当时昂着头看,把脖子昂疼了,把眼睛看酸了,好像还不过瘾。

落成之日,全县城的人自发走上街头,扭秧歌,跑旱船,敲锣打鼓,极尽庆贺与欢乐。

然而,所有的热闹与红火随着时间的推移都冷却下来了。如今的影剧院,除了偶然的一两部叫座电影放映外,其他的演出活动基本没有了。一天天一年年的闲置,曾经那么吸引人的影剧院显得破败而落寞。不过呢,因为县城的建设规模在扩展,原来靠着城边的影剧院周边不断地有人投资,在它的旁边修楼建房,就把影剧院的位置推到县城中心地段了。有商业眼光的人租了影剧院临街的地方,隔出一间两间的门面,做了生意的场所。

阎小样看得清楚,那样的生意场所还是很不错的,有人在卖音响设备,有人在卖音像图书,还有人在卖儿童的服装和玩具……总而言之,是还有那么点繁荣景象的。

很幸运的,阎小样在影剧院看过一场电影。那是影剧院落成后不久,为了报答义务出工人员的义映。县城中学的三好学生阎小样,作为学校的代表,坐在新建成的影剧院里,看着很受陕北人喜爱的《黄土地》。

这部电影的画面拍得太美了，就都是陕北的山山水水，沟沟梁梁，可在电影的银幕上展现出来，就是比现实还好看，而且更为喜人。再就是电影里唱的歌儿了，也都是陕北人喜唱、唱了经年累月的信天游，从剧中人的嘴里唱出来，也是特别好听，特别耐听。

当时的阎小样，完全沉迷到电影里了。

到电影放映完毕，影剧院的场灯全都亮了起来，碎女子阎小样还沉浸在《黄土地》的音画世界里醒不来。好像就在那一刻起，阎小样下了做个陕北民歌手的决心。

记得当时，阎小样的心给自己的大脑说：我要唱歌。

也是上天有意，给了阎小样一个少见的俏模样，给了阎小样一个少见的亮嗓子。

在她读书的保安中学，不经意地，她就唱出名了。

那时候，阎小样没敢想得太远，她觉得只要有民歌唱就很高兴了，学习之余，阎小样就去学校的音乐老师王厚草那里，让她教她唱陕北民歌。老师王厚草就怕没有学生学唱歌，特别是像阎小样这么禀赋天成的学生，自觉学唱陕北民歌，她没有不认真教唱的理由。

老师王厚草，为阎小样感动着，她像发现了一颗歌坛新星一样，把她所有的唱技和唱功都教给了阎小样。

遗憾随之而来，阎小样的母亲病了，不是一般的病，是个花钱如流水却也无法治愈的恶疾。后来的一天，阎小样从王厚草老师的练歌现场被叫出来，来到母亲的病床前，俯身趴到母亲的身上，连母亲一声最后的嘱咐都没有听到，就眼睁睁地看着母亲撒手去了。

在母亲的灵床前，阎小样哭了。她想她会号啕大哭的，但却没有，只是静静地流着泪，心里头无声地给母亲唱起了一首陕北信天游。

阎小样唱的是母亲过去编唱的一首《家常饭》：

葫芦黄瓜嫩菠菜，
青菜白菜小萝卜菜。
绿豆小米豆钱钱，
荞麦三棱儿麦子尖。
苦菜叶叶儿搓拌汤，
榆钱叶叶儿熬糊汤。
硬糜子馍馍软糜子糕，
烧酒盅盅子摆开了。

阎小样不知道，她在心里为什么无声地哼唱信天游？是因为母亲也会唱信天游吧？是的啊，母亲是太会唱、也太爱唱他们陕北的信天游的，她能唱的信天游很多很多，是他们阎家沟村难不住的唱家子。而且是，许多的信天游，还都是母亲现编现唱的，她的手头，她的眼前，是个什么，就编唱什么。正如阎小样现时唱的信天游，就都是母亲家常生活里的编唱，她用心唱给母亲，是对母亲的祭祀吗？

没错，阎小样就是这样祭祀她的母亲了。

亲爱的母亲喜唱信天游，阎小样也喜唱信天游，人就说，她是母亲托生的，遗传了母亲的特长。

然而，遗传了母亲特长的阎小样，很是不幸，像她的母亲一样，只能圈在他们阎家沟唱信天游了。没有办法，家里剩下一个父亲，还有一个长兄和小弟，三条汉子，没个女人照料还真是不行。

阎小样辍学回了家，接过母亲的责任，料理起了家里的生活。

3

魂牵梦萦的县城，被司机老展驾驶的四轮吉普车抛在身后看不见了。

莺飞草长的陕北啊，天是那样的高，云是那么的淡，押解着阎小样的吉普车，像只活泼的旱天鱼，在陕北独有的沟沟梁梁上翻转。一会儿呢，呼呼啦啦地沉入到了深不可测的沟底；一会儿呢，又飘飘摇摇蹿升到高可及天的梁顶。

下到沟底里，自然会有一条小河，呜呜溅溅地流淌着，不歇不停，不知疲累，这儿，那儿，又少不了成群结伙的鸭子，或者白鹅，在清清浅浅的河水里，悠悠然然地浮游着。间或呢，是一只鸭子了，撅起肥硕的屁股，把头扎进水底，它是叼住了一只小鱼吗？不知道，只见它从水里仰起头来，扑棱着翅膀时，猜想它是一定有所获得了；嘎儿——嘎儿——大叫着的，应该是骄傲的大白鹅了，它是在唱信天游吗？好像不是，随着它高亢的叫声，有一只如它一样的雪白大鹅，划动着红红的脚蹼，迅捷地游到它的身边，于是，它把叫声压低了，相互把头绕到脖子上，叽叽咕咕说个不停……河的两岸，是一棵一棵的柳树。

陕北的柳树啊！

都有一个奇怪的习性，喜欢刀砍斧剁，把它长得蓬蓬勃勃的头颅，从齐人高的地方断下来，只待来年，就又生出更加蓬勃的新枝来。好像是，不遭砍头的柳树，还不是很自在，长着长着时，会自绝性命而死去，倒是遭受砍头的柳树，却总是精力旺盛，生得葳葳蕤蕤，劲头十足。

这就是陕北柳树的好了。它们像是知道陕北人的需要，以它一次次断头的牺牲，奉献出陕北人生活中略嫌短缺的用材。

吉普车爬到梁顶上了……到处都是高入云天的井架。新时期的陕北，一个新的风景，就是这些涂了黄漆的井架了，那是油田工人在钻新的油井……还有磕头虫，这是当地人对抽油设备的一种俗称，它或者独立一处，或者成群排列，不是十分紧张地，上来了，下去了，无始无终地运动着，黏稠的黑色原油，就从地下的深处冲出来，汇入到相连如织的输油管道里。

不眨眼地望着车窗外的景致，望得阎小样有些疲倦，她回了一下头。

正是她的这一回头，看到坐在座位中间的谷又黄脸色一片煞白，并有细碎的汗水像是草叶上的露珠不断地浸出来，阎小样就很吃惊了。

阎小样小心地问：哎，怎么了？你不舒服吗？

谷又黄却不买账，说：咸吃萝卜淡操心。

一旁的宋冲云也注意到谷又黄的脸色，伸手在她的额头上试了试，说：不发烧呀！

是个粗心人呢。谷又黄白了他一眼，说：你才发烧哩。

宋冲云却还不明白，说：那你说，你的脸色咋那么难看。

谷又黄的话就不好听了，说：难看了你甭看。

宋冲云是知错的，依然地慢言软语，说：我是担心哩。给我说，你哪儿不好受？

谷又黄这就乖顺起来了，说：小肚子那儿，不晓得咋的，有些疼。

宋冲云就很紧张了，说：啊呀！这可咋办呢？

谷又黄却还故作轻松，说：凉拌（办）嘛。别害怕，死不了人。

俩人是，你要鸡上一口，他就鸭上一口，拌着人间才有的那种幸福的小嘴。一边的阎小样，还有驾车的司机老展，就都成了无足轻重的旁人了。不知司机老展是怎么想的，他只回头关切地看了一眼谷又黄和宋冲云，就又双目朝前，聚精会神地驾驶着吉普车往前奔驰。阎小样想得就多了一点,她知道,她是一个被押解的服刑犯,她是没有资格关心人的,哪怕是表现出一点点关切的意思,都只能是惹得人烦,不高兴,戗她一头,吐她一脸,她也得满盘子满碗地接着呢。

这么想着,阎小样就想哭。

可是现在,她还哭得出来吗?不会了。一个人的眼泪是有限的,不可能像条河,长年累月地流,而且呢,便是河水,也有流干的时候,像他们陕北,有些年头了,一些原来波涛翻滚的河水,不是都干了吗?阎小样觉得她的眼泪,就如断流的河水,已经彻底地流干了。

但她现在却想哭,心头上泪汪汪的。

汪汪的哭的感觉,是为了自己吗?好像是,又好像不是。那么就是为了押解她的女警察谷又黄,是的啊,一定是的。只是短短的时间里,阎小样却已敏锐地发现,谷又黄和宋冲云的关系不一般。他们是一对小夫妻吗?不大像哩,是小夫妻的话,要比他们现在的样子亲密。那么,他们就该是一对小恋人了?这么想着,阎小样在心里依然否定着,她感觉俩人离着小恋人也还存在着一点距离……这么说,他们就一定是一对有点意思的人儿了!是的啊,一定是的,他们现在的样子,怎么看,都是这样的一对人儿哩。

这么一想,阎小样清楚了,她所以想哭,既是为了押解她的一对小警察的幸福,也是为了她的不幸。

按说呢,年轻的女子都有一个梦想的,能够被人所爱,也能够爱别人。当然了,只能是被她想爱的人所爱,她爱她所想爱的人。阎小样就是这样梦想的,但她不能够了,也许是永远都不能够了。

是怕汪汪的泪水流出眼眶吗?

阎小样把头转向了车窗外,是这一转,她便看见了熟悉的山梁,熟悉的沟坡,熟悉的小河了……她的,更为熟悉的家。

生了她，养了她的家啊！

就在眼前的那道山梁的背后，袅袅的炊烟，自由地从山梁的那边飘飞起来，翻过了山梁，还带来了狗的轻吠，鸡的啼鸣，羊的呜咽……阎小样在心里告别着故乡，告别着家，默默地为她的亲人祷告着了。

阎小样默祷说：亲人啊，小样对不起你们了。

将心比心，一个远离家人服刑的犯人，隔着车窗玻璃，如此深情地注目车窗外的一切，在宋冲云和谷又黄看来，是能够理解的。一路走来，阎小样不错眼地盯视着车窗外边，宋冲云和谷又黄，又职业使然地盯视着阎小样，这么长时间远距离地盯视，在宋冲云和谷又黄的心头，渐渐地，很没道理地生出了一种同情感。特别是宋冲云，感觉阎小样其实是不该受这牢狱之灾的。

因为什么呢？

就因为阎小样爱唱信天游吗？

就因为阎小样生得俊俏怡人？

宋冲云的脸色不再烧了，心也不再急了。但他还是由不了自己，要想阎小样，想她的不幸和灾难。

4

辍学回家的阎小样，去了半山腰母亲的坟堆前，她是拿了一卷纸的，是她在学校俭省下来的纸哩，有的已经订成作业本，上面或者写了字，或者还没有写字，这可都是阎小样的心爱了。她拿到了母亲的坟堆前，点上火，一页一页地烧了。

纸火在风中打起了旋儿，呼悠悠腾空而起，旋飘在云彩全无的虚空里，像是一只只火焚的鸟儿。

阎小样知道，她是烧着她的希望的，同时也烧着她的决定。

决心既下，阎小样回到了家里，像母亲活着时一样，为了家的生计，黑黑明明，没头没绪，无边无沿地担起了家的责任，为他们的家操持烟火了。

俗话说得好，穷人的孩子早当家。

年纪还轻的阎小样便是这样，一旦把家的责任搁到了她的嫩肩上，担得起，担不起，她都必须担着走了。多亏是，阎小样的悟性好，入道快，家里家外，没有几天时间，就都归置得有模有样，如她母亲在世时一个样子了。

老爸是个肉性子，天大的事都不起火。

所以呢，母亲在世时，家中大事小情，都是由着母亲操弄的。现在，阎小样接过了母亲的责任，自然就也由着她来担承了。性情柔软的老爸看在眼里，就在一天清晨，当着阎小样的哥哥阎小虎和弟弟阎小豹的面说了。

老爸说话前，先很赧颜地笑了笑，说：小样啊，你太像你娘了。

什么意思呢？别人听不明白，阎小样听明白了，她的哥哥阎小虎，弟弟阎小豹也听明白了，就是此前还有些不放心的老爸，此后也放心阎小样管家了。大事小事，都指望阎小样来经管了。

也的确是，从此以后，家里有一分钱的收入，有一分钱的花费，就都在阎小样的手上过了，老爸从来是，不闻也不问。

锅上案上的蒸煮焖炒，炕上炕下的缝补拆洗，阎小样有条不紊地做妥帖后，她还要帮助老爸下沟收种，上梁放羊的。

这些活儿，要是由着阎小样的性子来，她宁肯不在锅边炕头上转，也是情愿下沟上梁的，在沟梁做活儿放羊，苦累自然要重一些，但却叫人放松。特别是赶着羊群，去了坡梁上，羊儿是要撵着好草去的，阎小样就跟着羊群走,羊儿吃吃走走,吃走得累了,会四蹄撑着歇上一会儿的,阎小样也就歇下了,在距离羊群不远的地方,随便地一坐,或者侧身一躺,听沟底的小河流水,看天上的飞霞流云……适逢这样的时候,阎小样就想唱歌,唱他们陕北热辣辣、甜润润的信天游。

阎小样唱的是传统民歌《女儿谣》。

六月里黄河冰不化,
扭住我成亲的是我大。
五谷里数不过豌豆圆,
人里头数不过女儿可怜。女儿哟!
浮水上的鸭子刮水上的鹅,
公家人不知我会唱歌。
青石板上栽葱难扎根,
想说心事口儿难开,口儿哟!
天上的沙鸽一对对飞,
不想我的娘亲再想谁,
不想我的娘亲再想谁,娘亲哟!

本来呢,阎小样的信天游唱得好,在保安中学的校园里,又有敬爱的王厚草老师,对她进行了许多的专业辅导,她便唱得更好了。好像是,把她专业学习来的信天游,拿在野天野地的梁坡上,迎着明媚的阳光,迎着熹微的风吹,她的信天游唱得就更好了。

有好几回,阎小样把家里的羊群赶到背梁上,自己纵情唱起信天游时,对面坡梁上像条黑色缎带的公路沿边,会有一辆两辆行驶的汽车停下来,钻出几个人,手往眉眼上一搭,瞭望着这边坡梁上唱着信天游的她,久久地不肯离去。

这边的阎小样,心里是得意的,她喜欢人家听她唱信天游的。于是阎小样唱了一首还会再唱一首的。

阎小样就唱她爱唱的《这么好的妹子咋就见不上面》:

> 这么长的个鞭子——鞭子哎,
> 咋探呀么探不上个天。
> 这么好的个妹子——妹子哎,
> 咋见呀么见不上个面。
> 这么大的个锅来——锅来哎,
> 咋下呀下不了两颗米。
> 这么旺的个火来——火来哎,
> 咋烧呀烧不热个你。
> 三个疙瘩的石头——石头哎,
> 咋呀么咋是两块砖。
> 什么呀的个人来哟,
> 哎哟,把人的个心呀么心挠乱。

这就是陕北的信天游,这就是陕北女子阎小样,她是不会掩饰的,老辈人这么热热火火地唱了,她也就热热火火地唱。尽管让别人听来,有那么点挑逗,有那么点激将,但让听的人,就感到特别过瘾,不是一点点的过瘾,而是像喝了羊羔汤,吃了糜子糕一样过瘾哩。果然就有大胆的汉子,好生不知羞惭,在对面坡梁上听着不能自禁,张开了嘴巴,要来对上几声了。

对面山上的疙梁梁，

哎哟，那是一个谁？

那就是我要命的，哎哟，

要命的三妹妹。

　　阎小样笑了。她发现和她对歌的人，白白胖胖，虽则有了把年纪，人却显得精神爽朗，他从对面山上的公路上走，听见阎小样唱信天游，是一定要停车听的。阎小样就想，那是一个像她一样热爱信天游的汉子呢，但他只有平白的喜欢了，天生的破嗓子，绝对是唱不好信天游的。

　　这让阎小样很遗憾，许多次，像这位白胖的汉子一样，想着有人能和她对唱的，却没有一次，没有一人能对得好。

　　有一次呢，阎小样的老爸从沟底下爬到了坡梁上。他的到来，像个隐身人一样，静悄悄地，坐在散漫的羊群边上，眼睛看着羊儿吃草，却耸着耳朵，一字不落地听阎小样唱信天游，把他一张满是沟壑的老脸听得一抽一抽的，一会儿就流泪了。老人顺势抹了一把，把沾在手掌上的泪水甩在了草叶上。

　　阎小样发现老爸了。

　　发现了一把一把地把泪抹下来，甩在草叶上的老爸，还着实把阎小样吓了一跳。她自己就如一只白嫩的羊儿似的，跑到了老爸的身边。

　　阎小样关切地问：爸呀，你是咋了？咋的流泪了？

　　老爸却泪眼婆娑地笑起来，说：我是高兴哩，高兴你的信天游唱得像你的娘亲一样好。

　　这是个绕不开的话题。自从娘亲去世后，老爸逢着什么事，都会情不自禁地想起阎小样的娘亲，情不自禁给阎小样说她娘亲这样的好，那样的好。

这一天，老爸终于抹干了脸上的眼泪，给阎小样说她娘亲的信天游好了。说他就是被阎小样娘亲的信天游吸引了，才死死活活地追着阎小样的娘亲，结成了他们死死活活的一对对。

老爸说着阎小样娘亲的信天游时，仍然是情不自禁的，并且张开了口，唱起了一曲信天游。老爸唱的是《小妹妹不嫌穷哥哥》：

鸡蛋壳壳点灯半炕炕明，
酒盅盅量米不嫌哥哥穷。
耳听见哥哥唱着歌儿来，
热身子扑在冷窗台。
只要和哥哥搭对对，
铡刀断头也不后悔……

阎小样原来只晓得娘亲的信天游唱得好，没想到老爸的信天游唱得也不差。此时此刻，她正聚精会神听老爸唱着信天游时，老爸却不唱了，一曲信天游，在他的嘴里，像是一条欢欢畅畅流淌的小河，生生地被他掐断了……老爸难得地笑着，是那种发自内心的幸福的笑哩。

老爸给阎小样指着吃草的羊群说，你看吃草的羊吧，没人教它，它总是撵着高草去吃。有那么多的高草让它吃吗？太少了，是不够它们羊儿吃的，最后还都得吃蹄子下的矮草。老爸这么说着，话题一转，就又说起阎小样的娘亲了。老爸说了，你的娘亲呢，心性是很高的，一辈子的心性高，我把她亏下了。我是没有一点办法，只能把你的娘亲亏下了。

年轻时戴了大红花，穿了绿军装，骑了大白马，秧歌锣鼓送到部队吃了几年粮的老爸，听说当年的他，是很英俊的呢。本来，老爸有条件留在部队上的，可他念着阎小样的娘亲，戴着他在部队上挣来的两枚军功章,乐乐呵呵回到阎家沟村,高高兴兴地娶了阎小样的娘亲。

老爸的绵软性子,是他爱娘亲爱出来的。

老爸习惯了,就成了现如今一成不变的绵软人。

老爸给阎小样说了羊吃高草的话,说了娘亲心性高的话……老爸是想说什么呢?是说她阎小样如她的娘亲一样,也是心性高吗?

心性高了不好吗?阎小样才不这么认为,她倒是觉得,人呢,是该有些心性的,而且是越高越好,越高才会活得越有品位。

阎小样就还在坡梁上放羊时唱着她的信天游。

5

随山赋形,忽高忽低,或转或弯的陕北山地公路,总有一些碾碎的路面呈现出大小不一的坑槽,却也有避让不及的,碾上去了,把车弹起来,弹得老高,车上的宋冲云、谷又黄,还有阎小样,就都随着吉普车的弹跳,蹿起来,落下去,一刻不得消停。有几次,把谷又黄弹跳得歪到了阎小样的怀里,她就赶紧收起身来,好像罪犯阎小样会连累了她似的。自然了,谷又黄也会弹跳得歪在宋冲云的怀里,是这样的,她就会多赖一会儿,多享受一会儿她心所想要的温暖。坐在靠着车窗一边的阎小样,不是一块石头,她也会被颠簸的吉普车弄得弹跳起来,有时会歪向窗门,把头重重撞在车顶上,有时会歪向谷又黄,把头撞在谷又黄的身上,让谷又黄不无厌恶地推她一把,对她毫不客气地呵斥了。

谷又黄怒责:坐正!

谷又黄痛斥:坐稳!

行驶了一段路程,押解阎小样的吉普车上,就不断地响起谷又黄的吆喝,她的出语短促而严厉,很有一股警察对罪犯的效果。

阎小样是委屈的,她也想坐正,也想坐稳,避免撞上谷又黄,但是,客观条件决定了她再怎么努力都没法坐正坐稳,好像是,她越是僵硬着身子,就越是坐不正,坐不稳,越是要不由自己地撞上紧挨她坐着的谷又黄。

终于是,吉普车躲不开路面上的一个坑槽,弹跳起来,刚落下来,就又遭遇到了一个坑槽,吉普车就又一次地弹跳起来,凌空飞射了一瞬,落下来,只听"叭"的一声炸响,吉普车便趴在坑槽前不动了。

不用检查,大家知道吉普车爆胎了。

司机老展和宋冲云下了车,留着谷又黄在吉普车上看守阎小样。

谷又黄就又用短促而严厉的语气警告阎小样了。

谷又黄说:坐好了,不要动。

阎小样就很听话地坐着,纹丝不动。但这不能保证她的思绪也不动。她眼望车窗外的山川地势和眼前的公路,想她生活在阎家沟的时候,她自由地放牧着家里的羊群。她在坡梁上唱信天游,公路上有人驻足聆听,一天过去了,一月过去了,一年过去了……有多少过往的行人聆听了她唱的信天游,她是不知道的。那一天,阎小样赶着羊群又出了坡。叫她奇怪的是,她这天的右眼老是跳,听人说,左眼跳财,右眼跳祸,她不晓得自己会有什么祸端,心慌慌地看着羊儿,差不多刚好吃饱肚皮,就吆着羊群回家了。

刚一回家,阎小样发现,哥哥阎小虎早她一步也回家来了,和哥哥阎小虎一起来家的,竟然就有那个呆立在公路边多次听她唱信天游的白白胖胖的人。

阎小样就只有吃惊了。

同样吃惊的还有白胖的人,他把阎小样大睁着眼睛看了好一阵子。他说:怎么是你呀!

阎小样知道有理不打上门客的乡谚。而且是，阎小样也不讨厌人家白胖的人，隔山听她唱信天游，听得那样痴迷，作为爱唱信天游的她，应该感谢人家才对呀。但是本能告诉阎小样，她不能太给这个人好脸色。于是，她转身对着她哥阎小虎翻着白眼。那样的意思她哥应该看得明白，别把陌生人往家里带。

白胖人的确不知趣，还沉浸在他的惊讶中，不住嘴地说：真个是巧，听你在坡梁上唱信天游，把人的心都唱醉咧！

白胖的人话说得轻佻了。阎小样毫不客气地斜了他一眼。对这一眼，白胖的人是有感觉的，就不再说别的，只说阎小样的哥哥救了他，是他的恩人哩！

平白无故，怎么就恩人了？

阎小样不解地看着她哥阎小虎，这才发现哥哥的一条胳膊曲着，用一条布带吊在脖子上，从袖筒往进看，隐约看见，打着石膏绷带。阎小样这么看着她哥，使她哥阎小虎有点不好意思，倒退了几步，阎小样就还发现，哥哥的腿上也有伤，一拐一瘸，俨然无法受力的样子。

撂下手里的放羊鞭，阎小样扑到哥哥阎小虎的身边，伸手去捉哥哥的伤胳膊，很是惊恐地问：哥啊，你是咋的了？

哥哥阎小虎却躲着阎小样伸来的手不说话。

阎小样就还问：很严重吗？啊，哥你说。

哥哥阎小虎还是不说。

阎小样就急得直跳脚，心疼得眼里冒起了水花花。

哥哥阎小虎就笑起来了，是个带着幸运，带着喜悦的笑哩。好像他的受伤，是件多么光彩的事。

阎小样的这位哥哥呀，叫阎小样怎么说呢？既为骨肉，阎小样是爱着他的，同时又在心里暗藏着一点小小的恨意。

所以还有恨意,在阎小样看来,是恨她的哥哥阎小虎太不争气了。不像她的弟弟阎小豹,上学读书呢,就认真地上学读书,回到家了,眼里便全都是活儿,能做什么做什么,脚手不失闲。先在阎家沟的小学学习,像她这个姐姐一样,一路的高分,这便考进了保安县城的中学,是县城中学着意培养的重点生。阎小样打听到消息是,她的弟弟阎小豹,只要不松劲,国家重点大学的校门已经向他敞开了。可她的哥哥阎小虎,却奇了怪,拿起书就瞌睡,放下书就精神,让人怀疑,他可能患有书籍恐惧症,根本不是个读书的料子。是这样的,也还罢了,回到家,眼里根本没有活儿,不说烦琐的家务活儿了,沟底下滩地里的农活儿,老爸忙得脚手朝天,喊他去侍弄,他却死不动弹;坡梁上放牧的羊群,阎小样想着腾出手来,做点家务,让他去赶坡,他仍是犟着脖项不去。枪杆高的一条汉子,还能在家里吃闲饭不成?

阎小样和他哥阎小虎大吵了一场。

老爸和小弟阎小豹,自然地都站在了阎小样的一边,让她哥阎小虎大失颜面,很是狼狈孤立。

狼狈孤立的人,却不认输,一跺脚,从嘴里迸出一口狠话来:家里没我站的,好嘛,我走呀!

哥哥阎小虎咬牙下着决心,说:不信天底下那么大,就没我站脚的地方。

狠话既已从口吐出,想收就不好收回了。无奈了,她的哥哥阎小虎就出门走了。不知都走了哪里,阎小样四处打听,能打听的人,能打听的地方,都没打听到阎小虎的消息。

哥哥阎小虎去了哪儿呢?

这让阎小样一直后悔着,不该和哥哥阎小虎吵那一架的。

阎小样后悔着,他却突然地回家来了。

回来了，却又成了白胖的人的恩人。

白胖的人能随便让人当他的恩人吗？他是多么富有的人啊，在陕北地面上钻了许多油井，是个呼风风来，唤雨雨到的油老板呢，隔三岔五地，他总要在报纸、电视上露个脸，这些事，阎小样是见得着的。县城扩建中学，号召大家资助，白胖之人便捐款资助了；县城铺设城区道路，号召大家资助，白胖之人也资助捐款了；再是整修河道、绿化荒山，等等等等的公益善事，只要政府有号召，白胖之人总是积极响应，资助捐款……是这样的举动，让阎小样不断地改变着态度，觉得像白胖之人一样的油老板，是很有些值得肯定的地方。但是呢，态度的改变也仅只如此，并未从根本上改变，埋在心灵深处的态度，对他们似乎总存着点瞧不起。譬如过春节了，白胖之人上了电视台，掏钱在电视的屏幕上向群众拜年，统共说了三句话，没一句说得通顺，特别是他做的那个拜年动作，阎小样当时看了，就很是不以为然。

阎小样为此还嗔骂了一句：黄鼠狼给鸡拜年———没安好心肠。

啊呀呀，我的天啦，矮矮胖胖的一个人，起的名字倒还好听，叫了个顾长龙，这太好笑了。不过呢，钻出来黑色石油的他，却生得那样的白，还是叫人要惊讶的。

不知自己是笑好呢？还是板着脸好？阎小样一时没了主张。她应酬不了白胖之人顾长龙，让她哥阎小虎在家先陪着，她出门去了沟底下，叫回了她的老爸。性情绵软的老爸，同样应酬不了白胖之人，先让白胖之人进窑里坐，再给白胖之人泡了茶，就又举着他的旱烟袋，装了一烟锅的烟叶子，甚是恭敬地往白胖之人的手上递，让他也抽上一锅，还说，抽烟嘛，就抽老旱烟，老旱烟的劲道足哩。

白胖之人还就接到了手上，划着火抽了一口，就把黄铜烟锅里的旱烟叶子磕掉了。

白胖之人强装呛了他，咔咔咔干咳了几声，就把他一直夹在胳膊窝的黑皮包拿到手里刷地拉开链口，从中取出一盒大红的中华烟，颠出两支来，给了阎小样老爸一支，他自己也叼了一支，打着了火，很是过瘾地抽起来了。

　　阎小样的老爸也是，手里捉着中华烟，也是很香地抽着了。

　　抽着中华牌的香烟，顾长龙说了，他说真该感谢阎小虎的！油井上买了几台磕头虫（抽油机），都是几吨重的钢家伙，租了平板大汽车，拉到井口上卸。是一台吊车呢，过去也卸过这样的钢家伙，不承想，却在这次卸货时出了问题。是个大问题呀，吊车把钢家伙刚刚吊到空中，摆着吊臂往下落的时候，吊车的前伸臂歪了一下。这就不得了了，当时的顾长龙就站在吊臂一边，如果躲闪不及，砸他半死还是好的。千钧一发之际，阎小虎冲上来了，他把顾长龙推出了危险境地，自己却被伤着了。

　　顾长龙是动了情的，他给阎小样的老爸说：你养了一个好儿子。

　　不是阎小样敏感，她发现，顾长龙在向她的老爸说这些话时，眼神一飘一飘地总是往她的身上飞。

　　阎小样就有意识地躲着顾长龙。

　　仿佛她的躲闪更能引起顾长龙的兴趣，他给阎小样的老爸说了那一堆话后，就把脸对着阎小样了。

　　顾长龙跟阎小样说：你的信天游唱得真好！

　　阎小样就还想躲。

　　顾长龙却叫住了她，说：你不要躲。我给你说，麻烦你了，叫你哥先在家养伤，伤好了就到我的油井上来，我的油井上缺他这样的员工。再说呢，你哥是我的恩人，你有要求了，我也会满足你的，你说呢？

6

坡梁上，那一点点的红，肯定是山丹丹了……还有那一点点的蓝，又肯定是蓝花花了……特殊的地理环境，造就了陕北特殊的自然物种，极尽可能地装饰着连绵不绝的山川和沟坡，使得原本单调的黄土地，显得多姿多彩，绚烂迷人。

又是一个小小的坑槽，吉普车跑在上面，自然要蹿跳一下的，谷又黄皱紧了眉头，在每一次的蹿跳中，都要忍无可忍地轻吟一声。

宋冲云是担忧的，谷又黄有一声轻吟，他就有一声问候，你没事吧？啊，给我说，你哪儿不舒服，是肚子疼吗？

没错，谷又黄就是肚子痛，而且是越来越疼了。她把手握成了拳，死命地抵在小腹上，尽量不使她的轻吟发出声。

但是呢，谷又黄控制不了它，在吉普车兔子一样蹿跳在陕北山地的公路上，她还是要轻吟的。

一旁想着心事的阎小样，不是石头人，她能够感受到谷又黄的忍耐。她是很想关心谷又黄的，而前头的教训又告诫她，她是不好关心谷又黄的。可她不能自禁地又被谷又黄感动着，知道她所以忍受疼痛，是因为宋冲云的，阎小样以一个女孩子的敏感，敢于肯定谷又黄是爱着宋冲云的，为了爱，她就只有忍受了。这么一想，阎小样对这个有些严厉的女警察，生出了许多好感，甚至敬意。

没法阻挡自己，阎小样侧过头去，来看另一边的宋冲云。她发现了他的粗心大意，对他就有了些微的埋怨……汉子们呀，咋就那么迟钝呢？

阎小样是不忍了，她用戴着手铐的胳膊轻轻地捅了一下谷又黄。这一次还好，没有受到谷又黄呵责，阎小样便想，她是体会到了她的关心了。

都是年龄相仿的女子，这一点应该是好沟通的，阎小样呢，就不再犹豫了，她要说出自己的担心了。

阎小样叫了谷又黄一声大姐，说：你别硬忍了，痛就是痛，哪儿不好，你得说呀。

谷又黄感知了阎小样的善意。她觉得这个爱唱信天游的漂亮女子，自己被判了那么重的刑期，却还不知愁苦，凭着本能，还要急煎煎关心别人，实在是太不容易了。为此，谷又黄想她不能再是一副凶巴巴的面孔，她是该有一点暖色的，哪怕对方是一个罪犯。不过呢，谷又黄不好转变得太快，她还得装，装出一副没事的样子。

阎小样却是不忍的，她又叫了谷又黄一声大姐，说：你听我说，哪儿不好是要找医生的，可别耽搁了。

谷又黄没有理会阎小样，倒是宋冲云在阎小样温婉地劝说中，关切地看着谷又黄，同时又一瞥一瞥地看着阎小样，这使阎小样就很感激了。便是谷又黄，自然也是很受用的，她从宋冲云的那一边，看着车窗外的坡梁。

忍受着疼痛的谷又黄，一定看见了坡梁上的山丹丹和蓝花花了。显然地，她是非常喜欢满坡满梁，蓬蓬勃勃开放着的山丹丹和蓝花花的，每一朵，开得都是那么鲜艳，奔放，泛滥着一种野性的美丽。

为了转移目标吧，谷又黄赞美山丹丹和蓝花花了。她说：多么自在的花儿呀！

不用谷又黄说，阎小样也是喜欢山丹丹和蓝花花的，但在此一时刻，阎小样晓得，谷又黄所以赞美山丹丹和蓝花花，是说给宋冲云听的。而宋冲云也听懂了谷又黄的意思。因而，宋冲云扒在司机老展的耳朵上，给他耳语了几句，善解人意的老展，就停下了车。车还没有停稳，宋冲云就跳了下来，向公路边的坡梁上攀爬去了。

矫健的身姿，像是陕北坡梁上奔跑跳荡的山豹，宋冲云一会儿采下一朵山丹丹，一会儿采下一朵蓝花花……他的怀里，很快就是一束壮观的花团了。可他好像还不满足，还在坡梁上追逐着山丹丹和蓝花花，在奔跑，在跳荡……阎小样观察着谷又黄的表情，发现她被宋冲云的身姿吸引着，神情倏忽变得安详又慈悲。

虽然眼睛追着宋冲云，谷又黄却还考虑着阎小样。她说：想方便吗？

都是女孩子的问题，幸亏谷又黄想得到，阎小样就很老实地回答：有点想哩。

谷又黄就押解着阎小样，跟随她去了坡梁上的一个背洼地，她护着阎小样，让阎小样解了个小手，然后又由阎小样护着她，她也解了个小手。到她俩回到吉普车跟前来时，宋冲云已从坡梁上先于她俩到了吉普车旁。

很大很大的一束山丹丹和蓝花花哩，宋冲云早用坡梁上的葛条绑扎好了，举起来，送到了谷又黄的怀抱里。

让阎小样奇怪的是，宋冲云采来的花不是花，而是可以疗疾的药，谷又黄惨白的脸，埋在大团大团的花束里，也像山丹丹一样的红亮，原来严肃得有些发冷的神色，一下子也柔和温暖起来了。

一边的阎小样，忍不住说：大姐，你真漂亮。

算是一种认同吧，谷又黄竟然有些不好意思地笑了一笑。

宋冲云也是，在把他采来的山丹丹和蓝花花送给谷又黄后，自己是情不能禁地踮起脚尖，风车轮子样，原地转了几个圈儿。

还有驾驶吉普车的司机老展，总是那么沉默寡言，却在这时，抽着一支当地产的"圣地"香烟，吐出一口浓浓的烟雾后，扯开了他的大嗓门，没头没尾地唱起了一曲信天游。

司机老展唱的是《风流的妹子风流的汉》：

山丹丹花儿背洼洼开,
你有心思慢慢来。
前半晌来了后半晌走,
定下关系咱好接头。

马莲的花儿蓝莹莹开,
你是干妹子的心尖尖。
抱住肩膀亲了个嘴,
肚子里的冰疙瘩化成了水。

应该说,司机老展的信天游唱得是不错的,而且是,他还没有唱罢,却臊得宋冲云扑到他的身边,伸手把他的嘴捂住了,催他说,谁不会把你当哑巴。咱今日有事,咱要赶路,闭了你的嘴,咱走。长了宋冲云一些年岁的老展,本来就是逗宋冲云玩的,他张着眼睛,很是狡黠地冲着谷又黄扮了个鬼脸,便很守职责地上了驾驶室,等着他们也上了车,就又发动引擎,在陕北的山路上颠簸着向前走了。

车厢里一下子有了那一大束的山丹丹和蓝花花,空间自然显小了一些,但却充溢着无处不在的花的馨香……谷又黄一会儿把脸偎在花束里闻一下,等一会儿,又把脸偎在花束里闻一下,脸上是久久褪却不了的红晕。

在山丹丹和蓝花花浓郁的香气里,阎小样困了,从来没有的困倦呢,她的头向后一枕,当下便睡了过去……睡梦里,她听人唱起了信天游。

是她的母亲吗?

是的,是活在阎小样心里的母亲在唱了。

母亲唱的是陕北人人人都会唱的《蓝花花》:

青线线的来格蓝线线,

蓝格莹莹的彩,

生下一个蓝花花,

实实地爱死格人;

五谷里来格田苗子,

数上个高粱高,

一十三省的女儿哟,

数上格蓝花好!

眼泪水水,像是一颗颗晶莹剔透的珍珠,从阎小样睡眠的眼睛里滚落出来了。

7

天经地义,女孩子都有一颗爱花的心。

阎小样也是,她还仔细地想过,说不定她就是一朵转世的花魂。如果时间能够倒流,可以发现在阎小样成长的途径上,总有一些抹不掉的关于花的机缘。她能记得的,最早的一次,是她亲爱的母亲,带着她去串亲戚,半道上采了一枝山丹丹,系在了她的一根辫梢上,然后又采了一枝蓝花花,系在了她的另一根辫梢上,摔摔打打的两条毛辫子,因为山丹丹和蓝花花的点缀,一下子就很生动活泼,到了亲戚家,都说阎小样花儿一样好看。

阎小样相信,她是堪比花儿的。

渐渐长大,阎小样上学了。在上学的路上,她会受到山丹丹和蓝花花的引诱，采来一大把，认真地编成一个花环，戴在她的头顶上，鲜鲜艳艳地去读书。后来，她吆着羊群在坡梁上游走，很自然地，还会把手边盛开的山丹丹和蓝花花采下来，带回家里来，插在一个黑陶的罐子里，让鲜艳的山丹丹和蓝花花，为她的生活增添一抹珍贵的亮色。

这是阎小样的自我采撷，自我欣赏。

很意外地，她也得到了别人献给她的花。但是这次的献花，让阎小样日后想起来，总是心惊肉跳，后悔莫名。

邻家的小嫂子受到阎小样的邀请，到阎小样的家里来帮助阎小样拆洗被褥。经过了一个冬天，春暖花开的日子，陕北农村的习惯，是要赶着季节拆洗被褥的，主持家务的女人把这当成了一种节日。今天呢，邀约几个相好的，到你的家里，帮助你拆洗了被褥；明天呢，转移到她的家里去，帮助人家拆洗被褥。花花绿绿的被面子，白格生生的被里子，在河沟里漂洗干净了，搭在场院的晾杆上，让日头晒着，被微风吹着，相邀的人就聚在一起，一边等被子的里面干燥，一边拉着家常。这个时候，什么样的话都是能说的，有夸自己家人的，就有骂自己家人的，当然，也少不了说别人是非的。怎么说，在这个日子里，大家都是不犯病的。

阎小样邀约了邻家的小嫂子，俩人拉的家常话，大多都是小嫂子家里的。小嫂子骂她的男人，死到外面不回来，打工，打工，就不知道家里还有个想他念他的女人……对此，阎小样是不好插话的，她只有脸儿红红地笑了。

小嫂子骂了她男人，却突然看定了阎小样，给她说：哎哟，你看我，差点忘了呢。

阎小样就接了话，说：嫂子好记性，能把啥忘了的。

小嫂子就说：死鬼男人给家里装了个电视，我听电视上说，县里要办赛歌会，赛出的头一名，还要代表县上，到省里去赛歌哩！

这倒是阎小样心仪的一个好消息。

而且阎小样也有耳闻。说个心里话，几天了，阎小样还正是为着这个消息瞀乱着。她是很想报名参加的，心里却又怯怯的，像是揣了几只坡梁吃草撒欢的羊羔儿，总是难以平静。

阎小样说：我知道的。

小嫂子说：知道了，咋不去报名？

阎小样说：我报名干啥？

小嫂子说：赛歌儿呀！

心是热烈地跳着了，阎小样却还在表面上装得很冷淡。而且是，小嫂子也是个爱唱信天游的人，在阎家沟，如果说阎小样是唱得最好的那一个，小嫂子就是紧挨她的人。

阎小样就也鼓励她的小嫂子了，说：你怎么不去呢？你要去了，我也去。

小嫂子拿眼剜着阎小样，说：我是想去的，可我怎么去？上有汉子管着，下有娃子绊着，我心想去，身子去不了。

应该承认，小嫂子说的是真心话。在陕北，婆姨家在村头上、野地里唱几句信天游是可以的，要到县城里的舞台上去赛歌，拖家带口，人家不说臊，自己先就臊上了脸。她阎小样就不同了，黄花大闺女一个，说去赛歌，给家里撂句话，抬脚就能走人，谁管得着。况且呢，赛好了，是家里的光荣，也是村上的骄傲。她的娘亲，当年的信天游唱得好，就不仅在阎家沟村受人喜爱，四乡八社也有好名声。可惜了，她的娘亲没有好机会，如果有，娘亲肯定会去赛歌的。再者说，她阎小样回家几年，更亲密地接触着山和水，蓝天和白云，当她面对着熟悉的山，熟悉的水，总是无拘无束地唱，唱她想唱的信天游，唱她爱唱的信天游，倒把她的亮嗓子唱得山高水长，飞天流云，炉火纯青了。

小嫂子鼓励说：就爱听你那满口的腔，唱得太好听了。

阎小样不能否认，小嫂子的一番话，把她的心说活了。她说：我心里乱，没有底。

小嫂子就还打气说：去吧。你要一去，头名肯定是你的，别人拿不去。

弟弟阎小豹，从保安县城的中学回家背馍馍，也向姐姐阎小样说了赛歌的消息。像邻家小嫂子一样，弟弟阎小豹也是鼓励她去赛歌的。

阎小样说了：我去赛歌，谁给你烙馍馍呀？

弟弟阎小豹：不妨的，我回家了自己烙。

阎小样说：吃不好，你咋念书？

弟弟阎小豹说：我向姐姐发誓，姐姐赛歌期间，我会加倍念好书。

说得信心爆满的弟弟阎小豹，还适时抬出县城中学的音乐老师王厚草。阎小豹说他见到王老师了，王老师说她忘不了阎小样，从她退学回家后，几年了，再没遇过像她一样天赋卓越的人才。王老师也鼓励她赛歌哩！

这倒是一个很好的鼓励，阎小样基本上下定决心了。她喜滋滋地看着弟弟阎小豹，觉得她这个弟弟太可爱了，啥话都能说到她心坎上。

基本下定决心的阎小样，要到县城参加赛歌活动，其实还是有许多愁肠的，老爸和弟弟的吃用是一个方面，最最重要的是，她这是要到县上的大舞台赛歌哩，吊着两只空手，张着一个嘴巴，还不让人笑掉了牙。穿什么呢？戴什么呢？怎么走台？唱哪首信天游？问题一大堆，谁来帮她解决克服呢？

哥哥阎小虎就在阎小样愁肠百结的时候，也回家里来了。

成了油老板顾长龙的恩人，哥哥阎小虎伤好后，就到了顾长龙的公司，成了顾长龙的贴身保镖，走到哪儿，跟到哪儿，像是顾长龙肥肉美酒养着的一只狗，很有一些忠诚劲儿。这从他回家来的话中是听得清的，顾长龙这也好，顾长龙那也好，仿佛世上至善至美不可多见的一个好人。自然了，阎小虎的着装派头也发生了变化，穿了西装，打了领带，戴了墨镜，还有脚上的那一双皮鞋，啥时候都擦得油光水亮，照得见人的影子。这样一来原来的那个愣头青，就还多了点文雅的样子。过去不甚待见他的阎小样，对于他的变化就不能不另眼相看了。

而且呢，哥哥阎小虎这一次回家，真还把阎小样赛歌的愁肠全都解开了。

看了央视三套的《星光大道》，哥哥阎小虎惊喜地看见了唱着信天游的阿宝。他给阎小样绘声绘色地说，阿宝太幸运了，他的演唱怎么样呢？不咋样吧。还有他的人样儿，怎么样呢？也不咋样吧。可他却在《星光大道》上火起来了，拿了一个年度冠军，红透了全国演艺界，成了一个腕儿了。阎小虎极尽可能地挖苦着阿宝，同时又极尽可能地夸着他的妹子阎小样，说我们小样的嗓子好，人样好，这一回到县上赛歌，下一回就到省上赛歌，一回一回地赛下来，就能到中央电视台赛歌去了。我们小样一旦上了中央电视台，阿宝的风光就要变了，变成我们小妹的风光了。

哥哥阎小虎往家里还提回了一个硬壳壳的拉杆箱。

哥哥阎小虎把新崭崭大红色的拉杆箱交到阎小样的手上，让她自己打开来看，看他给他的妹子都带回了什么。

哥哥阎小虎不无自豪地说：赛歌嘛，没有好的行头怎么行！

人靠衣裳马靠鞍，这个理儿，阎小样是懂得的，她想象着大红色拉杆箱里的物件，想象得已经很奢华了。但是呢，到她把拉杆箱的盖子打开来，一件一件地取出几套演出服，和一件一件漂亮的头饰，以及这样那样的精美配件，不期然地把眼睛睁了个圆，不知道说什么好了。

哥哥阎小虎看见了妹子的惊喜，他说：怎么样？还可以吧。

阎小样没有多想，她歪了一下脑袋，很是感激地瞟了哥哥一眼。

在兄妹俩的记忆中，阎小样少有地给了哥哥阎小虎一个好脸色。这样，阎小虎就很高兴了，当天就把阎小样接进了保安县城，先住在县城的招待所，后来租了一间民房。安顿好了吃住，阎小样去了县城中学，找到了她敬爱的王厚草老师。曾经的师生，几年后重逢，俩人都很兴奋，说了不少的话，谈了不少的事。

王厚草老师说：你来赛歌，老师高兴哩。

阎小样也说：有老师帮助，是我的福气哩。

听起来，都只是些客套话，其实不然，搞了一辈子的音乐，王厚草多想通过她的努力，培养出几个唱得响的歌手。在她看来，阎小样是最有希望的。而且是，在县城举办的这次赛歌会，身为县音乐协会主席的王厚草老师，很自然地担任着赛事评委会的主任，她也有这个条件，使阎小样取得好名次。

说着话，师生俩就很投入地练起歌来了。

练歌期间，哥哥阎小虎还陪同油老板顾长龙看了阎小样。这个时候，阎小样已经全身心地投入赛歌前的准备之中，对于顾长龙的看望，也表示了她的好感和谢意。因为，阎小样知道能有这次赛歌活动，多亏顾长龙的资助，如果没有他的慷慨解囊，说不定还办不起来呢。

这就到了赛歌的日子，阎小样参加义务劳动修建的影剧院，冷落了一些年头后，也是因为赛歌吧，一下子就又热闹起来了。并且呢，因为赛歌，对影剧院的设施也做了些别样的整修，看上去，新颖又大方。有几架电视台的摄像机，或者架在舞台的台口上，或者架在舞台的顶棚上，将对全部的赛歌活动进行现场直播。

赛歌现场的气氛是热烈的，同时又是激烈的。在阎小样的前头，安排的几个人都唱过了。她幸运地抓了一个尾号，因此，她有时间准备，这个准备包括酝酿情绪，还包括对前头歌手的经验和教训的总结。阎小样听得仔细，看得仔细，发现已经演唱过的选手，有个后生的信天游唱得不错，台前的评委呢，也都给他打了高分。阎小样就想，要想征服评委，她是必须唱过这个后生的。

在一阵暴风骤雨般的掌声里，阎小样上场了。阎小样的耳朵里却响着那个后生的歌声。这可不好，手轻轻地抬起来，捂在她怦怦轻跳的心上，向舞台下看了一眼。她看见了评委席上的王厚草老师，还看到嘉宾席上的油老板顾长龙，和随在顾长龙后排的她的哥哥阎小虎，而且是，她亲爱的弟弟阎小豹也来了，就挨着阎小虎坐在一起，这些她熟悉的人，眼睛亮闪闪的，都还响亮地鼓着掌……阎小样平静下来了。

主持人极富煽情意味地介绍着阎小样，甚至用了一句"黄土地上即将腾飞的百灵鸟"的话语，来为她鼓励了。

陕北人都会唱的《蓝花花》：

……
蓝花花那个下轿来，东眺西望，
眺见了周家的猴老子，
就像一座坟。
你要死来，就早早地死，
前晌你死来哟，后晌我蓝花花走。
……
我见到我的亲哥哥，
有说不完的话，
咱们两个死活哟，常在一搭！

高亢激越的一曲《蓝花花》唱完了，黑压压的舞台下，却静悄悄的，没有喝彩，没有掌声，这叫阎小样好不尴尬。这样的静场，维持了有一分钟，不知是谁带头鼓了一巴掌，顷刻之间，像山洪袭来，影剧院便都是震耳欲聋的掌声了，久久不能平息。

评委的打分牌举了起来，阎小样力压那位高分后生，夺得了赛歌会上的冠军，获得了赴省城参加赛歌的资格。

给阎小样颁奖，走上舞台的竟是油老板顾长龙。

顾长龙把自己收拾得容光焕发，他呵呵笑着，把一座水晶制作的宝塔山奖杯，和一个红封皮的获奖证书交给了阎小样。接着，还从礼仪小姐端着的托盘上，取来一束扎着丝带的鲜花，奉送到了阎小样的怀里。

这是阎小样有生以来，从他人手里得到的第一束鲜花呀！

8

娘亲在世时，也是爱唱《蓝花花》的。

阎小样演唱的《蓝花花》，在一些艺术细节上，吸收了娘亲演唱时的特点，所以，同为信天游的《蓝花花》，阎小样却唱出了不同，是被人所接受、所喜欢的不同。于是，县城的赛歌会结束后，阎小样就有了一个人们常说的代名词：新小蓝花花。

这样的代名词，阎小样自然是喜欢的。

为了准备赴省城西安赛歌，阎小样回家短暂地停了两日，就又到县城里来了。王厚草老师也从中学抽调出来，做了阎小样的专职辅导。

现在的阎小样，信天游唱得好与不好，就不只是她个人的事了，她代表的是保安人民的荣誉。她不敢有丝毫的懈怠，跟着王厚草老师，没日没夜地苦练着。所练曲目，重点还是《蓝花花》。

一个曲目要唱好,唱出感情来,理解曲目的意思是很重要的。

为了提高阎小样的演唱水平,王厚草老师给阎小样讲了《蓝花花》的故事。

故事是悲惨的。阎小样虽然不知道可有那样一个真实的故事,但她从王厚草老师的讲解中知道,在她们陕北,曾有一个会唱信天游的碎女子蓝花花,她唱得确实好,被有钱有势的一个地主老财看上了,不管蓝花花乐意不乐意,高兴不高兴,霸王硬上弓,花钱把蓝花花买进府门,残暴地占有了蓝花花。不肯屈服的蓝花花,能有什么办法呢?她只有用歌声来抗争了。

阎小样被王厚草老师的故事激动着,再来练唱,果然多了一份感情,是那种悲愤的、昂扬的感情啊!

赛歌会有望与阎小样争锋的后生,在她练歌的期间,一有空,就来看望阎小样,两个曾经的对手,在一起时,表现得却是那么友好和谐,后生有些自己的心得,也不保留,都会抖开包袱,说给阎小样听。后来呢,俩人还双双走上保安县的街头,一块儿去吃羊肉剁荞面、一块儿逛书城、逛音像店……小小的保安县城,阎小样就是明星了,她走到哪里,哪里就是一片沸腾,而且又是和一个赛歌会上的帅后生在一起,没有闲话也成闲话了。

哥哥阎小虎来找她了,给她说:你要注意影响呢。

阎小样是不解的,问:我咋了?你说这话。

哥哥阎小虎说:你和谁上街逛来?

阎小样明白过来了,说:这又怎么样?

哥哥阎小虎说:怎么样不怎么样,你不知道?

阎小样嘴上犟着,说:我不知道。

嘴上是这么说的,行动上还是收敛了些,后生再来邀约阎小样上街吃饭，或是闲逛，阎小样就都婉言拒绝了。在阎小样的心里，参加省城的赛歌会是压倒一切的大事情，她不能把这件事误了。可是呢，后生家却不罢休，还要有事没事地来，来看阎小样，来约阎小样上街吃饭，上街闲逛……有一日，哥哥阎小虎来看阎小样，她就心烦地把这件事说了一下，想不到，第二天，后生家就被人打了。

是谁打的呢？一定是哥哥阎小虎了！

阎小样去了油老板顾长龙设在保安县城的公司总部，找到她的哥哥阎小虎，甚是愤怒地指责他：为什么动手打人。

哥哥阎小虎也不否认，对怒气冲冲的妹子说：他是自找的，找着挨打。

阎小样哪里肯饶，说：是你手太长了。

哥哥阎小虎说：我是手长。手长咋不打别人。

阎小样被逼急了，说：你手长打人家，打到头是打你妹子的脸呢！

说这话时，油老板顾长龙站在了阎小样的背后，帮着阎小样说话了。他说阎小虎，你打人了吗？这可不好，咱有事，咱就说事，可不敢打人。听我的话，是你打的人，你就给人家道歉去，这不丢人。顾长龙指教着阎小虎，眼睛却不离阎小样，还说阎小样懂礼数，说话占着理，要阎小虎留心向他妹子学习。

顾长龙说着话，还给阎小样拉了一把椅子，说：大明星了，难得来一回，坐着说话。

阎小样对她哥阎小虎有气，对油老板顾长龙是不能生气的。通过这次赛歌会的经历，以及以前的一些事情，阎小样已经感觉到，有钱的顾长龙是个好人哩。她这么想着，就很顺从地坐在顾长龙拉给她的椅子上。她想了，她不能在顾长龙面前发火的，但她心里毕竟又窝着气，屁股就只在椅子上沾了沾，站起来，腾腾腾腾走出顾长龙的公司，走到人来人去的县城大街上。走了一程，猛地抬起头来，这就看见了县医院的大门。

是神差鬼使了吧。阎小样的脚一斜，便从县医院的大门走了进去，三问两问，问进了挨打后生的病房。挨打的后生见她进来，当下起了身，站在病房里，嘴唇子颤动着，像有千言万语，却一句都说不出来。

阎小样看着挨打后生，心想她是有话要说的，却一时又说不出来。

俩人就都不尴不尬地站着，不知该怎么办了。

倒是挨打后生心胸大，说：挨两下打没有啥，只怕以后不能再去看你了。

这个话不是阎小样想听的，既然人家说了，阎小样也不好说啥，就把身上仅有的几张大小票子掏出来，给挨打后生病床旁的矮柜上一放，说了句不能看了就不看的话，转过身，就又从病房里出来了。

走出了县医院的门，阎小样却不知为了什么，忍不住流了一脸的泪。

……

忍无可忍的一声呻吟，天崩地裂一样从谷又黄的嘴里喷薄而出，一直挺着的身子，也深深地弯了下去，弯得像只大虾米。

宋冲云伸手扶住了谷又黄，冲司机老展喊：快，去医院。

这个时候，吉普车已经越过延安城，走过了三十里铺，快要接近店头镇了。店头镇是陕北的一个产煤区，有几家公司在这里打井采煤，道路上往来的车辆，大多是运输煤炭的。为了煤矿职工的健康，国家在镇子上设立了一个大型的职工医院，医院技术在陕北是很有些名气的。

司机老展脚下踩着油门，快速直接地，把谷又黄拉到了职工医院的门口。

这样的情况，阎小样觉着她该帮助病人的。而且是，在宋冲云扶着谷又黄下车的一瞬间，还看了她一眼，并且取出钥匙，打开了她一只手腕上的铐子，阎小样就急呼呼也去扶谷又黄，可她的手还没有扶着谷又黄，却被宋冲云拽着，把打开的那一节铐子，牢牢地铐在了吉普车前座的把手上。

已经铐停当了，阎小样还说：我能帮忙的。

宋冲云却说：老实坐在车里，不要乱动。

想想自己一个致死夫命的囚犯，确实是不好帮助人的。正如宋冲云警告她的那样，她老实地坐在车里，坐了多久呢？阎小样不知道，只见医院门口，人来人往，她想逮住个人问一问，却也只是在心里想一想，根本张不开口……时间在一点点地走，阎小样担心着谷又黄，眼睛眨也不眨地看着职工医院的大门，这就看见了司机老展，急匆匆走出门来，走到了吉普车跟前来，打开了吉普车的车门。

阎小样问了：人怎么样？

司机老展是个好脾气，说：开了刀咧。

阎小样问：咋的开刀呢？

司机老展说：急性阑尾炎，都穿孔了，不开刀怕出大问题。

阎小样就很吃惊了：啊！

司机老展把谷又黄清晨提来的一个大提包取下车，提着又进了医院门。

阎小样呢，被一把手铐铐在吉普车里，她只有再次地等待了。这样的等待是痛苦的，像她在监狱里等待判决一样，焦虑着，忧心着，神态就有些昏昏然的了。

9

我不要，啥啥都不要。阎小样拒绝着，很坚决地拒绝着。她说：我去省城赛歌，就穿我在县上赛歌的服装够了，我不要太多的服装。

油老板顾长龙却不为阎小样的拒绝而放手，让跟着他来的阎小虎，给他的妹妹阎小样展示从省城定制来的新的演出服装。

怎么说呢,这些定制的演出服确实好,不是阎小样在县城赛歌时的服装可比的。阎小样需要这些演出服,也喜欢这些演出服,但她是不能接受的,不能接受顾长龙为她添置的服装,尽管他很有钱。

顾长龙在旁边劝着阎小样:别说你不要,去省城赛歌,不比小县城,没几身好行头,咋能出风头。

阎小样自信地说:我凭我的歌声。

顾长龙说:不错,是要有一个好嗓子的。可是呢,仅凭一个好嗓子就成了?没那么简单吧。老实给你说,现如今弄成个啥,背后没有一把硬手,就不要想成事。

阎小样说:你别胡说。

顾长龙说:我胡说了吗?啊,你问你哥阎小虎,我胡说了吗?

哥哥阎小虎在旁边帮腔了:你不能说老板胡说的。

阎小样的犟劲上来了:我就说他胡说了。

顾长龙却大人不记小人过的样子,接过了话说:对,算我胡说了。我不说了,让你哥说嘛。

哥哥阎小虎便插起了话。他说,我该给你怎么说呢?打个比方吧,在咱陕北,顾老板有资格满陕北钻井抽油,别人就没资格了?

不对呀,别人也是有资格的,大家都有资格,但却偏偏是顾老板钻井抽油弄钱,别人怎么就弄不成呢?那是顾老板的背后,比别人多了一把硬手。

阎小样不乐意听这些话,说:他是他,我是我,他与我无干。

哥哥阎小虎不同意阎小样的说法。他说了,怎么与你无干?当然,如果只说钻井抽油,也确乎是与你无干。但你参加赛歌会,是谁给你颁的奖?是谁给你献的花?是顾老板哩,顾老板花了钱了,资助了县上的赛歌会。还有，你在县上赛歌，穿的用的，哪一样不是顾老板掏的钱，就是你那个头名，不是顾老板给评委们使钱，你唱得再好，你也拿不到！

阎小样红了眼睛，她盯着她哥阎小虎。

有点儿心怯的阎小虎很怕阎小样那样看他，但却还说：我说的都是实情。过去，顾老板不让我给你说，今天，你都知道了，这不假，一点都不假。

阎小样摇了一下头，又摇了一下头……她把自己从昏昏沉沉的睡眠中摇醒了。手上冰凉的铐子限制了她的自由，她就把头，一下又是一下地磕在吉普车前座的后背上。

梦里的事情，其实不是梦，而是现实中发生过的事。不过，阎小样不愿意再想起罢了。

哥哥阎小虎当时咬牙要阎小样相信，他给她的演出服装，都是顾老板掏钱买的。评委的红包，也是他给转送的。

也许，阎小样只有震惊了。

阎小样多想否定这个事实，但她否定不了了。她必须承认，顾长龙和哥哥阎小虎说的都是事实。若不然，顾长龙没有那么理直气壮，没有那么不知廉耻。

老爸在窑洞里的炕沿上圪蹴着，嘴里咬着他的旱烟锅，一口一口地吞吐着呛人的烟云。

顾长龙笑了。他所以笑，是他来到阎小样的家里，头一次观察到阎小样的无奈。他的目的很明确，就是要阎小样无奈的，只有她无奈了，他的目的差不多也就实现了。开心笑着的顾长龙，不再与阎小样作言语上的较量了，他去了阎小样老爸的窑洞，把一摞红砖般瓷实的人民币砸在了老人家的炕边上。

顾长龙说了：我不能亏你。娃娃的娘亲去得早，你一个汉子抓养娃娃不容易，我得为你分担责任呢。

口讷的老爸能说啥呢？他就只有不停嘴地抽旱烟了。

顾长龙却还说：你看嘛，娃娃现在都长大了，长得枪杆一样了。像你的大娃小虎，在我身边做事，你该很放心了吧。

老爸抽着旱烟点着头。

顾长龙说：小虎在我身边，一月有一月的收入，贴到家里，家里情况好点了吧。

老爸就还抽着旱烟点着头，把他的头点得几乎像顾长龙油井上抽油的磕头虫。

顾长龙却还不停嘴地说：小虎不能总是单杆杆过日子，总得谈朋友的。还有你的碎娃小豹，听说争气得很，在县城中学读书，可是摇了铃的好，考大学是没问题了。可现在的大学，剥人的皮哩，咱没钱就上不起。

点头，点头，点头……阎小样的老爸在顾长龙滔滔不绝的话面前，就只有点头了。

这辈子只会受苦，不会说话的一个老人，这时候完全失了主意。他得承认，顾长龙说得都对，都是实话。可他很怕听这样的话。

因为，顾长龙说的话，只有一个强烈的目的，那就是要老人答应他，把他花骨朵儿一样的阎小样嫁给他！这怎么能呢？他们之间，差着一辈人的年纪，顾长龙咋敢摆出娶他的女子阎小样的架势？

他又岂能把女子阎小样嫁给顾长龙？

老人的心在碎裂，他想：这太遭罪了！

要想娶到阎小样，顾长龙知道，不是一时半会儿说得通。他有这个思想准备，撂下他带来的礼金，抛下回了家的阎小虎，独自一个人走了。在阎小样的家里，顾长龙连一口水都没喝，他却不觉得渴，倒还觉得甜，是那种润润的，能够甜到心里头的甜，那就是，他感觉得到，死死活活地，他是一定能够娶到阎小样了。

好事多磨，顾长龙是有这个思想准备的，要想阎小样做他的新娘子，先碰一鼻子灰是肯定的，就像信天游唱的那样：

> 头一回到你家，你呀你不在，
> 你家的大黄狗把我咬出来；
> 二一回到你家，你呀你不在，
> 你的妈打了我一呀一锅盖；
> 三一回到你家，你呀你不在，
> 你的爸把我骂呀么骂出来；
> ……

从阎小样的家里走出来，顾长龙就咦咦呀呀哼唱起这首信天游。一路哼一路唱，他自己竟不由自主地笑起来了。

在保安县城练着歌，阎小样就被顾长龙搅挠着了。为了躲避干扰，王厚草老师给她安排好课目，就让她回了阎家沟，在家里安心练。不承想，顾长龙跟腿儿撵到了她的家里来，明目张胆地要娶她做新娘。

岂有此理。愤怒的阎小样，对走出她家门的顾长龙吐了一口痰，她在心里骂：死了你的心吧！

走了顾长龙，留下了阎小虎。

阎小样的这位哥哥留在家里的任务就只一个，逮住机会劝说阎小样，给她说，不要犯傻，这是机会呢。

社会上美女多了去了，有钱的老板却不多，老板只要张嘴，啥样的美女都娶得到。也是顾老板好听信天游，你的信天游唱得好，看上了你，是你的福气哩……原来不咋会言语的哥哥阎小虎，为他的老板帮起腔来，一套一套的，真让阎小样要刮目相看了。

她烦着哥哥阎小虎的腔调，听他劝说，说不出几句话，就会被她恶声恶气地顶回去。阎小样，你爱做顾长龙的狗你做去，我是我，有没有福气我自己受，不要他的，他要给，我就当尿壶踢……老爸不劝阎小样，也不反对阎小虎。老爸的窑洞里，一个晚上，又一个晚上，灯就不灭，老旱烟燃烧的味道，在老爸的窑洞里浓浓地飘荡着。

老爸就说：我嘴里没味了，一点点味道都没有。

老爸说得没错，这些个日子，过去狼吞虎咽的他，没了胃口，吃饭像尝饭，苦焦着一张脸，就没有别的啥话说。

想不到，乡上的书记和乡长也来了阎小样的家，找阎小样的老爸说话，磨着嘴皮子，要阎小样的老爸不可失主意，把顾长龙给咱拉住了，紧紧地拉住，咱们乡上就占大便宜了。

大财神哩，谁家都想拉住的，他们没条件，咱有了，咱就不能放手。

阎小样的老爸给乡上领导让着老旱烟，就还只说：我嘴里没味了，一点点味道都没有。

乡上的领导前脚走，县上的领导后脚就到，说的话，如出一辙，县上经济发展顾长龙立了大功劳。

阎小样的老爸还是那句话：我嘴里没味了，一点点味道都没有。

便是阎家沟最亲阎小样的邻家小嫂子也登门劝说阎小样了。

大家都劝阎小样：从了吧，不吃亏的。

阎小样咬着牙不吭声。拖到后来，老爸不说他嘴里没味了。在一天夜里，老爸手拉着哥哥阎小虎，到了阎小样的跟前。哥哥阎小虎说了句，求你了，就双膝跪在了阎小样的面前。

阎小样背过了身，她没有答应哥哥阎小虎。

阎小样说了，让弟弟阎小豹回来，她听弟弟一句话。

弟弟阎小豹就回来了。

和弟弟阎小豹一起回来的，还有辅导阎小样的王厚草老师。当着弟弟阎小豹的面，阎小样问：弟呀，你说姐该咋办呢？

弟弟没说姐该咋办。他只坚决地说：姐，我不考大学了。

阎小样的眼睛里弹出了一滴泪花儿。弟弟阎小豹的这一句话，让她没法不答应顾长龙，做他梦寐以求的新娘了。阎小样对她的哥哥阎小虎失望了，对他的老爸也失望了，她还能对弟弟阎小豹失望吗？不能啊，如果弟弟阎小豹不说他不考大学的话，阎小样是扛得下去的，决不答应顾长龙，光天化日，阎小样不答应，顾长龙还能把她抢去不成？他最大的能耐，就是使钱请说客……来吧，都来游说她，大不了，阎小样退出省城的赛歌会，谁还能再说啥？

王厚草老师也是说客吗？阎小样不知道，而且已不需要知道了。慈祥得像个母亲一样的王老师，似乎猜透了阎小样的心思，她到了阎家沟阎小样的家里，把阎小样拉进怀里来，用手一遍遍地抚摸着她的头发，看她有泪弹出，就又用手给她抹去眼泪……王老师啥话都不说了，她只坚定地给阎小样说，咱不要把练歌耽误了。

王老师拥着阎小样，说：跟老师回县城去，咱好好练歌，去省城也红上一把。

10

悲愁满面的宋冲云从医院的大门里出来了。

孤单地锁在警用吉普车上的阎小样在想心事的同时注意地看了一遍到处都是运煤车辆的店头镇，心头毫没来由地生出一些慌乱。在陕北，阎小样知道，油老板的富足和奢侈是一个族群，煤老板的富足和奢侈是又一个族群，他们构成新时期陕北的一个新阶层，不能说他们不好，但也不敢恭维他们的好。常有消息曝光，煤窑下冒顶透水了，瓦斯爆炸了，有一次事故，就有一批牺牲的矿工，有人就说，黑宝石一般晶亮的煤炭，是用矿工的鲜血染成的。

阎小样拒绝着这些问题，她不要想，可这些问题却不请自来，充塞着她的思绪，她就只有痛苦了。看着满载煤炭的运输车辆，迅疾地从店头镇的大街上驶过，腾起一股一股的黑灰，阎小样就很悲伤地发现，眼前的人和物，就都沾染上了浓厚的煤灰色彩。便是锁着她的吉普车，此一时也已蒙上厚厚的一层煤灰。

宋冲云出了医院门，走一步都要回头看一眼。

这一切，就都通过煤灰遮挡的车窗玻璃，映入了阎小样的眼睛。她眼盯着宋冲云，迎接他走到吉普车的跟前，看他噘着嘴，使劲吹去车门把手上的煤灰，打开了车门，取出他的提包，从中找出一件夹克衫来，换下他身上那件深蓝色的警察服。然后，打开阎小样锁在车内把手上的手铐，让她下了车，又把刚才打开的那一端手铐，锁在自己的一只手腕上。

宋冲云用命令的口气说：走，搭长途客车走。

阎小样就很乖觉地跟上走了。

阎小样不知道，宋冲云已经电话请示了他的上级，鉴于谷又黄病急住院手术的情况，留下司机老展在医院照料，宋冲云将独自一人押解阎小样，搭乘普通客车去省城的女监。

老实跟随宋冲云向前走着时，阎小样的心还记挂在谷又黄的身上。她问：怎么样呢？人不要紧吧。

宋冲云不想有人问他这个问题，他说：少管闲事。

阎小样却还固执着自己的想法，说：这时候你不能走的。我看出来了，你们是相好的一对子，她在医院手术，你咋能一走了之。

这不对呀，这时不是你离开她的时候。

应该承认，犯人阎小样的话说得对，他在这个时候是不该离开谷又黄的，虽然他们的恋情还没有确定下来，他留在医院也是个机会呢。可他没有办法，他向上级组织反映了情况，是组织安排老展留守医院，而让他押解人犯的。

宋冲云对组织有意见了。可他知道组织也是无奈的，司机老展只是签约的协警，他没押解罪犯的资格，他就只有留在医院照料谷又黄了。阎小样赶着点儿质问他，质问得很对，正因为此，就惹得他很心烦，也就对她的关心很不领情了。

宋冲云说话的口气很冲。他说：操你的心就行了。

一句气话即出，宋冲云倏忽想起，乘坐普通客车押解人犯的纪律，是有必要给阎小样宣布一下的。于是，宋冲云说了，从现在起，你不要说一句话，也不要乱动作，一切听从我的管教。你要牢牢记住我的话，你的每一句出格的话、出格的动作，和由此引发的问题，都会成为你的新罪行，都会增加对你的新处罚。

阎小样老实听宋冲云说，老实不再说话了。

但有一个强烈的感觉在阎小样的心里激荡着。她看出了宋冲云的不愉快，他对她的态度，凶是凶了点，却绝对不是冲着她来的。这就是女孩子的敏感了，她理解宋冲云，一对有情有义的人，在住院手术这样的关键时刻，不能守在病床前，还要押解她一个女犯离开，怎么说都是一种痛苦。

阎小样不敢多想，再想就有一种毫无来由的悲伤从心头涌起，她流泪了。

一路上，阎小样的心里泪汪汪的，看见了她熟悉的沟河，熟悉的坡梁，熟悉的一棵树一棵草，触景生情，她心里总是泪汪汪的，却都很少流出一滴泪。阎小样想过了，在保安县的监狱里，她流了太多的泪，她把泪水流干了，不会流泪了……可是眼下，她流泪了。阎小样是觉出了自己的委屈吗？好像是，又好像不是，她是从宋冲云和谷又黄的身上，想到了自己，一样的年轻人，他们是多么自由啊！又是多么幸福啊！而她阎小样呢，太不幸了。

一切的不幸，都在于油老板顾长龙看上了她，她嫁给了顾长龙。

新婚的那天。顾长龙为阎小样举办的婚礼是盛大的，保安县城为之而大轰动，张灯结彩，笑逐颜开，一张张喜悦的嘴巴，说的都是恭喜的、赞美的话。县委书记来了，县长来了，保安县有点面子的人都来了……自然了，来的还有阎小样的老爸，哥哥阎小虎，弟弟阎小豹，以及阎家沟她的邻家小嫂子和众多乡亲……阎小样这一天坚持不穿婚纱，她铁定了决心，一切都按陕北民间的婚庆形式进行。因此，邻家小嫂子就做了娘家的送女婆姨。当然，这也是阎小样的主意，她只要邻家小嫂子做她的送女婆姨，从清晨坐进花团锦簇的轿车，直到举办婚礼，步入洞房，阎小样的手拉着送女婆姨邻家小嫂子的手就没松开。

阎小样坐在轿车上时，就对邻家小嫂子说：我怕。

邻家小嫂子就乐了起来，她是不解的，说：怕啥的怕？咱又不是跳穷坑，咱进的富窝窝，咱有啥怕的呢。

在县城招待所的礼堂举办结婚仪式，惊天动地的炮仗炸飞的时候，阎小样又对邻家小嫂子说：我怕。

邻家小嫂子免不了俗，前来参加婚礼的来客都免不了俗，谁都认为阎小样跌进了富窝窝，后面有她享不尽的福。如今的风气就是这样，是个人，都想攀个富亲戚的，何况她阎小样，彻底嫁了个富男人。大家就都真诚地祝福着阎小样，县委书记、县长现场讲话。就说阎小样是百灵鸟配财神，百年好合，千年幸福。还有与会嘉宾推出的代表，所祝愿的，也是如意吉祥的话。后来,把阎小样的老爸也推上台子来为阎小样祝福了,老人家喝了两杯酒,脸红脖子粗,站在台子上,手拿着麦克风,半晌说不出一句话,大家就都鼓掌了。热烈的掌声激发了阎小样的老爸,他很大声地说话了。

阎小样的老爸说:我高兴,大家高兴。

老爸是真高兴呢。高声大嗓地喊出这句话后,就又精神十足地下了台子,坐在婚宴席桌的中心位置上,左边是哥哥阎小虎,右边是弟弟阎小豹,一家人坐在一起,大家都高兴着。

邻家嫂子显然看见了这一切,她给说她"怕"的阎小样耳语:你看啊,你老爸你哥哥你弟弟,都那么高兴,你怕啥呢?婚礼正进行着,婚宴大厅的一边突然爆发了一阵小骚动,吵了两声,哭了两声,又迅速地被人制止了。阎小样的耳朵不聋,她听得出来,那尖啸的吵叫和哭喊,是顾长龙离弃的前妻弄出来的。于是,她不由自主地哆嗦着身子。

阎小样再一次地给邻家小嫂子说:我怕。

邻家小嫂子就还只能劝说阎小样:好了,我的妹子呀,一会儿就入洞房了。到了洞房你就不怕了。

雕龙画凤的一对大红蜡烛,就在阎小样的洞房里燃烧着。这是个把两层楼房改成跃式住宅的居屋了,大红蜡烛燃烧着,漂亮的枝形彩灯也亮着,把个已经夜深如墨的居屋照得一片通明。阎小样孤独地坐在大客厅里,依然还是她在白日婚礼上穿着的大红衣裙。在这个称作洞房的跃式居屋里,正如邻家小嫂子所说,阎小样不怕了。她送走了前来参加婚礼的老爸、哥哥和弟弟,以及邻家小嫂子和众多亲戚邻里,然后,便孤身一人留在洞房里,等待着一个结局的到来。

阎小样的想象限制了她,她只想顾长龙进了洞房,想要沾她的身子,她就和他打,她不要顾长龙沾她的身子,强要都不给。阎小样不信,一个人如果不是心甘情愿，谁要上了她的身子，除非把她打昏过去，他是甭想得逞的。

洞房里的阎小样，就是抱着这样一个信念等着顾长龙的。

也是油老板顾长龙太高兴了。婚礼上频频与人举杯，白酒、红酒、啤酒，来啥是啥，来者不拒，他都很是痛快地喝了……喝得客人走完了，剩下了他的几个狐朋狗友，拉拉扯扯地，不知又去了哪里，是不是又喝上了，阎小样是不知道的，到天黑时，为她做辅导的王厚草老师来了。

在白天的婚宴上，阎小样没有见到王厚草老师，她当时是有些遗憾的，同时还有些安慰，觉得王老师知道她的不快活，不愿看到她的不快活，因此就没来。晚上了，王老师一个人来了，心情抑郁的阎小样就还好了一点。

王厚草老师还带了礼品，装在一只精美的盒子里，阎小样接过，埋怨王老师：你带什么礼物嘛。

王厚草老师就说：是你的喜日哩，哪能不带。

这是什么话？阎小样不很理解王老师了，说：喜日？我的喜日？

王厚草老师说：是啊，是你的喜日。

阎小样说：老师你也这么看？

王厚草老师说：别犯傻，你有依靠了。以后呢，老师有啥求你的，你可不能拒绝。

阎小样的心就冷了下来，不知道这人都是怎么了，眼里似乎只剩下了钱，她被油老板顾长龙使钱娶进门，她就幸福了。唉，人啊！阎小样可不是这么想的，她不仅心里不快活，甚至还埋藏下了深深的恨意，恨着有钱的顾长龙，还恨着这样的社会风气。

原来觉得是有许多话要与王厚草老师说的，说了这么几句，就一下子没了话说。阎小样几次起身，只是一遍遍地给王老师的茶杯里续开水，到茶叶喝得淡了,没有味道了,王老师也就站起身来,从阎小样的洞房里走出去了。

洞房里的大红喜烛快要烧到根儿上了,阎小样还是一身的大红衣裙,坐在客厅的沙发上,有电视也不开,脑子里先还想这想那,这时啥都不想了,也想不起来,满身心都是一片空白……房门的锁孔,就是这时候起了动静的。

当时呢,阎小样吃了一惊,恍惚想起大白天与她拜堂的顾长龙,这才想起,大概是喝高的顾长龙回来了。

他应该还是醉的吧,钥匙在锁孔上叮叮咣咣戳弄了好一阵,这才把门锁打开,扑进门来的他,果然是一身酒气。和他一起扑进门来的,还有远处不知哪个人唱的信天游。阎小样听得清楚,那隐隐约约的几声信天游,是她此刻最不想听到的《嫁老汉》:

你爸你妈爱银钱,

把你嫁给个老汉汉,

又抽洋烟又耍钱,

耽误了你的青春好年华……

也不知道顾长龙听到这首信天游没有,扑进门来的他,竟然不知道关门,就嘴里喊着"宝贝,我的宝贝,想死我了宝贝"往阎小样的身上扑,阎小样躲了一下,没扑着,顾长龙肥大的身子就扑在了沙发上。这是套做工考究的布艺沙发,扑趴在沙发上的顾长龙,立即就打起醉睡的鼾声。阎小样以为他可能就这么沉睡下去的,就去关闭还大开着的房门,不承想,顾长龙从沙发上挣扎着爬起来,从身后揽腰抱住了阎小样,嘴里又"宝贝,宝贝"地叫着,这使阎小样无比反感,她使足全身的力气,把抱着她腰身的顾长龙拐了一胳膊肘。也许是酒醉的原因吧，顾长龙又轻又飘没有一点力量，当下就被阎小样拐了出去，向侧面倒下，把头的一侧，也就是太阳穴的地方，重重地撞在了铁艺制作的大茶几上，软软地滑在地上。

阎小样看见了血，也就是一点点的血，她没有想到顾长龙会死，关了房门，上了跃层上的主卧室，往宽大的席梦思床上一靠，不知不觉地睡过去了。

天明醒来，阎小样从跃层的主卧室里出来，看见楼下的客厅里，顾长龙还横卧在铁艺茶几旁，她就觉得不妙，从楼梯上下来，去扳顾长龙时，他已经浑身冰冷，硬成一个冰棍儿了！

阎小样发慌心跳，她手指颤抖着拨响了110。

11

黑色面料的夹克衫，织着一道道的白，还有拉链和口袋上的皮饰，在阎小样的眼里是那么熟悉。现在这件熟悉的夹克衫就穿在宋冲云的身上，阎小样却想起县城赛歌会上那个后生。那天晚上，早于阎小样出场的后生，就穿了这样一件夹克衫。

这个可怜的后生呀！其实呢，他是有资格取得赛歌会上的头名的。当然，阎小样也有这个资格。但是，后生没有油老板顾长龙背后使钱，他不幸落选了，阎小样有顾长龙背后使钱，她有幸获选了。后生家不知道这些背后的猫儿腻，还满心为她阎小样高兴，殷勤地与她阎小样交往，阎小样就有些感激他了，甚而有点喜欢他呢。

如果照此发展下去，他们二人走到一起，是很有希望的。后来就出了哥哥阎小虎打人家后生的事，接着又出了顾长龙提亲娶她的事，本该可以顺利发展下去的事情便戛然而止。

坐在了普通客车上，人挨着人，人挤着人，一把手铐铐着宋冲云和阎小样，俩人好不容易挤到客车的后座上，觅得一个位子，俩人便紧紧相挤着坐了下来，任凭客车颠簸着向前走了。

是宋冲云的夹克衫，让阎小样走了一会儿神，很快地，就又回到了现实中。

阎小样偏了一下头。

阎小样是想看一看宋冲云，看他撇下相互有意的谷又黄，和一个致死夫命的女犯同坐一辆普通客车上，会有什么表情。阎小样看见了，宋冲云的脸是阴的，他不说话，阎小样就也只好阴着脸，也不说话了。

是宋冲云的手机吧，"吱嘎"一声响。

宋冲云当时没有取出来看，隔了一会儿，又是"吱嘎"一声响，宋冲云就从裤子口袋里掏出了手机，打开来看。他这一看，阴着的脸突然放晴了，竟然有了难得一见的喜气。

阎小样小心地捕捉着宋冲云的情绪变化，当她看着宋冲云脸上的喜气时，不由自主地一双眼睛也盯在宋冲云打开的手机上。

手机的屏幕上是一条短信哩：知道我现在最想什么吗？我最想放屁了。听医生说，屁一通就什么都好了。祝一路顺利，我等你回来。

是谷又黄发来的短信吗？阎小样心想，一定是的。现在的宋冲云，也许只有收到谷又黄的短信，才可能面露喜气的。无论如何，宋冲云都是操心手术后的谷又黄的，有短信交流，对双方来说，无疑是个很好的安慰。

阎小样想得没错，宋冲云收到的就是谷又黄的短信。心情颇多安慰的他，高高兴兴看了短信后，就又在他的手机短信库里翻找着，找了一条，给谷又黄回了过去。去了不长时间，宋冲云就又收到了谷又黄的回信。

是个什么回信呢？阎小样又在宋冲云手机"吱嘎"响起时，留心着手机屏上的新短信，可她看不到了，宋冲云背过身去，躲着阎小样自己看了。

阎小样这就感到自己的无趣，怎么能偷看人家的短信。不过她想，谷又黄太不容易了，甚至堪称坚强，做完手术就能撑着发短信，真是难为她了。

独自看着短信，宋冲云轻启了一下嘴唇，也就在这个时候，有一把亮闪闪的短刀逼在了宋冲云的眼前，同时呢，就还听到一声断喝。

那声断喝是尖利的：掏钱！快，把钱都给我掏出来！

坐在客车后座上接收短信、发送短信的宋冲云，以他警察的敏感，早就发现了那几个车匪了。他们是从行车途中拦住客车爬上来的，先还老实地待在车厢里，过了一会儿，就都不老实了。他们中的一个瘦子，拿出三张扑克牌，有梅花尖、红桃尖和黑桃尖，倒来换去，让旁边的人猜。猜中了，瘦子给人十元钱，猜错了，他人给瘦子十元钱……可能是他们的同伙了，吵吵嚷嚷，把十元的筹码猜了几番，就升到二十元、三十元……好像是，坐庄的瘦子手气特别差，不断地被人猜中，瘦子就不断地往外输钱……这样的把戏，别说是富有侦查经验的宋冲云，就是客车上的乘客差不多都识破了，几个同伙就很无趣地自己玩着。不过，他们玩得越来越没耐心，贼一样的眼睛，在乘客的脸上扫来扫去，这就看到了车后座上的宋冲云……

那个时候，宋冲云尖利的眼睛也正看着他们，这样的两种眼光接触上，势必碰出火花来的。

为着那可笑的短信还在乐着的阎小样没有注意两种眼光的碰撞。

她还在想，谷又黄还会发一个什么样的短信？

恰在其时，瘦子一伙收起他们图谋骗人钱财的勾当，向客车的后座逼来了。

宋冲云没有被逼到眼前的短刀所吓住,他甚至很是轻蔑地冲着短刀笑了一下,告诉他们:看明白了,我没钱。

手握短刀的人被宋冲云的镇定弄得有些羞恼。于是他把短刀向宋冲云逼得更近了一些,声音也更狰狞了一些。

车匪叫嚣着:别废话,小心我做了你!

车匪所以把矛头直接对着宋冲云,那是因为他们看清楚了,这趟客车上想要弄到钱是必须把这个人先拿下的。他太特殊了,高大阳刚,是很有些英武之气的。尤其是他的那一双眼睛,在看他们玩着骗人把戏时,每瞥他们一眼,就让他们心虚十分,瞥到最后,就像把他们的衣服全都剥下来,精光光暴露在了众人面前。

宋冲云说的还是那句话:我没钱。

宋冲云这么说话,是在拖延车匪,他自己也在寻找机会,准备教训车匪了。这是他身为警察的责任,他不能让车匪再嚣张下去。到车匪的短刀几乎逼到宋冲云脸上时,他伸出那只没戴手铐的手,一把攥住车匪持刀的手腕,阎小样还没看清咋回事,就见车匪的短刀掉在车厢板上,整个人像只老鼠一样蜷缩起来,嘴里的嚣叫变成悲惨的哀号。同伙里的其他人,见状围了上来,一个刮着光头的家伙,挥舞着另一把短刀,向宋冲云身上刺来了。阎小样看得真切,她大喊一声住手,自己则如一只冲动的小兽,挺身而起,挡住了刺来的短刀。

阎小样感觉得到她的右大臂上冰冻似的冷了一下,跟着就有鲜血渗透衫袖往出流了。

宋冲云放开了他手抓的那个车匪,他们惊恐地退到了车门口,叫喊着停车。客车的司机听话地停了车,让一帮车匪顺顺当当地下了客车,向着四野逃遁而去。

满车的乘客到这时候才都如梦方醒,纷纷站立起来,喊打逃遁了的车匪。这太可恶了,光天化日之下,竟敢持刀骗人行凶,谁给他们的胆量呢?无法无天,抓住他们,不能让他们跑了!有几个血性充沛的汉子摩拳擦掌,相互呼应着,就要冲下车去抓车匪了。然而就在这个时候,有人发现了阎小样手臂上的伤。

惊呼声随之而起:啊!流血啦!

同时又有人在惊叫:前面就是南泥湾,那里有医院,快到那里去,看怎么样了,包扎一下。

这时的宋冲云,心里是悲哀的,他的一只手紧紧握着阎小样受伤的大臂。可他的大手,不能握住涌流的鲜血,于是,他也催促客车司机,要他加快速度,到南泥湾的医院里去给阎小样检查包扎伤口。

流血使阎小样显得俊美而娇弱。

宋冲云半拥着娇弱的阎小样,这又使阎小样感到莫名的快慰和幸福,他俩双双下了漆皮斑驳的客车,在南泥湾的医院里做了紧急检查和处理,敢情车匪的短刀不是太锋利,没有伤着阎小样的筋骨和血管。宋冲云听到这个检查,他长长地松了一口气,就由着医院的医生,在阎小样的伤口上缝了几针,上了些药膏,包扎了一下,就又上了开往省城西安的客车。

正是秋熟时节,陕北红军里的三五九旅当年在南泥湾开垦出来的荒地,经过许多年的耕种,现在已是非常成熟的耕地了。沿着河川的平地上,都栽着吐穗的水稻,两边的坡地上,则点种了玉米和谷子,也都吐穗扬花了。客车穿行其中,就有阵阵的稻香和花香,不可抑止地钻进车厢来,让人总有一种欲醉非醉的美妙感觉。

12

阵雨隔犁沟。宋冲云和阎小样搭乘的客车,还在如诗如画,赛过江南的南泥湾川道上行驶的时候,只见湛蓝湛蓝的天空,有一股飞速飘移的黑云从前方的山尖上翻滚而去……有经验的人知道,前头哪个地方,是有一阵暴雨要降了。

果然是,客车越是往前行驶,前头的路面越是泥湿,快要行驶到黄龙县城的时候,前头玩命驰动的车辆,都像挨了刀戳的野猪,吭吭哧哧喘着粗气,靠着路边停下来了。

宋冲云和阎小样乘坐的客车,没有长翅膀,飞不过越停越长的汽车阵,只好挨着前头的汽车,极不情愿地停了下来。司机下车打听消息,带回来的情况是,暴雨使前头的一段黄土崖滑坡了,黄龙县组织力量,正在全力以赴地清除黄土,疏通道路。

这是个谁都不想遇到的问题,乘客中便起了怨言,言三语四,骂一骂,消解一点心头怨气,也就罢了,是不伤人的。而有个别的言语,就不同了,矛头直指乘坐的客车和驾驶客车的司机了。

有人说了:咋坐了这么一辆车,倒霉!

有人说了:人心黑啊!车匪骗子上车骗人行凶,车主儿倒装得镇定?该不是合伙弄人钱吧!

对于这样的说法,宋冲云是有同感的,他知道自己的使命,就闭着嘴,没有插话,要在别的情况下,他是要站出来,和这辆客车的司机理论一番的,他不能空等车匪骗子在他的眼皮子底下犯罪,还伤了他押解的犯人,然后又从容地逃遁。这是什么事儿呀?

他还是个保护人民群众生命财产安全的警察吗!

因为此，宋冲云的情绪看上去是很羞恼的。

尤其对于阎小样，人家女孩儿虽然身负重罪，是他押解途中的一个犯人，可在关键时候的勇敢和无畏，真是让他要汗颜的。试想一下，如果不是阎小样挺身而出，阻挡一下车匪骗子刺来的短刀，受伤的就该是他，而且不可预测的是，那把短刀会刺在他身上的哪块地方，从方向和高度判断，刺来的位置该是他的心脏了。这是危险的，别说那把短刀不够锋利，凡是钢刀，与人的肉皮接触上，就都是锋利的，一定会刺穿他的前胸，刺到他的心脏上！

啊！不敢想，不敢想。

押解阎小样的宋冲云，就只有对阎小样抱愧了。

宋冲云抬起头来用眼睛看着阎小样，很想对她说几句宽心话的，却听见客车前头一阵小小的骚动。是驾驶客车的司机呢。他从驾驶座上站起来，怒目横对，很是霸蛮地扫视着车上的乘客。

司机的眼睛就如车匪骗子手里的短刀，扫到哪里，哪里的乘客就矮下一截子。

司机恶狠狠地问着：谁说倒霉了？啊，大声说，我给你退钱，你下车去！

避重就轻，司机不和骂他与车匪骗子合伙的话较劲，却揪住自认倒霉的乘客发威，这让对阎小样抱愧着，又对司机抱怨着的宋冲云听不下去，也看不下去了，便于乘客纷纷低头的空当，霍地从客车后排的座位站起来。因为手铐连着宋冲云和阎小样的手腕，在宋冲云十分冲动地站起时，也把阎小样带了起来。受了伤的阎小样不堪承受宋冲云这一带，撕扯着她刚缝合好的伤口，使她痛得大喊起来。

正是阎小样疼痛难忍的喊声提醒了宋冲云，使他发热的神经冷静了下来。但他还是睁着一双愤怒的眼睛从乘客们低着的头顶看过去，与司机的怒目碰在了一起，碰得火花四溅。可也仅限于此，四目相碰了一小会儿，却见司机的眼色变化着，不是那么冷硬了。

多年上路跑车，司机该是一个见多识广的人。他驾驶的客车上，今日能与任何一个乘客闹矛盾，却绝对不能与宋冲云闹意见。

他看得出来，小伙子不是个善茬儿，而且是，人家有伴儿受了伤，是在他的客车上受的伤，他有不可推卸的责任，追究起来，够他喝一壶的。可是人家，一直没有追究他，这叫他面对人家，自然就气短了。

眼色的变化，迅速传达到了面皮上。司机笑了，对着怒目相向的宋冲云，说：玩时尚啊。我知道，如今的小情人，时兴这一套，叫什么来着，情侣铐吧。

司机的一句话，把宋冲云说了个大红脸，阎小样也是，白嫩的面皮上，也烧起一片火烫的红云。

车厢里的气氛，因此和缓下来，大家的脸上就都有了轻松的一笑。接着有人建议，把车门打开，大家到车外透透气，呼吸一下山野之中难得一遇的新鲜空气。

这个建议得到了司机的认可，他在驾驶室里拧了下一个黑塑料的机关，扑哧一声，原来关着的车门，哗啦大开，大家相跟着出了车厢。

宋冲云脸色还红着，他问阎小样：咱也下去吗？

阎小样似乎另有隐情，她也脸红着，蜂鸣一样，对宋冲云说：我是急了，很急的呢！

宋冲云听懂了阎小样的隐情，女孩儿家，是要方便了。这是个问题呢，一路上早先有谷又黄在，阎小样需要方便，就由谷又黄陪着她一块儿去。

现在怎么办？莫非还要他宋冲云陪着阎小样去了？这不能够。宋冲云在心里想着，还没想出个办法来，他却已掏出一把小钥匙，插进手铐的锁孔里，为阎小样打开了手铐。阎小样却没有动，拿眼看着宋冲云，像是在问，你不怕我逃跑了？宋冲云也不回避阎小样的眼睛，同样是，用他的眼神告诉阎小样，我相信你。目送着阎小样，爬上公路边的土坎，走到高处的一丛荆条后边，宋冲云把他的头拧转了过来。他感到自己的唐突，怎么能目不转睛地看着女孩儿阎小样方便呢。

呸，不嫌害羞！在心里责骂着自己的宋冲云，似有一份不安，不断地跺着脚，等着方便的阎小样，从荆条丛的后边站起来，走下土坎，来到他的身边，他再用手铐把阎小样铐起来。

情侣铐！司机那句解嘲的话，一直还在宋冲云的耳际萦绕着。他不能在乎别人说什么，他必须用手铐把他和阎小样铐在一起的，这是一种职责，神圣严格的警界职责。

时间够了吧？

就是尿银子，屙金子，躲在荆条后面的阎小样也该站起来的。可是没有。不好意思看，又不能不看的宋冲云，偷眼儿向隐藏着阎小样的那丛荆条看了几眼，一直不见阎小样站起来，宋冲云就有些急了，两眼便都盯在了那丛荆条上，却还是看不到阎小样站起来，甚至不见那丛荆条动一下……她是怎么了？

宋冲云不敢想，他怕阎小样借着他的信任，真的逃跑掉！

这可不得了！

无法再等下去的宋冲云，从公路旁的土坎爬上去了，也向那丛荆条走了过去……是的，宋冲云担心极了，心缩得像是一只蔫核桃了，正在他就要钻到荆条里时，忽然听见更高的坡梁上传来了阎小样唱响的信天游。

阎小样唱的是《蓝花花》。

保安县城举办的赛歌会，宋冲云约谷又黄看过了，对于取得冠军的阎小样还是很佩服的，尤其是她在舞台上演唱的《蓝花花》，声情并茂，不仅打动了评委的心,台下观众的心,也都被她切切实实地打动了。

现在,阎小样把大地做了她的舞台,把高天做了她的幕布,她在满坡满梁花草丛中尽情地演唱着了。她唱得真是好啊!一曲《蓝花花》唱罢,公路上阻滞的车辆上,和车辆下的人群,全都鼓起掌来,这是自发的掌声哩,热烈而持久……其中,就有狂热分子高呼大叫,问着大家,唱得好不好?大家就都异口同声地应:好!狂热分子就又高呼大叫,再来一个要不要?大家就还异口同声地应:要!

在坡梁上唱着信天游的阎小样,听见了大家的喝彩,她弯下腰,采着脚前脚后碧透了的蓝花花和火红的山丹丹,采下一束后,就高举起来,朝着向她张望的宋冲云摇着……她是看到宋冲云的鼓励了,于是,就在坡梁上铺天盖地的花草丛里又唱起来了。

这一次,阎小样唱的信天游是《老祖宗留下个人爱人》:

六月的日头腊月的风,
老祖宗留下个人爱人;
三月的桃花满山山红,
世上的男人爱女人。
天上的星星排队队,
大哥哥都有干妹妹;
骑上个骆驼风头头高,
人里头就数咱们二人好。

掌声……掌声……热烈的、持久的掌声……宋冲云看见,受阻的盘山公路上,就都是鼓掌的人了,有一些呢,还爬到了一辆接着一辆的汽车车顶上,又是鼓掌,又是狂喊……可以肯定的是,大家不会想到,在这受困山路上,能够听到那么纯正精绝的信天游,大家不能不为之鼓掌了。

宋冲云也是,情不自禁地为阎小样鼓掌了。而且还是,他感到眼睛热喷喷的,似有泪的涌动……他警告自己,忍住,必须忍住。

13

从满是花草的坡梁上下来,阎小样一手捧着她采来的蓝花花和山丹丹,腾出一只手来,送到宋冲云的面前。那个意思,宋冲云是知道的,就是要他再把她铐起来。

这是对的,作为犯人,阎小样是该被铐起来的。

阎小样有这个自觉,这很好。可是宋冲云却没有铐上她,而是把他刚从附近山民手上买来的鸡蛋和黄瓜什么的塞进了阎小样的手里。

宋冲云说:饿了吧,吃点儿。

阎小样手捧着鸡蛋和黄瓜,心头有些堵,她哽咽了,说:吓着你了?

宋冲云也不客气,说:是哩,你吓着我了。

阎小样就笑了一下,说:你别害怕,我不会乱跑的。我只是想唱信天游,以后不晓得,还有没有机会再唱?

话头说得沉重了。宋冲云想要调整一下,说:怎么不会呢?放心吧,还有你唱的机会哩。

阎小样就很安慰地吃起了鸡蛋和黄瓜,吃着还说:我想听你讲,我的信天游唱得好吗?

宋冲云也吃起鸡蛋和黄瓜了,他点着头说:好着哩,好着哩。

因为路边崖体滑坡,受阻的车辆越来越多,时间长得,已经熬过了四个多小时,前不着村,后不着店,受困公路上的司机和乘客,饮食是个问题了。大家又饥又渴,是附近的山民看到了这一商机,煮了鸡蛋,摘了黄瓜、西红柿,拿到公路上来兜售了,还有扛着瓶装纯净水的山民,一拨一拨向公路上来,来了就有人买,尽管都加了价,贵得很是离谱,却还卖得很利索。

盘山而卧的汽车阵,在这时,就都是草草吃喝的人群,大家议论着前头的塌方,又议论着唱信天游的阎小样,这从离着阎小样很近的一些人嘴里听得到。

他们说了:嗓子太亮了,像摇响的铜铃铛。

他们说了:看啊,你看嘛,人家……人家是什么,是一对对吧。

瞎说八道,阎小样和宋冲云在心里排斥着他人的议论,却都没有从嘴里说出来。在这样的情况下,便是与人说,大概也是说不明白的。

有胆子大的人,来给阎小样献花了。也是从坡梁上采来的蓝花花和山丹丹……只有一会儿的工夫,便来了八九个人,他们献的花,与阎小样先前采来的花堆在一起,几乎要把阎小样埋起来。

幸运的是,前头的塌方清理完工了。

受困山野的汽车,又都缓慢地启动起来,向前蠕动了。而这时,太阳已经落山很长时间,如丝如缕的夜幕,黑沉沉地笼罩了整个山地,蜿蜿蜒蜒的汽车阵,前看不见头,后看不见尾,只有亮着的车灯,像是一条明亮的火龙,在曲里拐弯的山道上,逶迤前行。

车开过灯火通明的黄龙县城,有些汽车滑出了长长的车龙,钻进了喧嚣的县城街道,大量的汽车,依然开足了马力,向着前方疾驰。

宋冲云、阎小样乘坐的普通客车,在过黄龙县城时,连速度都没减,迅速地穿城而过。它的目的地是西安,因为滑坡受阻,已经耽搁了不少时间,那位曾经十分霸蛮,后来又有点他嘲和自嘲的司机,从此,一副聚精会神的模样,两眼直视着车窗前方,加速了,减速了,左打一把方向,右打一把方向……车上的乘客,在这样的情况下,也没了抱怨和不满,全都鸦雀无声,只听见,汽车的四轮碾压着沥青路面,向前滑动时发出的吱吱的摩擦声。已是深夜两点钟了。

宋冲云和阎小样他们乘坐的汽车,这才驶进了西安北城汽车站,疲惫不堪的乘客鱼贯而下,拖着各自的行李,走出了汽车站的大门,剩下宋冲云和阎小样,却还待在关了许多大灯的候车室里。

阎小样抬眼看着宋冲云,她的身份她知道,在这里,她是不能说话的,唯一的办法,就是听从宋冲云的安排。

女监就在距离北城汽车站不远的地方,高墙上安装的探照灯,在黑漆漆的夜里,显得特别刺眼,一会儿扫向东,一会儿扫向西,强烈的光柱,像是一把飞扫的钢刀,把沉沉夜色割得支离破碎。

宋冲云朝着女监的方向看了一眼,有点无奈地说了:今晚,咱们就在候车室里过夜吧。

是的了,这时候便是去了女监,人家又怎么接收阎小样这个服刑犯呢。而这,对于阎小样来说,似乎又是个求之不得的机会,她可以在监狱外边,度过一个有着人间烟火味道的夜晚。

阎小样笑了,是种发自内心的笑呢!

宋冲云看到了阎小样的笑,他被感染了,竟然也有了情不自禁的微笑。整整一天多的时间,作为一个押解罪犯的公安干警,对他押解的这个女犯阎小样,在心理上发生了多么大的变化啊!他但愿阎小样不是罪犯,而且她也不该是个罪犯,阴差阳错,她却无法选择地成了一个致死夫命的罪犯。在保安县城,民间是有大议论的,有人认为阎小样是谋财害命,想要继承顾长龙的遗产。法庭上,公诉人也是这么说的,幸亏法官没有采信,说是证据不足,如不然,阎小样怕是性命难保了。当时,宋冲云也曾这么想过,看来他是想错了,新婚之夜……阎小样致死夫命，绝对只是一种误伤，她是没有一点主观意图的。案子判下来了判得这么重……宋冲云就自觉有了一种责任，他想，他该为这个无辜的姑娘做些什么的。这个念头一旦在心里树立起来，宋冲云沉重的心情一下子轻松了许多，就像身负重刑的阎小样一样，好像并不把那个重刑当回事，对生命，对自然，总还是葆有着她天然的乐观。这是可贵的，太可贵了。

面面相觑地笑着时，宋冲云说话了：饿不饿，走，到候车室外边找些吃的去。

很听话地，阎小样跟在宋冲云的身后走出了候车室。

那里是一个烧烤摊呢！

摊主戴着一顶白帽子，双手各自抓了一把穿了牛羊肉的钢棍，在一个炭火槽子上烤着，正烤一阵，又反烤一阵，却又不断地向烤肉上撒着盐末、辣椒末、孜然末，使得这些调料极尽可能地浸入到烤肉里，以便食客有个充分的享受。

宋冲云和阎小样嗅到了烤肉的香气，相跟着到了烤肉摊前，拣了两个无人坐的马扎，合在一处坐了，招呼摊主给他们烤了一把羊肉，同时还要了两瓶啤酒。到香辣的烤羊肉送到他们的面前，俩人便一口啤酒，一口烤羊肉地吃喝起来了。宋冲云吃得豪气，喝得豪爽，不像阎小样总是细细地嚼，慢慢地喝，这就惹得宋冲云要催她了。这肉很好吃的，好好吃；这酒很好喝的，好好喝。

这可都是最平常不过的关心呢，在阎小样看来，却是十分珍贵和奢侈了。夺人性命的犯人啊，阎小样已经没有大的奢求了，能有这样平常的关心，也将刻骨铭心，至死不忘了。

在灯光昏暗的候车室里，宋冲云和阎小样选择了一个屋角的长排椅。

坐在那里，他们有一搭没一搭地说了些话。宋冲云说阎小样，你不喜欢顾长龙吗？阎小样说了，说她说不上喜欢不喜欢。宋冲云就又说，你是不知道，顾长龙要娶你，全县都轰动了，都说你是个福人呢。阎小样所悲哀的就是这句话，她说这个福，咱不会享嘛。

宋冲云就说她，不会享咱就不享啊，你咋能要人家的性命呢？阎小样就很无辜地说，谁要他的性命呀，他喝瘫了，手一拐他，他就倒了，倒在铁艺的尖角上，把人给碰没命了。宋冲云说，那你该给120急救电话报告的，为什么就不呢？阎小样说，我是没有想到，人的性命咋就那么脆弱呢？就只那么一碰，一条命就没有了，我也是后悔，也是不知当时咋不给120急救电话报告……原来一说就伤心的话，在这个特殊的晚上，无论宋冲云怎么说，阎小样怎么说，都不再伤心了。好像他们所说，是另外一个人的事情。

说着话，阎小样先睡着了……到她醒来时，看见宋冲云也睡着了。这时的手铐，一端还是铐在宋冲云的手腕上，锁着阎小样的那一端却空空地吊在大排椅的一边……阎小样眼盯着那端空悬的手铐，真想站起身来，一走了之……监狱是不好坐的，而且是个死刑缓期两年执行！这么想着时，阎小样就还真的站了起来，向后退了两步，也就仅只两步，阎小样就又站住不动了。她想她不能跑，这一跑她要罪加一等，宋冲云也是要承担责任的，还有他住院手术的谷又黄……他们该是幸福的一对儿呀，她不能破坏他们的幸福。于是，阎小样又走回到长条排椅前，坐下来，把悬空的那一端手铐，学着宋冲云的样子，给她铐在了手腕上。

阎小样想，宋冲云打开她手腕的铐子，一定是考虑到她受伤的胳膊的。他不想她太受罪。

天亮了。宋冲云从深睡中睁开眼睛，他看见阎小样坐在他的身边，静静地一动不动。昨夜的啤酒，把他喝得有点晕，记得在候车室落脚时，手铐并没有铐着阎小样，现在却铐在了阎小样的手腕上，知道是她自己的所为，因此，对她就很敬重了。

从长条排椅上爬起来的宋冲云，揉了揉眼睛，说：走吧，该给你换药了。

一把手铐铐在一起的阎小样，亦步亦趋地跟着宋冲云，去了附近的一家医院，给阎小样的伤口换了药。下来呢，没有啥事可以耽搁了，宋冲云应该押着阎小样，到省女子监狱去交差的。可是宋冲云却没有，他和阎小样出了医院的大门，抬头往湛蓝如洗的天空看了一眼，低下头来吸了一口气。

宋冲云说：今日是个响晴天哩！

阎小样听出了一些蹊跷，说：是啊，是个大好的天气。

宋冲云便乐了一下。他说了：咱们进城里去，去看钟楼怎么样？

阎小样就有了些异样的感觉，她说：去看钟楼？

宋冲云说：去看钟楼。

这是一个意外呢。阎小样的心理意识里，早就有了观看钟楼的梦想。过去，陕北距离西安太远了，阎小样只把观看钟楼的想法，深深地埋在心底，从来没有给人流露过。成了致死夫命犯，她到了西安，就把深藏心底的那个念想又碰触了起来。她想观看钟楼，昨夜歇在候车室的长排椅上，她做了一个梦，所梦就是钟楼，她兴高采烈地登上了钟楼，在钟楼上跳着，叫着，最后还敲了那个大得吓人的大铜钟。

不敢想，宋冲云咋会知道阎小样心里的念想。

手向路边扬了一下，就有一辆绿色的出租车滑到了宋冲云和阎小样的跟前。他们俩的手臂有手铐连着，便手臂牵着手臂坐了上去。

在出租车上，阎小样仍然激动着，但她还是不解，就问宋冲云：你怎么知道我想看钟楼？

宋冲云淡淡地笑着，说：昨晚在你的梦里。

阎小样说：我说梦话了？

宋冲云说：你说呢。

14

曾经梦想的辉煌与高大，一旦被周遭新建的高楼大厦所包围，就显得有些委顿和娇小。便是这样，阎小样依然感到极大的满足。

在宋冲云的陪同下，一步一步……阎小样登上了庄严古朴的钟楼，她的心跳，是很激烈地跳动哩，她太想如同梦中那样欢蹦乱跳，高声大叫啊！但她忍住了，一直转到钟楼西北角的黄铜大钟前，都已捉住了悬在大钟前的木制钟槌，却还忍着，没有敲响大钟。

宋冲云鼓励她了：敲吧。

阎小样摇着头。

宋冲云说：有什么心愿，你可敲钟自许的。

阎小样仍然摇着头。

对一个将要走进女监服刑的阎小样来说，她还有什么愿要许呢？她不知道，只觉一路从保安县到西安城，把她残存在心里的一个大愿似乎已经圆满地实现了。

阎小样清楚地知道，她是想被人爱的。

一路之上，波折不断，困难不断，而那所有的波折和困难，好像都是为她阎小样预设的，使她在波折和困难中，点点滴滴地，享受到了被人爱的滋味，甜蜜，温暖，她知足了。

是家婚纱摄影楼呢！

阎小样从钟楼上看过去，西南角是富丽堂皇的钟楼饭店，西北角是绿草匝地的钟楼广场，东北角是古朴庄严的邮政大楼，东南角是时尚扑面的开元商城……这一切都是那么光彩迷人，阎小样看得眼睛眨也不眨，她看着，努力地看着，亮闪闪的一双眼睛，倏忽被一家婚纱影楼吸引了，面对大街的玻璃橱窗是宽大的，是透亮的，里边满是色彩艳丽、做工精良的婚纱，有几件就穿在模特身上，真是太漂亮了。顾长龙当时要娶阎小样，是要带她来西安选购婚纱服、拍摄婚纱照的，可她没有心思穿婚纱，更没有心思拍婚纱照。可在今天，可在此时，阎小样太想穿一穿漂亮的婚纱服拍一张漂亮的婚纱照了。她用眼睛看着和她并肩站在一起的宋冲云，很热切地征求着他的意见。

宋冲云也是，从阎小样热切的眼神里读出了她的愿望。他没有说话，用手铐相连的手，拉了一把阎小样，从钟楼上下来，直接去了那家挂牌为"新新娘"的婚纱影楼，选了一套阎小样喜欢的婚纱，就由一位化妆师，引领着坐在一面竖在墙面上的镜子前，又是打粉底，又是描唇膏，又是修眉毛，把个阎小样收拾得宋冲云都快不认识了。

一个脱胎换骨似的阎小样满脸羞涩地站在宋冲云的面前，使他真正地感到了一种手脚无措。

化妆师就在旁边催促了：别呆站了。把你们的情侣铐先解下来，坐到镜子前来，我给你也补些色。

宋冲云听得出来，化妆师是在催促他的，脸红了一下，还缩了缩脖子，说他不补色了，就给阎小样照。

这太新鲜了，在婚纱影楼，从来都是双双对对照相的，他们俩倒好，只是给阎小样照相。听到这样的话，聚集在婚纱影楼里的情侣们，几乎把他们的眼光都聚集在宋冲云和阎小样的身上，看着他俩还戴着"情侣铐"，就都满脸的不理解。

宋冲云的手慌乱着，好几次都没能把钥匙插进手铐的锁孔里。到最后打开手铐时，他的脸上竟然急出了一层细汗。

阎小样跟进摄影棚照相去了，宋冲云则从影楼亮闪闪的大门出来，站在人来人往的大街上等着阎小样，等得他的肚皮都咕咕叫了，才等出了阎小样。于是呢，他又陪同阎小样，去了钟楼旁边的肯德基快餐店，去吃美国的炸鸡翅、土豆泥、甜玉米、汉堡包……正吃得味浓的时候，宋冲云的手机响了。这一次不是短信，而是直接通话，好像还不是谷又黄打来的，宋冲云刚一接听，脸上立即像涂了层霜似的严肃起来了。

阎小样只在宋冲云把手机往耳朵上扣着时听到半句话：请报告，你现在在什么地方？

宋冲云回答了：西安。

接下来，手机里都说了什么，阎小样一句都听不见了。她能听到的全是宋冲云"对对对，是是是"的承诺声了。

阎小样猜想，一定是组织上的查询电话了。她取来餐盘上的纸巾，擦了她的油嘴和油手，就把双手交给了宋冲云，看着他迟疑地、无奈地掏出手铐，铐住了她的双手。

宋冲云应该知道，他今天是犯了纪律，很严重的司法纪律啊！到他把阎小样押解着送进监狱，他回到陕北的保安县，是一定要受到组织处理的，轻则会让他蹲几天禁闭，重则会脱了他的警服……这样的结果，宋冲云想过了，但他由不了自己，他给自己说，要处理就处理吧，蹲禁闭，脱警服，就由组织决定了！

省女子监狱在宋冲云纷乱的思绪里到了，黑漆漆的大门，关得紧紧的，有两个背着长枪的监管人员，在黑漆大门前，一左一右，笔直而威严地站立着。阎小样站在门前，她的心如止水一般平静，看着宋冲云与省女监的接收人员交接手续……一切都结束了，宋冲云和省女监的接收人员，双双来到她的身边，阎小样想得到，宋冲云是要把她手上戴着的手铐解下来，带回保安县去的，而她将戴上省女监的手铐，走进黑漆监门，老实服满刑期……到她再从黑漆监门里出来，她怕该是一个小老太婆了！

宋冲云把她手上的手铐打开了……不是鬼差，也不是神使，是心的提醒吧，在这一刻，阎小样向宋冲云提出了一个要求。

阎小样说：谢谢你了！我能抱你一下吗？

宋冲云向阎小样走近了一步，在阎小样展开双臂抱住他的时候，他也展开双臂，把阎小样紧紧地抱住了！

阎小样蜂鸣似的说：答应我，把我的婚纱照取来送给我。

跋 | 灵性的燕子

想与大家回想一下,都说眼见为实,但眼睛可靠吗?

要我说,我是要怀疑眼睛的呢。我们看见的花红柳绿,看到的山川河流,还有直立行走的人和四脚爬行的动物,真的就是我们眼见的样子吗?其实不然,或者不尽然,把鹿看成鹿的人,可能被人认为还欠成熟,而指鹿为马的人,却又常常为人大用。眼睛就总是这么在欺骗我们……那么味道呢,就不会欺骗我们了。我们吃到嘴里的盐是咸的、醋是酸的、糖是甜的,一沾舌头就知道。是我们故乡日常的味道吗?我想一定是了。

日常的故乡,既有使人虔诚信守的宗教,又有为人望之弥高的哲学,还有叫人津津乐道的乡俗……我们不妨深究点儿,宗教、哲学在告诉我们什么呢?归根结底,是不是都在千方百计地向我们解释着日常。特别是手握哲学的那些个大人物,譬如国人的孔子、老子、庄子,他国的亚里斯多德等,他们似乎很少说大话,说空话,说的其实都是极日常的话和故事哩。

那么作文的我呢?我想就更应该来说日常的话,来讲日常的故事了。

我很受用如此的滋养,所以我在进行我所热爱的文学劳动时,就尽量地深入进生活里,来说日常的话,来讲日常的故事……朱雀桥边野草花,/乌衣巷口夕阳斜。/旧时王谢堂前燕,/飞入寻常百姓家。唐人刘禹锡寄物咏怀的这首《乌衣巷》七言名篇，最是叫我感佩的就是其中的日常性了。我感念他诗句中的燕子，对于鼎盛繁华，倒不是特别眼红心跳，而对于寻常百姓家的日常，恰恰又非常眷恋。可不是吗，刘禹锡感怀的鼎盛繁华，灵性的燕子是什么态度，他其实是不知道的，他见识到的是败落后的王侯之家。这与我熟识的日常是一致的，灵性的燕子在筑巢的时候，好像不太会选择高门大户，更别说庙宇殿堂了。

燕子最喜欢的，似乎是烟火气浓厚的农家小院。这是为什么呢？我回答不了，那么灵性的燕子，能回答这个问题吗？

我不是燕子，我不知道，所以我只有求教于燕子了。中篇小说《燕子，燕子飞》，是我求教燕子的尝试，只言片语，断章取义，是很浅薄的，还需要读者朋友与我一起解读了。好在中篇小说《拾脸》，拾遗补缺地为我帮着腔，让我要好说一些。

的确是，人把脸丢了，不比丢物，甚或丢财，弯一弯腰，伸一伸胳膊就能捡起来，而把脸丢了，要捡起来就难了。不仅很难捡起来，还可能被人千脚踩，万足踏，会像一堆狗屎似的，被众人所唾弃了呢！

《燕子，燕子飞》《拾脸》，是我这部集子里去年发表的新作，而别的几部，差不多算是我有点影响的作品。感谢北岳文艺出版社，感谢刘文飞、范戈诸位文友，与百忙之中，拨冗为我编辑了这本集子，我感动他们，更感激他们，愿我们友谊带着文学的色彩，还有文学的温度，沐浴春风春雨，逾是久长，逾是深厚。

是为跋。

吴克敬

2021 年 4 月 9 日　扶风堂

吴克敬

1954 年生，陕西扶风人，毕业于西北大学中文系，获硕士学位。现任中国书画院副院长，陕西书画院院长；陕西省作家协会副主席，西安市作家协会主席；西北大学驻校作家，长安大学等院校客座教授。曾获庄重文文学奖、冰心散文奖，两获柳青文学奖等奖项。2010 年，《手铐上的蓝花花》获第五届鲁迅文学奖；2012 年，《你说我是谁》获第十四届中国人口文化奖（文学类）。

代表作品

长篇小说

《初婚》

《分骨》

中篇小说

《手铐上的蓝花花》

《你说我是谁》

《羞涩的火焰》

《拉手手》

《马背上的电影》

短篇小说

《暖怀》

《为嘴》

短篇小说选

《血太阳》

燕子，燕子飞

出 品 人｜郭文礼	选题策划｜刘文飞	责任编辑｜范　戈
复　　审｜陈学清	终　　审｜古卫红	书籍设计｜张永文
印装监制｜郭　勇	项目运营｜有度文化·刘文飞工作室	

投稿邮箱｜liuwenfei0223@163.com

微　　博｜http://weibo.com/liuwenfei0223　　微信公众号｜YOUDU_CULTURE